Mirjam Mous

Last Exit

Das Spiel fängt gerade erst an

Mirjam Mous,
geboren 1963 in Made in den Niederlanden, arbeitete als Sonderschullehrerin, bevor sie hauptberuflich Schriftstellerin wurde. Sie schreibt Bücher für Kinder und Jugendliche und ist besonders bekannt für ihre mitreißenden Thriller. Ihr erster Jugendroman »Boy 7« wurde verfilmt und lief 2015 in den deutschen Kinos.

Weitere Bücher von Mirjam Mous im Arena Verlag:
Boy 7 – Vertraue niemandem. Nicht einmal dir selbst
Room 27 – Zur falschen Zeit am falschen Ort
Passwort – Zugriff für immer verweigert
Crazy Games – Der perfekte Tag, der in der Hölle endete
Virus – Wer aufgibt, hat verloren

Mirjam Mous

Last Exit

Das Spiel fängt gerade erst an

Aus dem Niederländischen
von Verena Kiefer

Bella

Arena

2. Auflage 2017

Die Originalausgabe erschien 2016 unter dem Titel »2C«
bei Van Holkema & Warendorf, Houten

Aus dem Niederländischen von Verena Kiefer
Covergestaltung: Cornelia Niere
Gesamtherstellung: Westermann Druck, Zwickau GmbH
ISBN: 978-3-401-60367-4

www.arena-verlag.de
www.twitter.com/arenaverlag
www.facebook.com/arenaverlagfans

Prolog

Man gebe einem Erwachsenen ein junges Tier und er will es beschützen. Junge Kätzchen lassen mit größter Leichtigkeit Herzen schmelzen. Wird ein Welpe misshandelt, gehen alle gleich auf die Barrikaden.

In der 8c waren vierundzwanzig junge Tiere.

Ein Bus voller unschuldiger Schüler bedeutete Macht.

Und er war der König.

Nicht alle von ihnen waren im Übrigen so unschuldig, wie man glauben könnte.

Valentin Aafjes

Heute

Valentin schiebt seinen Rucksack in den Gepäckraum des Reisebusses, eines T916 Acron von Van Hool mit 462-PS-Motor. Er ist feuerrot und in glänzendem Topzustand. Fast könnte man Lust kriegen, in die Ardennen zu fahren. Fast, denn der Rest der 8c fährt leider auch mit.

»Zisch ab, Professor!«, ruft jemand hinter ihm.

Offenbar ist er nicht schnell genug zur Seite gegangen, denn er bekommt einen Stoß in den Rücken.

Driss natürlich wieder. Er hat seine Sporttasche als Boxhandschuh benutzt.

So sieht er auch aus: wie ein Boxer. Valentin hat zu seinem großen Kummer noch den Körper eines Grundschülers. Driss dagegen ist groß und muskulös. Einen Trost gibt es: Er hat nicht nur den Körper, sondern auch das Hirn eines Boxers. Wenn man viele Schläge und Stöße an den Kopf bekommt, kann man einen Hirnschaden davontragen. Mohammed Ali zum Beispiel hat sogar ein degeneratives Gehirnleiden zurückbehalten. Es würde Valentin überhaupt nicht wundern, wenn Driss auch so etwas hätte, denn warum sonst sollte er sich wie ein Gorilla aufführen?

Driss stupst ihn mit dem Ellenbogen. »Was gibt's denn da zu grinsen?«

»Nichts«, sagt Valentin schnell, bevor er wieder eine verpasst bekommt. Zum Glück hat Driss eine Aufmerksamkeitsspanne von maximal drei Sekunden. Er hat Valentin bereits vergessen und schlendert auf den Schulhof, die Hände in den Taschen seiner Adidas-Trainingshose.

»Mach dir nichts draus«, sagt ein Mädchen mit langen blonden Haaren und einem Rollkoffer zu Valentin. »Driss meint es nicht böse.«

Jessica. Sie trägt ein eng anliegendes T-Shirt mit dem Aufdruck KEEP OUT!.

Valentin murmelt etwas Unverständliches zur Antwort. Wenn er in Mathe eine Aufgabe lösen soll, weiß er genau, wie er vorgehen muss. Jemandem erklären, wie ein Dieselmotor funktioniert? Kinderleicht! Aber bei einfachen, spontanen Gesprächen sind sein Gehirn und seine Zunge plötzlich wie eingerostet. *Kann ich dir mit deinem Gepäck helfen?,* übt er in Gedanken.

Zu spät – Ben van Poppel in seiner Tarnhose taucht auf. Ohne zu fragen, legt er Jessicas Rollkoffer in den Gepäckraum.

»Danke«, sagt sie.

Valentin flüchtet in den Bus. Der Fahrersitz ist leer. Er unterdrückt die Neigung, sich hinters Lenkrad zu klemmen und loszufahren – es ist ein Automatikgetriebe, so irre schwer kann das ja nicht sein. Irmak sitzt als Einzige schon im Bus. Ihr knallblaues Kopftuch schmerzt fast in den Augen. Sie nickt ihm kurz zu und schaut dann wieder durchs Fenster auf den Schulhof und auf das Gewimmel der Eltern und Schüler mit ihren Koffern und Taschen. Im Gegensatz zu den anderen Mädchen aus der 8c macht sie nie auf hysterisch. Er schiebt sich auf den Sitz hinter ihrem und legt seine Plastiktüte neben sich. Darin sind Sachen für unterwegs. Noch bevor er sie rausholen kann, steigt ein schmaler Mann in den Bus. Wahrscheinlich der

Fahrer, denn Valentin hat ihn vorher noch nie gesehen. Alles an dem Mann ist beige. Seine Kleidung, seine Gesichtszüge und sogar sein schütteres Haar. Er zögert kurz und macht dann ein paar Schritte in den Mittelgang. »Frau Vos ist noch nicht da?«

Angeblich gibt es ja keine dummen Fragen, aber die ist ja wohl ziemlich stumpfsinnig, findet Valentin. Als wäre ihre Lehrerin heimlich ins Gepäcknetz geklettert oder hätte sich hinter einem der Sitze versteckt.

»Doch«, antwortet Irmak. »Frau Vos steht dahinten.« Sie zeigt zum Schulhoftor.

»Danke schön.« Der Mann steigt wieder aus.

Valentin zieht *Dunkel über Sethanon* und seinen iPod aus der Tüte.

Ohrhörer rein, Musik an.

Während die Klänge seinen Kopf füllen, schaut er zu dem beigefarbenen Mann hinüber, der mit Frau Vos spricht. Das ist wie in einem Stummfilm. Valentin sieht, wie sich ihre Münder bewegen, aber er hört *Hardwell.* Frau Vos macht ein enttäuschtes Gesicht, der Mann nickt und verschwindet.

The End.

Valentin taucht in sein Buch ab und verschließt sich vor dem Rest der Welt. Während er Abenteuer in Krondor erlebt, füllt sich der Bus allmählich.

»Hilfe! Geht in Deckung!«

Valentin hebt verwirrt den Kopf.

Driss wieder. Was für eine Überraschung.

»Ein Buch!«, ruft er. »Hilfe, Hilfe!« Er weicht zurück, als würde er von einer Giftschlange angegriffen.

Inkie und Fleur schütten sich aus vor Lachen. Ihnen ist gar nicht klar, wie lächerlich sie in ihren fast identischen Kleidern aussehen: violettes T-Shirt und Jeans mit zerrissenen Knien.

Weil Inkie ziemlich klein und Fleur sehr groß ist, sehen sie aus wie ein Komikerduo.

Ungerührt stellt Valentin die Musik ab. Nicht, dass es wirklich nötig wäre – Driss redet so laut, dass der ganze Bus seinen Spaß hat.

»Welcher Trottel nimmt denn ein Buch mit?«, ruft er.

Selber Trottel, würde Valentin am liebsten sagen. Kannst du überhaupt lesen mit deinem geprellten Hirn?

Aber da hat Driss ihm das Buch schon entrissen und lässt es durch den Bus wandern.

Bis Frau Vos es sieht und eine Hand hebt. »He, he, Jungs!«

»Ich bin aber ein Mädchen«, sagt Fleur. Trotzdem reicht sie es Frau Vos.

»Setz dich, Driss.« Frau Vos wartet, bis er tut, was sie sagt, und studiert dann das Cover. »Bestimmt spannend. Gehört das dir, Valentin?«

»Wem denn sonst?«, ruft Inkie und prustet wieder los, während sie ihre schwarze Haarlocke mit einer einstudierten Geste zur Seite schiebt. Sofort fällt sie ihr wieder ins Gesicht.

Vos gibt Valentin das Buch zurück. Er klemmt es vorläufig zwischen Klapptisch und den Sitz vor ihm. Hoffentlich lassen sie ihn in Ruhe, wenn er auf seinem Smartphone ein Spiel startet.

Herr van Piere steigt keuchend in den Bus. »Tut mir leid, dass ich so spät bin«, sagt er. »Meine Frau ... ich musste sie noch kurz ...«

»Noch kurz ...« Tygo steht auf und bewegt sein Becken vielsagend vor und zurück.

»Igitt!«, ruft Fleur. »Weißt du eigentlich, wie alt der ist?«

Herr van Piere ist so blind wie ein Maulwurf, aber den Augen von Frau Vos fehlt nichts.

»Was soll das bedeuten?«, fragt sie kühl.

»Einfach ein Freudentänzchen, Frau Vos.« Tygo grinst. »Weil wir diese Woche nicht zu arbeiten brauchen.«

Vos legt die Hände auf ihren dicken Bauch. Valentin vermutet, dass da mindestens Zwillinge drin sind – oder ein Riese.

»Das hast du dir so gedacht«, sagt sie zu Tygo. »Du darfst gleich den ersten Küchendienst übernehmen.«

Irmak klatscht. »Eins zu null für Frau Vos.«

Vos dreht sich zu Herrn van Piere um. Tygo streckt ihr hinter ihrem Rücken die Zunge raus.

»Selbst schuld«, findet Irmak.

»Dass alte Leute es machen, ist gar nicht so seltsam«, sagt Jessica. »Mein Opa und meine Oma sind zum Beispiel immer noch ganz verrückt aufeinander und ...«

»Sag nichts! Sag nichts!« Fleur fuchtelt wild mit den Händen und schlägt sie dann vor ihre Augen. »Nein! Schon zu spät. Jetzt sehe ich sie die ganze Zeit vor mir.«

Valentin fragt sich, weshalb manche Mädchen so übertrieben reagieren müssen. Angelina Jolie stellt sich nicht mal so an, wenn sie schauspielert!

»Sind alle da?«, fragt Vos.

»Nein!«, ruft Jessica. »Mila fehlt noch.«

»Mila fährt leider nicht mit«, antwortet Vos. »Sie ist heute Nacht plötzlich krank geworden.«

»Ich zähle mal kurz durch.« Herr van Piere stellt seine Tasche ab. Es ist dieselbe lederne Aktentasche, mit der er jeden Tag in den Chemieunterricht kommt. Darin steckt immer eine Brotbox. Mit zwei Gummibändern über Kreuz. Unter dem Kreuz klemmt ein Apfel. Er isst ihn immer im Klassenraum auf, wenn es nach der dritten Stunde klingelt.

»Ihr Obsthäppchen?«, hat mal jemand gefragt.

Herr van Piere konnte nicht darüber lachen. Er hat noch weniger Humor als ein toter Baumstamm.

»Hallöchen alle zusammen!« Ein riesenhafter Kerl mit einem Bart kommt herein und bleibt auf der obersten Stufe stehen. Seine Leinenhose wird von roten Hosenträgern gehalten und sein Bauch sprengt fast das karierte Hemd. »Ich bin Jan, euer Busfahrer. Sind alle an Bord?«

»Vierundzwanzig Schüler«, sagt Herr van Piere.

Frau Vos nickt. »Dann sind wir komplett.«

»Okidoki«. Der Busfahrer geht wieder raus. Durch das Fenster sieht Valentin, wie er den Gepäckraum schließt. Dann klettert Jan in den Bus zurück und nimmt hinter dem Steuer Platz.

»Willkommen, alle zusammen«, sagt er durchs Mikrofon. »Wir fahren in die Ardennen und werden viel Spaß haben!«

Die Türen schließen sich mit einem Zischen und im Bus bricht Jubel aus.

Jessica winkt durch die Fensterscheibe: »Tschüs, Mama!«

Valentin hat sich heute Morgen von seiner Mutter verabschiedet. Sie ist Polizistin und musste schon früh zum Dienst.

Der Fahrer hupt und fährt die Straße hinunter. Valentin schiebt die Ohrhörer wieder rein und stellt die Musik besonders laut. So, und jetzt ungestört lesen. Er will sein Smartphone wegstecken und ...

Moment – da kommt gerade eine Nachricht. Er macht die Inbox auf.

Spiel meine DVD ab!

Die mit der gelben Hülle.

Mach das in den nächsten fünf Minuten.

Sonst ist die Hölle los.

Was für ein seltsamer Text. Valentin weiß nicht, ob er erschrecken oder darüber lachen soll. Die Nummer des Absenders sagt ihm nichts und ein Profilfoto fehlt.

WTF, schreibt er zurück.

Die Antwort kommt postwendend. Das ist kein Scherz!

Valentin schaut zu Driss, der auch mit seinem Telefon zugange ist.

Plötzlich ist er vollkommen sicher. Driss hat ihm diese Nachricht geschickt! Er hofft natürlich, dass Valentin sie ernst nimmt und wirklich nach der DVD sucht. Und wenn er sie dann findet und abspielt …

Die Bilder und Geräusche purzeln nur so durch seinen Kopf: die Schimpfwörter und das Hohngelächter, die Hundescheiße mit der Papierflagge zum Geburtstag in seinem Schließfach … Driss hat bestimmt alles heimlich mit dem Handy gefilmt und auf DVD gebrannt. Die Hölle wird es für Valentin genau in dem Moment, wenn er den Auftrag wirklich durchführt. Die ganze 8c wird sich schlapplachen, während einer ganzen Woche Klassenfahrt.

Pech für Driss. Darauf fällt er echt nicht rein.

Valentin steckt sein Telefon weg und nimmt sein Buch.

Walter van Piere

Vor einem halben Jahr

Die Heizung bollerte und im Lehrerzimmer war es warm. Walter hätte gern sein Jackett ausgezogen, aber er befürchtete sichtbare Schweißflecken unter den Achseln.

»Der Fachbereich Geschichte kümmert sich wie immer um die Romreise der neunten Klassen«, sagte Meike Vos.

Walter wäre auch gern mit nach Rom gefahren. Das Kolosseum besuchen, das »Auge« in der Kuppel des Pantheon sehen und eine Münze in den Trevi-Brunnen werfen. Daraus war nie was geworden. Seine Frau verreiste nicht gern, und als er endlich genügend Mut gesammelt hatte, um dann eben allein zu fahren, hatte sie diesen schrecklichen Unfall.

»Für die 8a und die 8b haben wir uns London überlegt«, fuhr Vos fort. »Die Begleitung ist bereits gefunden. Bleibt nur noch die 8c.«

Ein leises Stöhnen ging durch den Raum. Die 8c war nicht gerade die einfachste Klasse.

Sie war sogar eine ganz beschissene Klasse, fand Walter. Die Schüler nannten ihn »Vampir«, wenn sie glaubten, er würde es nicht hören, und hatten keinerlei Respekt.

»Ich glaube nicht, dass wir mit der 8c etwas Kulturelles unternehmen können«, sagte Vos. »Das haben wir letztes Jahr schon versucht und die Museen waren nicht besonders glücklich über unsere Schüler. Deswegen haben wir uns dieses Mal für eine aktive Klassenfahrt in die Ardennen entschieden. Die 8c wird klettern, Flöße bauen, Wildwasser-Kanu fahren, mountainbiken und solche Sachen. Also …« Vos schaute ihre Kollegen munter an. »Wer fährt als Begleitung mit?«

Alle starrten aus dem Fenster oder spähten auf ihr Telefon.

»Na los, Leute, ein bisschen mehr Begeisterung bitte«, sagte Vos. Das rote Fuchsschwanztattoo auf ihrem Arm lugte unter ihrem kurzen Ärmel hervor. Es war Walter ein Rätsel, weshalb so viele Frauen heutzutage so gern auf raue Seebären machten.

»Und wie steht's mit dir selbst, Meike?«, erklang es von hinten. »Du hast wenigstens einen Draht zu ihnen.«

Vos errötete leicht und strich sich über den Bauch. »Eigentlich wollte ich es noch eine Weile für mich behalten, aber …«

»Du bist schwanger!«, riet jemand.

Vos nickte und Glückwünsche wurden gemurmelt. Einige Frauen sprangen auf, um sie zu umarmen. Walter schielte auf seine Uhr.

»Im Juni bin ich fast im siebten Monat«, sagte Vos, als alle wieder saßen. »Ihr wollt doch nicht, dass ich mich mit so einem Bauch …« Mit den Armen gab sie die Ausmaße eines gewaltigen Strandballs an. »… an einem Berg abseile?«

Alle grinsten.

»Also wiederhole ich meine Frage: Wer will die 8c begleiten?«

Walter drehte sich der Magen um allein schon bei der Vorstellung.

»Ohne mich«, sagte ein Kollege. »Ich kann dir jetzt schon sagen, dass es eine Katastrophe wird.«

Das ganze Leben ist eine Katastrophe, dachte Walter.

»Nicht so pessimistisch.« Vos stemmte die Hände in die Hüften. »Gerade für diese Klasse kann eine Survival-Woche besonders lehrreich sein. Die Schüler werden Grenzen überschreiten müssen …«

Ein spöttisches Lachen der Biologielehrerin. »Wenn es etwas gibt, das sie nicht erst lernen müssen, dann das!«

»Ihre eigenen Grenzen«, fuhr Vos stoisch fort. »Die positiven Erfahrungen, die sie machen, werden ihr Selbstvertrauen stärken. Ganz zu schweigen vom Gruppenzusammenhalt …«

Walter unterdrückte ein Gähnen.

»Meiner Ansicht nach sollten sie einfach zu Hause bleiben«, beharrte die Biologielehrerin.

Vos konnte ihren Ärger nicht mehr verbergen. »Alle Schüler dieser Schule haben ein Recht auf eine Klassenfahrt. Auch die 8c.«

Aber noch immer meldete sich kein Freiwilliger.

»Gut«, sagte Vos grimmig. »Dann übernehme ich das. Auch wenn ich schwanger bin. Aber es muss trotzdem noch einer zusätzlich mit.«

Es wurde unheimlich still im Lehrerzimmer. Bis Walters Telefon klingelte.

»Verzeihung.« Er spürte, wie ihm das Blut in den Kopf stieg. »Meine Frau. Ich muss kurz drangehen.« Er eilte Richtung Flur und zog die Tür hinter sich zu.

»Wo bleibst du?«, fragte seine Frau mit ihrer brüchigen Stimme.

Er schlüpfte in den Toilettenraum. »Du weißt doch, dass ich eine Besprechung habe?«

»Aber die Hilfe ist schon weg. Kannst du nicht etwas früher nach Hause kommen?«

»Sobald wir hier fertig sind, in Ordnung? Ich komme so schnell wie möglich, Liebling.« Er steckte das Telefon in die Brusttasche seines Jacketts und kühlte sich Stirn und Handgelenke mit Wasser aus dem Hahn. Widerwillig ging er ins Lehrerzimmer zurück.

Warum hörten alle auf zu reden, als er den Raum betrat?

»Verzeihung«, entschuldigte er sich erneut. »Habt ihr schon eine Lösung gefunden?«

»Wir haben abgestimmt«, sagte der Kollege neben ihm. »Und zwar einstimmig. Du fährst mit Meike und der 8c in die Ardennen.«

»Aber meine Frau ...«, setzte van Piere an.

Niemand hörte ihm mehr zu. Alle wollten nach Hause oder eine rauchen.

»Es wird bestimmt nett«, sagte Vos und schenkte Walter ein Lächeln.

Er stellte sich vor, wie er ein Maschinengewehr aus seiner Aktentasche nehmen und alle niedermähen würde.

Driss Amrani

Heute

Sie haben das Ende der Straße kaum erreicht, als der Bus schon wieder anhalten muss. Ein Jeep mit Anhänger ist so ungeschickt geparkt, dass sie unmöglich an ihm vorbeikommen. Der Busfahrer hupt.

»Rätselfrage!«, ruft er dann. »Welcher Bus kann nicht fahren?«

»Deiner«, antwortet Inkie.

»Kolumbus!« Jan schaut sich um und grinst wie ein zufriedenes Baby.

Glaubt der Trottel etwa, er wäre mit ein paar Kleinkindern unterwegs? Driss will es schon fast laut sagen, als er fühlt, wie sein Telefon vibriert. Seine Mutter, wetten? Sie wollte ihn heute Morgen zur Schule bringen, damit sie ihm zum Abschied winken konnte. Ja, hallo, er hatte es schon genau vor sich gesehen – bei solchen Gelegenheiten küsst sie ihn immer oder kneift ihn in die Wange, als wäre er gerade mal fünf. Und sie hätte ihn bestimmt Engelchen oder (noch schlimmer!) Spätzchen genannt statt einfach Driss. Wenn das jemand gehört hätte, wäre sein sorgfältig aufgebauter Ruf binnen drei Sekunden ruiniert gewesen. »Ich bin deine Mama«, sagt sie, wenn Driss sich darüber beklagt. »Ohne mich gäbe es dich nicht einmal, also nenne ich dich, wie ich will!«

Zu Hause kann Driss das wegstecken, aber auf dem Schulhof lässt er sich bestimmt nicht in aller Öffentlichkeit lächerlich machen. Also hat er heute Morgen mit seiner Mutter gestritten und ist gereizt (aber immerhin allein!) zur Tür raus. Wahrscheinlich versucht sie jetzt, ihm über WhatsApp die Meinung zu geigen.

Er schaut auf das Display.

Das ist nicht die Nummer seiner Mutter.

Spiel meine DVD ab!

Die mit der gelben Hülle.

Mach das in den nächsten fünf Minuten.

Sonst ist die Hölle los.

Was für ein seltsamer Text. Driss schaut sich um. Sein Blick bleibt an Valentin hängen, der auf der anderen Seite des Mittelgangs an seinem Telefon rumspielt.

Hat er die Nachricht geschickt? Soll das ein Witz sein? Will er mir eins auswischen wegen vorhin mit seinem Buch? Nein, dafür hat er viel zu viel Schiss.

Der Fahrer des Jeeps ist aufgetaucht, um den Anhänger wegzuschieben. Weiter hinten macht ein Telefon »Ping«. Da kriegt also noch jemand eine WhatsApp!

Moment, Driss' Handy vibriert auch schon wieder. Eine zweite Nachricht. Das ist kein Scherz!

Jessica setzt sich auf die Armlehne ihres Sitzes. »Habt ihr auch so eine seltsame Nachricht bekommen?«

Immer, wenn er sie sieht, passiert etwas Seltsames mit Driss. Dann will er plötzlich so ein Indiana-Jones-Typ werden, der Frauen aus Schlangengruben rettet.

Ein paar Schüler nicken. Der Bus fährt wieder an.

»Oh, nein«, sagt Vampir, der seine Taschen abtastet. »Ich habe mein Telefon vergessen. Es liegt noch zu Hause.«

»Hier, Walter. Nimm meins, dann kannst du deiner Frau meine Nummer durchgeben.« Vos reicht ihm ihr Handy. »Und jetzt zu euch. Was ist los?«

»Jemand schickt uns Nachrichten über WhatsApp«, sagt Driss.

Vos zieht die rechte Augenbraue hoch. »Sag bloß.«

»Ich würde es sofort der Zeitung melden!«, ruft der Busfahrer und lässt ein donnerndes Lachen hören.

Keiner lacht mit.

»Es klingt wie ein Drohbrief«, sagt Jessica und liest die Nachricht vor.

Vos schweigt einen Moment. Dann verschränkt sie die Arme und sagt: »Ich schlage vor, dass sich der Witzbold augenblicklich meldet. Sonst ist wirklich die Hölle los.«

»Und wenn es kein Witz ist?«, fragt Jessica.

»Dann haben wir noch vier Minuten und drei Sekunden«, sagt Ben. Er hat eine Uhr mit eingebautem Kompass. Außer der Zeit und der Himmelsrichtung zeigt sie auch noch die Temperatur an. Das Ding wiegt fast ein Kilo, aber sollte die Welt je untergehen, kann Ben haargenau sagen, wie warm und wie spät es war.

»Dort liegen die DVDs.« Der Busfahrer zeigt zum Armaturenbrett. *»Ice Age, Boy 7* und *22 Jump Street.* Aber ich glaube nicht, dass eine von denen eine gelbe Hülle hat.«

»Ich schaue sie mal durch.« Driss geht nach vorn.

»Achtung, *Comedy-Falle«,* warnt Fleur.

»Das ist es!«, ruft Inkie ausgelassen. »Der Fahrer ist in Wirklichkeit Kai Pflaume. Darum auch der Bart!«

»Welcher Bart wird nie gestutzt?«, fragt Jan.

»Der künstliche Bart. Den hat man ja nur zur Tarnung«, sagt Inkie.

»Falsch!« Jan feixt. »Der Schlüsselbart.«

»Siehst du!«, ruft Inkie. »Nur Kai Pflaume macht so fade Witze! Zieh mal an seinem Bart, Driss! Wetten, dass der falsch ist?«

»Untersteh dich!« Jan schaut Driss gespielt drohend an. »Oder ich werfe dich aus dem Bus.«

Der Fahrer ist zu groß und zu kräftig, um Kai Pflaume sein zu können, und Bärte interessieren Driss nicht die Bohne. Er starrt auf die DVDs, die Jan meinte. Es sind nicht drei, sondern vier. Eine hat eine gelbe Hülle, auf der in roten Buchstaben steht: SPIEL MICH AB.

»Gefunden.« Er hält sie hoch.

Ben kichert leise. »Ich hab Sie durchschaut, Frau Vos. Das gehört natürlich zur Klassenfahrt. Bei den Pfadfindern haben wir auch einmal ein Mystery-Spiel gemacht mit lauter Aufträgen, die wir erfüllen mussten.«

»Ich liebe Spiele!«, ruft Irmak.

»Es gibt kein Spiel.« Vampir gibt Vos das Telefon zurück. »Es sei denn, jemand von euch hat sich eins ausgedacht.«

Ben kichert nicht mehr. Alle schauen sich forschend an.

»Noch drei Minuten«, sagt Ben dann.

Driss nimmt die DVD aus der gelben Hülle und reicht sie dem Fahrer. Der steckt sie ins Gerät. Die Bildschirme klappen von der Decke runter und springen an ...

Driss Amrani

Heute

Auf allen Bildschirmen erscheint derselbe Film. Jemand hält ein Blatt Papier in die Kamera. Das Gesicht ist nicht im Bild, Driss sieht nur Arme in schwarzen Ärmeln, Hände in schwarzen Handschuhen und ein Stück Pullover, ebenfalls schwarz.

Auf dem Papier steht: *Habt keine Angst.*

»Warum sollten wir?«, fragt Driss abfällig und schielt zu Jessica hinüber.

Die Person in Schwarz lässt das Blatt zu Boden fallen. Ein zweites kommt zum Vorschein: *Die Fahrt in die Ardennen findet nicht statt.*

»Wie, sollen wir etwa zu Fuß gehen?«, fragt der Busfahrer. »Wir haben doch vier gesunde Reifen.«

Keiner reagiert. Nur Inkie lacht mit. Wahrscheinlich aus Nervosität.

Auch dieses Blatt landet auf dem Boden.

An Bord ist eine Bombe, steht auf dem dritten Blatt.

Jemand stößt einen Schrei aus.

Papier Nummer vier: *Sie geht hoch, sobald jemand versucht, den Bus zu verlassen oder zu betreten.*

Driss spürt, wie das Adrenalin durch seinen Körper jagt. Das ist wie eine Szene aus einem Actionfilm. Zu unwirklich, um wahr zu sein.

Solange ihr macht, was ich sage, seid ihr nicht in Gefahr.

Das letzte Blatt fällt zu Boden. Die DVD ist zu Ende und für einen Moment herrscht Totenstille im Bus, bis auf das Geräusch der Motoren.

»Das ist so ein Moslemterrorist«, sagt Tygo dann. »Ganz bestimmt.«

Driss ballt eine Faust. »Was jetzt?«

»Das sind fast immer Moslems. Die Twin Towers, Charlie Hebdo ...«

»Quatsch nicht über Sachen, von denen du keine Ahnung hast«, schnauzt Driss. »Du weißt doch gar nichts vom Islam.«

»Jeder weiß, dass Moslems Schwule hassen und Frauen unterdrücken. Das gehört zu ihrer Kultur.«

Driss denkt an seine Mutter und seine Schwestern. Wenn zu Hause einer unterdrückt wird, dann er!

Tygo sieht ihn herausfordernd an. »Darum dürfen sie von mir aus gern alle zurück in ihr eigenes Land.«

»He, he«, sagt Vos. »Geht's auch ein bisschen sachter?«

Irmak zupft aufgebracht an ihrem Kopftuch. »Genau, Tygo.«

»Wieso?«, fragt er. »In meinem Land darf man sagen, was man denkt.«

»Ich bin in Breda geboren, du Idiot!«, ruft Driss. »Also bin ich genauso Niederländer wie du.«

»Und Moslem«, beharrt Tygo.

»Und Moslem, ja. Aber kein Irrer, der Leute umbringen will.« Obwohl Driss Tygo gerade liebend gern den Hals umdrehen würde.

»Hört doch bitte auf.« Jessica ist kurz vorm Weinen. »Es ist schon ohne eure Streitereien schlimm genug.«

»Tygo hat angefangen.« Aber Driss geht doch zurück an seinen Platz.

»Ich wähle den Notruf.« Vos nickt dem Fahrer zu. »Am besten suchen Sie erst mal einen Parkplatz.«

»Okidoki.« Er tippt sich an eine imaginäre Kappe.

Der tut ziemlich munter, findet Driss. Vielleicht hat er die DVD ja selbst zu den anderen gelegt und das gehört doch zur Klassenfahrt? In dem Fall wäre Vos echt eine geniale Schauspielerin!

»Können Sie die DVD noch mal abspielen?«, bittet sie den Busfahrer. Sie hält ihr Telefon vor den nächstgelegenen Bildschirm und nimmt den Film auf. Clever! Unterdessen biegt der Bus in eine Nebenstraße ab und parkt auf dem Seitenstreifen.

Driss' Telefon vibriert wieder. Jetzt ist es wirklich seine Mutter.

Dann eben so. Sie hat ihm ein Foto von sich geschickt, auf dem sie die Lippen spitzt, als würde sie ihm einen Kuss geben. Schöne Klassenfahrt und denk dran: Benimm dich!

Er klickt die Nachricht schnell weg, bevor jemand auf sein Display schauen kann.

Vos spricht inzwischen mit jemandem von der Notrufzentrale oder so. »Ja, hallo. Hier spricht Meike Vos vom Mencia ...«

Valentin muss man echt gesehen haben – der hockt da mit seinem Buch und seinen Ohrhörern. Wahrscheinlich hat der Vollpfosten noch keine Ahnung. Driss kann es nicht lassen, ihm einen Klaps auf den Kopf zu verpassen.

»Hey, was soll das?«, fragt Valentin.

»Wir haben vielleicht eine Bombe an Bord und du liest einfach weiter, als wäre nichts«, sagt Driss.

Valentin nimmt die Ohrhörer raus. »Hä?«

Und das soll der klügste Schüler der Klasse sein? Driss kann seine Verachtung nicht verbergen. »Wenn wir nicht tun, was sie sagen, fliegen wir in die Luft, Mann!«

Valentin legt sein Buch beiseite und schaut zu den anderen, als könnte er es immer noch nicht glauben.

»Spiel's noch mal!«, ruft Driss dem Fahrer zu. »Hier hat einer nicht aufgepasst.«

»Geht das im Unterricht auch so?«, fragt Jan Frau Vos. »Dass Sie alles zweimal erklären müssen?«

Sie bedeutet ihm, dass sie am Telefon ist, und der Fahrer lässt den Film noch einmal laufen.

Valentin starrt auf den Bildschirm und runzelt die Stirn. »Ist das die DVD? Dazu hatte ich eine Nachricht.«

»Die haben fast alle bekommen, du Vollpfosten.« Driss schüttelt mitleidig den Kopf.

»Habt ihr auch schon überprüft, ob es stimmt?«, fragt Valentin.

Fuck! Driss versucht, sich nicht anmerken zu lassen, wie dumm er sich fühlt. Daran hätte er denken müssen!

»Das wollte ich gerade vorschlagen«, sagt er schnell.

Alle helfen suchen. Ben klettert auf seinen Sitz und überprüft die Gepäckablage. Jessica schaut hinter den Vorhängen nach. Tygo kniet sich hin, damit er unter die Sitze schauen kann, und Driss tigert durch den Mittelgang.

»Wie erkennt man eigentlich eine Bombe?«, fragt Fleur.

»Zum Beispiel an einem leuchtenden Lämpchen.« Valentin späht in den Bordkühlschrank. »Oder man hört ein Ticken.«

»Ich hab sie!«, ruft Inkie.

Der ganze Bus schaut sie mit erschrocken aufgerissenen Augen an. »Oh nee, doch nicht«, sagt sie. »Das ist Bens Uhr.«

Ein Seufzer der Erleichterung ist zu hören und alle suchen weiter. Irmak kontrolliert die Toilettenkabine und der Busfahrer das Armaturenbrett. Alles wird betastet, abgeklopft und unter die Lupe genommen, aber keiner findet eine Bombe.

»Das ist bestimmt ein Scherz«, sagt Driss.

Jessica nickt voller Hoffnung.

»Oder auch nicht«, muss Valentin unbedingt von sich geben.

»Wir wissen nur eins wirklich sicher: Der Witzbold kennt unsere Handynummern.«

»Ja, und?«, fragt Driss.

»Das bedeutet, er oder sie ist in unserer Klasse. Oder es ist ein Bekannter von jemandem aus unserer Klasse, jemand, der Zugang zur Adressenliste hatte. Außerdem weiß er, dass wir heute in die Ardennen fahren, und sogar, dass wir diesen Reisebus nehmen würden. Sonst läge die DVD nicht hier.«

Jessica bewundert ihn mit offenem Mund. Wie kann sie diesen Nerd nur so anschauen?

»Vielleicht hast du die Bombe ja selbst versteckt«, sagt Driss zu Valentin. »Wenn du das alles so genau weißt.«

Ben van Poppel

Vor 114 Tagen

Überschwemmungen, schmelzende Eiskappen, Dürreperioden ...«

Ben knallte sein Glas auf den Tisch. »Alles Vorzeichen!«

Sein Cousin stöhnte. »Da ist er wieder, der Greenpeace-Prediger!«

»Wer?«, fragte Oma. Sie hatte so einen lächerlichen Partyhut auf dem Kopf, als hätte sie nicht nur Geburtstag, sondern wäre auch noch im Kindergartenalter.

»Es muss sich was ändern, sonst geht der ganze Planet drauf!«, fuhr Ben unbeirrt fort. »Aber nein, es werden immer noch neue Kohlekraftwerke gebaut und ...«

»Das passt jetzt gerade nicht, Schatz.« Seine Mutter zwickte ihn in den Nacken. »Wir sind hier, um Omas Geburtstag zu feiern.«

Ben seufzte. Er hatte Segelohren und Sommersprossen, wie alle van Poppels. Trotzdem hoffte er immer noch, sie würden ihm eines Tages erzählen, er sei adoptiert worden, denn sonst ... Ein Piranha und ein Kaninchen hatten mehr Ähnlichkeit miteinander als er mit seiner Familie!

Er nahm sich ein paar Erdnüsse und versuchte, an etwas anderes zu denken, was so lange klappte, bis ihm der Aufdruck auf dem neuen Sweatshirt seines jüngsten Cousins auffiel: ein Fahrrad fahrender Gorilla.

»Weißt du, dass Gorillas vom Aussterben bedroht sind?«, fragte Ben. »Weil wir ihren Lebensraum vernichten. Jede Minute verschwindet ein Stück Regenwald in der Größe von gut fünfzig Fußballfeldern. Das ist doch schrecklich!«

»Der Dodo ist auch ausgestorben«, sagte seine Schwester. »Das stört echt keinen. Manche Tiere verschwinden und neue Tierarten kommen dazu. So ist das eben in der Natur.«

»Natur?«, höhnte Ben. »Die gibt's bald nicht mehr!«

»In den Beeker Bergen haben sie noch Gorillas.« Der Cousin mit dem Sweatshirt hüpfte wie ein Jojo auf und ab und versuchte, die Girlanden an der Decke zu erwischen. »Da war ich gerade erst.«

»Ja, das war schön, was?«, sagte Oma.

Man könnte genauso gut gegen eine Wand reden.

»Interessiert euch denn überhaupt nichts?«, rief Ben verzweifelt.

»Na komm, Junge. Lass gut sein, ist doch gerade so gemütlich hier.« Onkel Karel schenkte sich noch ein Bier ein. »Warum die ganze Aufregung über Sachen, die man doch nicht ändern kann? Lieber das Leben genießen, solange es geht.«

Frusttränen drückten von hinten gegen Bens Augen. Was für ein Haufen Idioten! Sie hätten es verdient, wenn die Welt unterginge.

Sofort schämte er sich in Grund und Boden. Dass er so etwas auch nur denken konnte!

Aber warum hörten sie denn auch nicht zu?

Ein kleiner Stupser an seinem Knie. Dann spürte er, wie sich eine kalte, nasse Nase in seine Handfläche nestelte. Wolfie natürlich, Omas Border Collie. Einen besseren Tröster gab es nicht. Ben streichelte das weiche Fell und flüsterte: »Wir hauen zusammen ab. Weg von diesen Losern.«

Wolfie leckte seine Hand und wedelte mit dem Schwanz.

Sie liefen über den Radweg an der Mark entlang. Es war so kalt, dass ihr Atem Wölkchen hinterließ. Ben zog seine Mütze tiefer über die Ohren und schaute zu den Büschen und Booten auf der anderen Flussseite hinüber. Er hoffte, einen Eisvogel zu entdecken. Meistens versteckten sie sich zwischen den Blättern, aber manchmal hatte er Glück und einer hockte auf einem herunterhängenden Ast und lauerte auf einen Fisch. Die knallblauen Federn und der orangefarbene Bauch eines Eisvogels waren einfach unglaublich schön. Als wären sie mit Metalllack überzogen, fand Ben.

Wolfie war an Vögeln nicht interessiert. Er hatte einen verirrten Tennisball gefunden, legte ihn Ben zu Füßen und schaute ihn mit schräg gelegtem Kopf an. Flehenden Hundeaugen konnte Ben einfach nicht widerstehen. Er warf den Ball und Wolfie jagte mit wehenden Ohren hinterher. Sie spielten, bis sie die kleine Brücke zu den Tennisplätzen erreichten. Links am Weg saß ein Junge auf einer Bank, tief in seiner Jacke verkrochen.

Ben kniff die Augen zusammen – das war doch Valentin Aafjes, oder?

Der Junge hatte die Beine angezogen und einen Schal um seine Füße gewickelt. Er schaute kurz auf, als Wolfie an der Bank vorbeirannte.

Stimmt, das war Valentin.

»He!«, rief Ben und rannte zu ihm. »Was machst du denn hier?«

Valentin starrte schweigend auf seinen Schal.

Dann eben nicht, dachte Ben und wollte schon weitergehen.

»Ich breche gerade den Aschenputtel-Weltrekord«, sagte Valentin, ohne ihn anzusehen.

»Aschenputtel?«

»Das Mädchen, das aus dem Ballsaal rannte und auf der Palasttreppe einen Schuh verloren hat.«

»Ach, die.« Aber Ben kapierte ehrlich gesagt immer weniger.

»Ich habe es schon geschafft.« Valentin hob den Schal ein Stückchen an. »Ich führe 2 zu 1.«

Schon ein komischer Typ – er trug nur Socken! Bei dem Wetter!

»Wo sind deine Schuhe?«, fragte Ben.

Valentin zeigte in die Eiche hinter ihm. Ganz oben in der Krone baumelten ein paar Timberlands. Die Schnürsenkel waren zusammengeknotet und dienten jetzt als Schlaufe.

Ben pfiff durch die Zähne. »Wie kommen die dahin?«

»Wie kommen die da wieder runter?«, fragte Valentin. »Das scheint mir eine bedeutendere Frage.«

In der Schule verwendete er auch manchmal so feierliche Worte. Als wäre er steinalt oder Minister.

»Ich kann versuchen, sie runterzuschlagen.« Ben nahm die Hundeleine, die er die ganze Zeit über um den Hals getragen hatte. »Vielleicht ist sie lang genug.«

»Klappt nie im Leben«, sagte Valentin. »Ich habe auch schon mit allem Möglichen geworfen. Äste, Steine ... Vermutlich sind die Schnürsenkel verdreht.« Er schauderte vor Kälte und seine Lippen waren blau.

»Wie lange sitzt du eigentlich schon hier?«, fragte Ben.

»'ne Stunde oder so. Ich traue mich nicht, nach Hause zu laufen, weil ich Angst vor Gangrän habe.«

»Gangrän?«

»Dass meine Zehen erfrieren, schwarz werden und abfallen.«

»Oh.« Ben bekam einen metallischen Geschmack im Mund. »Und du hast die ganze Zeit niemanden benachrichtigen können?«

Valentin zuckte die Schultern. »Ich habe meiner Mutter auf die Voicemail gesprochen, aber sie arbeitet und dann kann sie die nicht abhören.«

Wie konnte er nur so gelassen sein? Am liebsten hätte Ben ihn durchgeschüttelt ... »Dann rufst du eben jemand anderes an? Einen Freund oder so?«

Valentin schwieg und starrte wieder zu Boden. Es dauerte eine Weile, bis es in Bens Gehirn angekommen war: Valentin Aafjes hatte keine Freunde.

Sofort regte Ben sich wieder ab.

Wolfie kam herbei. Er stemmte die Vorderpfoten auf die Bank und legte den Ball auf den Schal.

Valentin sah hoch. »He ...«

»Er heißt Wolfie«, sagte Ben.

»He, Wolfie.« Valentins Stimme klang anders als sonst. »Was bist du denn für ein schöner Hund.«

Ben begutachtete die Eiche. Raufzuklettern wäre kein Problem.

»Ich hole sie runter«, beschloss er plötzlich.

»Echt?« Valentin sah ihn dankbar an. Im Sportunterricht wurde er immer ausgelacht. Einen halben Meter über dem Boden an einem Seil und er bekam schon Höhenangst.

»Bei den Pfadfindern klettere ich so oft in Bäume, ich bin das gewöhnt.« Ben legte die Hundeleine auf die Bank und ging zur Eiche. Er stellte sich auf eine knotenförmige Verdickung und drückte sich am Stamm hoch. Das war wie an einer Kletterwand, man musste immer einen neuen Vorsprung suchen, auf den man den Fuß setzen konnte. Ja, da war wieder einer ...

Schon bald war er hoch genug und bekam einen Ast zu fassen. Er zog sich hoch und schlug ein Bein darüber. Dann konnte er sich draufstellen und weiterklettern, ganz nach oben, bis er zu den Schuhen gelangte ... Da, er hatte sie!

Die Schnürsenkel hatten sich doch nicht verdreht. Nachdem er ein paarmal kräftig daran gezogen hatte, lösten sich die Timberlands plötzlich, sodass Ben fast das Gleichgewicht verlor. Valentin schrie vor Schreck auf und das wiederum erschreckte Ben so sehr, dass er noch einmal fast aus dem Baum gefallen wäre. Vor lauter Erleichterung oder von der Anspannung, da war Ben sich nicht so sicher, bekamen sie beide einen Lachkrampf.

»Als wären wir Inkie und Fleur«, rief er und bei dieser Horrorvorstellung mussten sie gleich wieder loslachen. Ben ließ die Schuhe fallen. Dumpf prallten sie auf die Steinplatten hinter der Bank. Wolfie nahm einen davon ins Maul, lief damit zu Valentin und schleifte den anderen Schuh automatisch hinter sich her.

»Na, du Superhund.« Valentin pulte mit seinen steifen Fingern die Schnürsenkel auseinander. »Ich hätte auch gern einen, aber meine Mutter ist leider allergisch.«

Ben kletterte nach unten und sprang aus dem Baum. Valentin hatte die Schuhe wieder angezogen und den Schal um den Hals geschlungen.

Eigentlich war der Typ gar nicht so übel.

Aus einer plötzlichen Anwandlung heraus sagte Ben: »Ich mache gerade einen Film. Eigentlich sollte mir eine von den Pfadfinderinnen dabei helfen, aber sie ist krank geworden. Hast du vielleicht morgen Nachmittag Zeit und Lust?«

»Bei dir zu Hause?« Valentin klopfte Wolfie auf den Rücken. »Okay.« Er klang fast erstaunt. Dann lief er über die Wiese zur nächsten Straße.

»Du hast mir immer noch nicht erzählt, wie die Schuhe im Baum gelandet sind«, rief Ben ihm nach.

Valentin spreizte die Arme, als wäre er ein Vogel.

Valentin Aafjes

Heute

Vielleicht hast du die Bombe ja selbst versteckt«, sagt Driss. »Wenn du das alles so genau weißt.«

Valentin lässt die Worte an sich abprallen und starrt auf *Dunkel über Sethanon*. Das Buch liegt auf dem Sitz neben ihm, aufgeschlagen und mit dem Rücken nach oben. In Büchern wird Klugheit geschätzt – zumindest hat er noch nie von einem dummen Helden gelesen, der Bösewichte besiegt und die Welt rettet –, aber im wahren Leben ist es schlau, so zu tun, als wäre man dumm. Vor allem wenn man in die 8c geht.

»Spinn nicht rum«, sagt Irmak. »Als ob einer von uns eine Bombe basteln könnte.«

Das scheint Valentin allerdings ein Kinderspiel zu sein: mit Kunstdünger, Diesel und ein wenig Hilfe aus dem Internet … Aber er weiß, dass sie ihn für einen Angeber halten würden, wenn er das laut sagt, also presst er die Lippen aufeinander. Nicht, dass es was geändert hätte. Irgendwie findet Driss immer einen Grund, gereizt zu reagieren.

»Professor Aafjes schon«, sagt Driss. »In Chemie greift er tierisch gute Noten ab.«

Inkie dreht sich auf ihrem Sitz um. »Dann ist van Piere erst recht verdächtig.«

»Wie bitte?«, fragt der Chemielehrer.

»Lassen Sie sie nur reden, Herr van Piere.« Irmak winkt ab. »Ich glaube die ganze Bombengeschichte sowieso nicht. Wäre wirklich eine Bombe in diesem Bus, würde man sie uns bestimmt nicht mit einem Filmchen ankündigen. Dann wäre sie schon längst explodiert.«

Jessica nickt erleichtert.

»Es sei denn, sie wollen die Busgesellschaft erpressen«, sagt Valentin.

»Ja, klar.« Driss zwinkert Jessica zu, nach dem Motto: Hör gar nicht hin. »Er liest zu viele Krimis.«

»Dem Jumbo-Supermarkt ist das auch passiert«, beharrt Valentin. »Ein Mann drohte, Bomben in den Filialen hochgehen zu lassen, wenn er keine Bitcoins bekäme.«

Irmak schüttelt den Kopf. »Glaubst du wirklich, jemand in unserer Klasse wäre so gestört, dass er mit einer Bombe versuchen würde, an Geld zu kommen?«

»Das nenne ich nicht gestört, sondern genial«, sagt Tygo. »Ich wäre schon mit 100.000 zufrieden. Dann bräuchte ich erst mal keine Autos mehr zu waschen.«

Seinen Eltern gehört eine Tankstelle mit Waschanlage.

»Es braucht ja nicht unbedingt jemand von uns zu sein«, sagt Valentin. »Ein Familienmitglied oder ein Bekannter mit Geldproblemen kann au...« Sein Telefon lässt ihn zusammenfahren. Schon wieder eine Nachricht!

Ihr glaubt mir nicht?

Fahrt in die Minervum 7244.

Jetzt sofort.

»Ich glaube, wir werden belauscht!«, ruft Valentin. »Hört mal, was der Bombenleger schreibt ...«

Als er den Text vorgelesen hat, reden plötzlich alle durcheinander.

»Jetzt seid doch bitte mal ein bisschen leiser, Leute. Ich versuche, ein Gespräch zu führen.« Frau Vos ist immer noch am Telefon und streckt die Hand aus zum Zeichen, dass sie kurz schweigen sollen.

»Ja, ich habe verstanden. Wir nehmen die Drohung vorläufig ernst und Sie schicken einen Einsatzwagen.«

»Jetzt sofort ist mittlerweile schon wieder eine Minute her!«, ruft Ben und tippt auf seine Uhr.

»Können Sie mich gleich zurückrufen?«, fragt Vos. »Ich habe hier eine Busladung beunruhigter Schüler, die dringend meine Aufmerksamkeit benötigen.« Sie beendet das Telefongespräch. »Was ist los?«

Valentin hat bei van Piere noch nie einen Funken Begeisterung erlebt, aber jetzt erstattet er Vos aufgeregt Bericht. Sogar seine Wangen röten sich leicht, als hätte er Rouge aufgelegt.

»Dann fahren wir eben zu dieser Straße«, sagt Vos, als sie sich alles angehört hat. »Die Polizei möchte, dass wir so weit wie möglich kooperieren, bis mehr Klarheit herrscht. Das halten sie für das Sicherste.«

»Okidoki«. Der Fahrer gibt wieder Gas.

»Warum habt ihr eigentlich keine Elektrobusse?«, fragt Ben.

Als Valentin die DVDs auf dem Armaturenbrett leise klappern hört, fällt ihm der beige Kerl im Regenmantel wieder ein. »Da war dieser fremde Mann, der in den Bus kam!«, ruft er. »Du hast ihn doch auch gesehen, Irmak? Vielleicht hat er die DVD ja dort hingelegt.«

»Das war kein fremder Mann, sondern Milas Vater«, sagt Frau Vos. »Er kam vorbei, um sie krankzumelden.«

»Warum hat er denn nicht einfach angerufen?«, fragt Valentin.

»Weil er wegen seiner Arbeit sowieso in der Nähe war.« Kurz hebt sie die Augenbraue, genau wie seine Mutter, wenn sie findet, dass er sich mal wieder in etwas hineinsteigert.

Valentin lehnt sich enttäuscht zurück. Während er durch das Fenster auf die Häuser starrt, spielt er in Gedanken die DVD noch einmal ab. Wer ist der schwarze Unbekannte? Und hat er sich selbst gefilmt oder war noch jemand dabei, der die Kamera bedient hat?

Nach der Lisztlaan und der Okeghemlaan erreichen sie die Baronielaan.

»Hier gibt es aber viele Lanen. Fehlt nur noch der Kaplan.«

Ein gelangweiltes Stöhnen zieht durch den Bus.

Die Ampeln springen auf Grün, sodass sie ohne Halt auf den Südring einbiegen können. Der Tunnel ist gerade hoch genug.

Schwarze Kleidung kann man überall kaufen, überlegt Valentin weiter. An dem Papier war ihm auch nichts weiter aufgefallen und ...

Auf dem Grünstreifen in der Mitte der Straße steht eine große Werbetafel auf einem hohen Pfosten: TELEFONIEREN – LEICHT GEMACHT. Die Worte wirken wie ein Trigger auf sein Hirn. Na klar! Vielleicht ist es wirklich ganz simpel! Er braucht nur die Nachricht zu beantworten, die er gerade erhalten hat. Wenn er danach die Reaktionen von jedem Einzelnen im Bus genau beobachtet, findet er bestimmt heraus, wer seine Nachricht empfängt – und damit auch die Drohungen verschickt hat. Mit ein bisschen Glück ist der Täter dann entlarvt!

Gutes Wort: **Entlarvt.**

Valentin tippt die Buchstaben und steht auf, damit er den ganzen Bus im Blick hat.

Und ... Action!

Ben van Poppel

Vor 113 Tagen

Ben saß in seinem Zimmer am Laptop und schaute sich die Bilder an, die Renée und er bislang über das Internet gesammelt hatten. Was würde Valentin wohl davon halten? Er war intelligent und liebte Tiere ...

Und gestern war er noch ein komischer Kauz, erklang eine Stimme in Bens Kopf.

Die Stimme hatte recht. Ben war selbst verblüfft, aber er hatte richtig Lust, mit Valentin an dem Film zu arbeiten. Vielleicht hatte er ja endlich jemanden gefunden, der das Ganze verstand. Wirklich verstand. Renée behauptete zwar, sie verstünde es, aber sie fand alles großartig, was er machte. Sie würde auch noch applaudieren, wenn er pupste!

Es klingelte.

»Ich gehe schon!«, rief Ben. Er polterte die Treppe hinunter und ließ Valentin rein.

Der schaute sich sofort um. »Wo ist Wolfie?«

»Bei meiner Oma. Er ist ihr Hund.«

»Oh.«

Wahrscheinlich war Valentin nur wegen Wolfie gekommen. Ben fühlte sich unbehaglich. Plötzlich schien es eine Ewigkeit her, dass sie sich gemeinsam fast kaputtgelacht hatten.

»Willst du O-Saft?«, fragte er. »Oder lieber Cola?«

»O-Saft ist okay.«

Warum zog er denn seine Jacke nicht aus und blieb wie ein Totempfahl mitten in der Diele stehen?

»Da ist die Garderobe«, sagte Ben. »Und geh ruhig schon nach oben. Die zweite Tür rechts ist mein Zimmer.«

In der Küche goss er zwei Gläser voll. Stell dich nicht so an, dachte er. Das ist doch bloß Valentin.

Trotzdem war er nervös, als er die Treppe hinaufging.

Die Tür zu seinem Zimmer stand offen. Die Wände hingen voller Poster aus seinen Lieblingszeitschriften *Panda Magazine* und *TamTam*, *Greenpeace* und *National Geographic*. Die Hände auf dem Rücken, betrachtete Valentin das Poster eines Affen mit einer riesigen Nase, die schlaff nach unten hing.

»Ein Nasenaffe«, sagte Ben. »Ein Männchen. Es gibt sie nur auf Borneo. Ist er nicht total witzig?«

Valentin nickte.

»Er gehört zu den bedrohten Tierarten.« Ben kam in Schwung. »Ganze Wälder werden niedergebrannt, um Platz zu machen für Palmöl-Plantagen. Die Luftverschmutzung ist gewaltig und für die Affen bleibt immer weniger Wald übrig.«

Für einen Moment herrschte Schweigen.

»Du kannst dich ruhig setzen«, sagte Ben dann und nickte zu seinem Bett hinüber.

Valentin ließ sich auf die Matratze plumpsen und nahm das Glas entgegen. Er betrachtete es, als hätte er noch nie im Leben einen so besonderen Orangensaft gesehen.

Warum sagte der Kerl denn nichts? Ben machte das ganz verrückt. »Schön, dass du da bist.«

Draußen brüllten Kinder und bei den Nachbarn betätigte jemand die Klospülung. Als es wieder still war, donnerte ein Flugzeug über das Haus. Valentin schaute erwartungsvoll zur Decke, aber er schwieg immer noch. Ben hielt es nicht mehr aus und fing selbst wieder an zu reden. »Kennst du *Eine unbequeme Wahrheit?*«

Und da, endlich, biss Valentin an.

»Klar kenne ich das«, sagte er. »Das ist das Buch von Al Gore über die Erderwärmung. Es gibt auch einen Dokumentarfilm dazu, in dem er selbst auftritt. Sie haben Spezialeffekte druntergemischt, wie man sie sonst nur bei Spielfilmen verwendet – was im Übrigen nicht sinnvoll ist, wenn man Leute von etwas überzeugen will.«

Da war er wieder, dieser arrogante Unterton, den er auch immer in der Klasse draufhatte.

»Der Film hat aber schon Wirkung gezeigt«, sagte Ben. »Er hat etliche Politiker dazu ermutigt, etwas zu unternehmen. Die Rabobank hat sogar ihre Klimapolitik daraufhin verändert.«

»Das sind nichts weiter als Tropfen auf einen heißen Stein«, sagte Valentin.

»Viele Tropfen zusammen ergeben einen Ozean.« Ben lehnte sich gegen seinen Schreibtisch. »Deswegen mache ich jetzt selbst auch eine Doku. Nicht über das Klima, sondern über Tiere. Oder besser gesagt: für die Tiere. Weil sie nicht für sich selbst sprechen können. Renée und ich wollten heute das Intro aufnehmen, mit dem ich den Film ankündige. Vielleicht könntest du an ihrer Stelle die Kamera bedienen?«

Valentin schwieg wieder.

»Du willst natürlich erst was sehen.« Ben stellte den Laptop auf seinen Schreibtischstuhl und rollte ihn zum Bett. »Das ist erst die Rohfassung. Sag ruhig, was du davon hältst. Es lässt sich alles noch ändern.« Er startete den Film. Die ersten Shots kamen aus einer Hühnerfarm. Die Tiere kauerten so dicht nebeneinander, dass sie ihre Artgenossen fast zu Tode pickten. Die nächste Szene spielte in der Schweineindustrie. Damit die

Tiere sich nicht gegenseitig die Schwänze abbissen, wurden sie den Ferkeln gleich abgeschnitten und verbrannt.

Valentin starrte voller Abscheu auf den Bildschirm.

Gut so!, dachte Ben. Laut sagte er: »Jetzt kommt ein Film aus Frankreich.«

Es begann mit einem Laden, in dem Gänseleber verkauft wurde, und gleich danach sah man, wie sie hergestellt wird. Die Gänse bekommen einen langen Trichter in den Hals, durch den der Bauer dicken Maisbrei stopft. So wird ihre Leber schnell gemästet.

»Das ist in den Niederlanden verboten«, erzählte Ben. »Aber wir importieren jedes Jahr Zehntausende Kilo Gänseleber.«

Valentin sah aus, als müsste er jeden Moment kotzen. Nach Frankreich war Afrika dran. Reiche weiße Touristen schossen zum Zeitvertreib Löwen und Elefanten und ließen sich anschließend mit ihren Trophäen fotografieren. Dutzende Männer und Frauen waren zu sehen, strahlend vor Stolz und das Gewehr noch in der Hand, neben traurigen Haufen von einst so beeindruckenden Tieren.

»Mach das bitte aus«, war plötzlich neben Ben zu hören.

»Aber es ist noch nicht zu Ende.«

»Ist mir egal.« Valentin klappte den Laptop zu und schob den Schreibtischstuhl von sich, als wäre es ein Teller voller ekligem Essen. »Davon wird mir schlecht.«

»Genau das ist beabsichtigt«, sagte Ben. »Mein Film wird sie alle wachrütteln und ...«

»Vergiss es. Keiner wird sich das freiwillig ansehen.«

»Aber sie müssen! Es ist wichtig, dass die Leute ...«

»Dann wirst du sie festbinden müssen.« Valentin stellte sein Glas auf den Schreibtisch. »Und ihre Wimpern musst du mit Tesa an den Augenbrauen festkleben, damit sie sie nicht zumachen.«

Ben konnte nicht darüber lachen.

»Und außerdem«, fuhr Valentin fort. »Wie willst du den Film denn in die Kinos kriegen? Oder ins Fernsehen? Du bist kein ehemaliger Vizepräsident.«

»Mann!« Ben wollte nicht darüber nachdenken, dass Valentin vielleicht recht haben könnte. »Ich kann ihn doch ins Internet stellen. Manche Filme werden tausend Mal angeklickt. Millionenfach sogar!«

»Dieser Film nicht.«

Ben musste sich zusammenreißen, um nicht zu knurren. Warum konnte Valentin sich nicht einmal normal benehmen? Er schwieg, wenn man wollte, dass er was sagte, und wenn man wünschte, er würde aufhören, machte er einfach immer weiter. Kein Wunder, dass er gemobbt wurde.

»Ich glaube, ich gehe dann mal«, sagte Valentin.

Ben nickte. Er traute sich nicht, den Mund noch mal aufzumachen, weil er sonst losheulen würde. Er war so wütend und enttäuscht, dass er fast platzte.

Valentin verließ das Zimmer. Ben lauschte den Schritten auf der Treppe, dem Rascheln an der Garderobe und der Haustür, die aufging und zuschlug. Da war er immer noch sauer, aber vor allem auf sich selbst. Warum hatte er nicht weitergedacht? Er war so mit der Filmmontage beschäftigt gewesen, dass er keinen Gedanken daran verschwendet hatte, was danach kam ...

Von allen Seiten schauten ihn die Tiere auf den Postern an. Hunderte flehender Augen.

Er konnte sie unmöglich im Stich lassen. Es musste eine Möglichkeit geben, das ganze Land auf sie aufmerksam zu machen. Oder noch besser: die ganze Welt.

Valentin Aafjes

Heute

Während er die Ohren spitzt und sein Blick die Reihen der Schüler scannt, drückt er auf Versenden. Welches Telefon klingelt oder vibriert? Schaut jemand auf das Display, weil eine WhatsApp reinkommt?

Ja, dahinten bei Inkie und Fleur hört er etwas!

Valentin springt in den Mittelgang und geht zu ihnen. Inkies Hände sind leer, aber Fleur lehnt sich zurück und studiert mit gerunzelter Stirn ...

Ihr Telefon!

»Ist das meine Nachricht?«, fragt Valentin.

Fleur hebt den Kopf, als wäre sie gerade erwischt worden. »Wovon redest du?«, schnauzt sie ihn an.

»Diese Nachricht auf deinem Display.«

»Als ob ich mit dir schreiben würde«, sagt sie voller Abscheu.

»Dann beweise mir, dass es nicht stimmt.« Er streckt den Arm nach ihrem Telefon aus, aber Fleur zieht die Hand weg. Er lehnt sich noch weiter vor, verliert das Gleichgewicht und landet quer über Inkie und Fleur.

»Runter von mir, du Idiot!«, ruft Inkie.

Nichts lieber als das, aber dazu hat er keine Gelegenheit mehr. Ein heftiger Schmerz im Schritt lässt ihn nach Luft schnappen und für einen Moment geht gar nichts mehr. Inkie und Fleur versuchen, ihn von sich zu schieben, und bekommen Hilfe – wahrscheinlich von Driss, denn sonst hat keiner aus ihrer Klasse Hände wie Schraubstöcke. Valentin wird bei den Schultern gefasst, mitgezerrt und zu Boden gedrückt. Bevor er weiß, wie ihm geschieht, liegt er im Mittelgang, die linke Wange auf die Bodenmatte gepresst. Er hat Aussicht auf ein paar Schuhe, dunkelblaue Socken und zwei bleiche Beinabschnitte, die zu Herrn van Piere gehören.

»Was fällt dir denn ein?«, fragt der Lehrer.

Valentin glaubt, dass der Chemielehrer mit »dir« Inkie meint –schließlich hat sie ihm den Kniestoß verpasst –, aber dann sagt Herr van Piere an ihn gewandt: »Nun?«

»Ich wollte auf Fleurs Telefon schauen«, sagt Valentin. »Ich glaube, sie weiß mehr über die Bombe.«

Fleur bricht in lautes Gelächter aus. Es klingt schrecklich unecht, aber das scheint niemand zu hören.

»Spinn hier nicht rum, Valentin«, sagt Herr van Piere.

»Dann kontrollieren Sie doch ihr Telefon!« Valentin hebt den Kopf ein wenig an. »Sollte sie meine Nachricht noch nicht gelöscht haben ...«

Fleur lacht nicht mehr. »Meine Nachrichten sind privat.«

Frau Vos nickt Valentin zu. »Du kannst aufstehen.«

»He ...«, fängt Inkie an. »Gleich fällt er wieder über jemanden her.«

»Korrektur«, sagt Valentin. »Du hast mich angegriffen.«

»Weil du auf einmal auf mir lagst, du Idiot.«

Tygo pfeift. Valentin rappelt sich auf.

Frau Vos sieht ihn forschend an. »Was ist denn eigentlich los?«

»Fleurs Telefon. Wenn meine Nachricht auf ihrem Gerät ist, dann ...«

Der Bus hält vor einer roten Ampel. Vos verliert fast das

Gleichgewicht, so schwer zieht ihr Bauch sie nach vorn. »Jetzt setz dich erst einmal auf deinen Platz«, sagt sie.

Inkie hat die Arme um Fleur gelegt und tätschelt sie leicht zum Trost. Valentin könnte auch ein wenig Trost gebrauchen. Sobald er auf seinen Platz rutscht, drückt der straff gespannte Stoff seiner Hose schmerzhaft gegen seine gequetschten männlichen Teile. Er versucht, sich nichts anmerken zu lassen, aber Tygo durchschaut ihn und grinst.

»Jetzt gibt's Zaubereier!«, ruft er. »Erst blau, dann gelb ...«

»Die südlichen Grünmeerkatzen haben ihr Leben lang blaue Eier«, sagt Ben. »Je wichtiger der Affe, desto blauer seine Eier.«

Als ob Valentin das irgendwie interessieren würde. Fleurs Telefon, das ist wichtig!

Jessica ist die Einzige mit ein bisschen Verstand. »Vielleicht haben wir eine Bombe an Bord und ihr labert über Eier!«, sagt sie.

»Hast du Angst?«, fragt Driss. »Ich halte dir gern die Hand.«

»Nur die Hand?«, fragt Tygo.

Jessica wird eine Spur rot.

Driss dreht sich um und verpasst Tygo einen Stoß. »Pornojunkie.«

Valentin verändert möglichst vorsichtig seine Sitzposition.

»Leute, jetzt hört mal auf mit dem Blödsinn«, sagt Vos. »Wir haben wirklich andere Sorgen.« Sie nimmt Valentins Tasche und sein Buch und klemmt beides zwischen den Sitz und das Klapptischchen, sodass sie sich neben ihn setzen kann. »Warum bist du so an Fleurs Telefon interessiert?«, fragt sie leise.

»Ich habe auf die Nachricht des Täters geantwortet. Die Nachricht, in der er will, dass wir zur Minervum fahren.« Valentin zeigt ihr sein Telefon. »Entlarvt. Das habe ich zurückgeschrieben und sofort danach gab nur Fleurs Telefon einen Ton von sich. Darum glaube ich, dass sie ...«

Vorläufig schaut Vos nur auf Valentins Telefon und nicht auf das von Fleur. Warum reagiert sie so träge? Fleur hätte die Nachricht jetzt schon hundertmal löschen können.

»Sie können doch wenigstens mal gucken«, sagt Valentin.

Endlich – sie steht auf und stellt sich zwei Reihen weiter in den Mittelgang.

»Wahrscheinlich ist es Unsinn«, sagt sie zu Fleur. »Aber dürfte ich dein Telefon vielleicht doch eben mal sehen? Auch wenn es nur wäre, um Valentin zu beruhigen.«

Fleur presst ihr Gerät an sich, als wäre es ein kostbarer Schatz, den sie beschützen muss.

»Was hast du denn?«, fragt Inkie.

Na bitte, sie findet auch, dass Fleur sich verdächtig benimmt.

Valentin denkt an ferngesteuerte Bomben. Manchmal reicht es ja auch, nur eine einzige Telefontaste zu drücken ...

Fleur Dumonceau

Vor 58 Tagen

Papa kam gemeinsam mit Mama ins Wohnzimmer.

»Wir müssen dir was sagen«, begann er.

Fleur wusste nicht genau, warum – vielleicht wegen seiner Stimme, vielleicht wegen Mamas Gesichtsausdruck –, aber plötzlich hatte sie das Bedürfnis, sich gerade hinzusetzen, was in dem tiefen Designersofa fast unmöglich war; sie musste erst ein ganzes Stück vorrutschen, bis ihre Füße den Boden erreichten.

»Lasst ihr euch scheiden?«, fragte sie und machte sich auf alles gefasst.

»Natürlich nicht, mein Schatz!«, rief Mama erschrocken. »Wie kommst du denn darauf?«

»So seltsam ist das gar nicht. Fast die Hälfte meiner Klasse hat geschiedene Eltern.«

Papa schlang die Arme um Mamas Taille. »Na, ich bin jedenfalls immer noch verrückt nach deiner Mutter.«

»Aber was ist denn sonst Sache?«, fragte Fleur, noch nicht ganz beruhigt.

»Die Krise ist schuld.« Mama löste sich und setzte sich auch aufs Sofa. »Papa kann nichts dafür.«

Fleur wurde sofort wieder nervös. »Wofür?«

Er strich sich durch die Haare. Jetzt erst fiel Fleur auf, wie grau sie geworden waren.

»Es läuft gerade nicht gut«, sagte er. »Finanziell und so.«

»Wie meinst du das?«

»In den letzten Jahren habe ich viel Geld in große Bauprojekte gesteckt, die anschließend wieder abgeblasen wurden. Dadurch ist es jetzt ziemlich eng geworden. Der Markt hat zwar inzwischen wieder angezogen, aber ich habe unser Privatkapital anzapfen müssen ...«

»Müssen wir unser Haus verkaufen?«

»So schlimm ist es noch nicht.« Mama lächelte und zeigte jede Menge Zahnfleisch. Dieses Lächeln kannte Fleur nur zu gut. Es war Fake – wie bei einem geschminkten Clown. Mama setzte es auf, wenn sie freundlich bleiben wollte, aber innerlich kochte. Wenn sie sich tierisch langweilte, aber doch interessiert tun musste. Und vor allem, wenn sie andere Leute beruhigen wollte, obwohl sie sich selbst große Sorgen machte.

»Wir haben eine zweite Hypothek aufgenommen«, sagte Papa. »Es wird bestimmt alles gut, aber trotzdem brauche ich eure Hilfe.«

Fleur sah sich schon Regale im Supermarkt füllen und im strömenden Regen Werbeprospekte verteilen. »Ich habe aber schon ziemlich viel zu tun mit den Hausaufgaben und Hockey und so«, baute sie gleich vor.

»Hockey«, sagte Mama. »Darüber müssen wir auch reden. Der Beitrag ist bis zu den Sommerferien bezahlt, aber danach ...«

Fleur dachte an ihre Freundinnen von Schwarz-Weiß. An den Schläger, der zur natürlichen Verlängerung ihres Armes wurde, sobald sie ihn in die Hand nahm. An das *Plock,* wenn sie den Ball traf – einen schöneren Ton gab es gar nicht! Im Übrigen war alles an Hockey einfach großartig – sogar den Schweiß roch sie gerne. »Wenn ich mit Hockey aufhören muss, hat mein Leben keinen Sinn mehr«, sagte Fleur.

»Nun sei mal nicht so dramatisch«, meinte Papa.

»Ich kann nichts außer Hockey.«

»Ach was.« Mama wollte ihre Hand fassen.

Fleur zog sie schnell weg und rückte demonstrativ zur Seite. »Von mir aus können wir trockenes Brot essen, aber ich spiele weiter Hockey.«

»Du kannst doch auch joggen gehen?«, sagte Papa. »Das ist genauso gesund und gratis.«

Inkie und sie machten sich über Jogger immer lustig. Man konnte hinter einem Ball herrennen oder weil man den Bus kriegen wollte. Nur Volltrottel rannten einfach so zum Spaß.

»Joggen ist doof.« Fleur verschränkte die Arme. »Und man muss zwar keinen Beitrag zahlen, aber man braucht Schuhe und Sportkleidung.«

»Hast du schon mal einen Blick in deinen Schrank geworfen? Du kannst problemlos einen Laden eröffnen.« Papa feixte und das konnte Fleur gerade gar nicht ab.

»Warum lachst du jetzt so blöd?«, schnauzte sie ihn an. »Macht es dir vielleicht Spaß, mir das Leben zu vermiesen?«

Mama seufzte. »Schätzchen.«

»So ist es aber doch? Ihm ist es egal, dass ich bald keine Freundinnen mehr habe und ...«

»Schluss jetzt, Fleur.« Papa schaute sie an, als wäre sie nicht seine Tochter, sondern ein außerirdisches Wesen mit drei schuppigen Schwänzen. »Du stellst dich vielleicht an. Es ist gar nicht falsch, auch mal zu erfahren, dass die Dinge nicht immer selbstverständlich sind.«

Fleur hätte sich am liebsten die Finger in die Ohren gesteckt und laut geschrien, aber da hörte sie einen Klingelton. Ihr Telefon. Sie zog es aus der Hosentasche.

»Ich rede mit dir!«, rief Papa.

Eine Nachricht von Inkie. Ob Fleur Lust hätte, mit shoppen zu gehen.

BS in 15 min, schrieb sie blitzschnell zurück.

»Fleur!« Um ein Haar hätte Papa ihr das Telefon aus der Hand geschlagen.

»Was?«, fragte sie in einem Ton, von dem sie wusste, dass er ihn noch weiter auf die Palme bringen würde.

Sofort hätte sie sich die Zunge abbeißen können, denn Papa riss ihr das Smartphone aus den Fingern.

»Gib her! Das ist mein Telefon.«

»Ach ja?«, fragte Papa. »Und wer zahlt dafür, was meinst du?«

»Außerdem bekommst du sowieso ein anderes«, sagte Mama. »Kein Smartphone, sondern ein einfaches und preiswertes Gerät mit ein wenig Guthaben für Notfälle. Ich habe unsere teuren Abos gekündigt. Du und ich, wir telefonieren in Zukunft nur noch über Festnetz oder prepaid.«

»Mama, bist du verrückt?«, rief Fleur. »Wie soll ich denn dann WhatsApps schicken?«

»Du kannst doch simsen?«

Ihre Eltern hatten echt keine Ahnung! Bald würde sie alle wichtigen Nachrichten verpassen und nicht mehr mitreden können. Und wer nicht mitreden konnte, gehörte nicht dazu. Sie sah sich schon jede Pause mutterseelenallein auf einer Bank sitzen und floss über vor Selbstmitleid.

Mama seufzte. »Es tut mir leid, Liebes. Es geht im Moment nicht anders.«

»Hättet ihr euch doch einfach scheiden lassen!«, rief Fleur. »Das hier ist tausend Mal schlimmer.«

Sie sprang vom Sofa auf und rannte heulend aus dem Zimmer.

Valentin Aafjes

Heute

Warum findest du es so furchtbar, wenn ich einen kurzen Blick auf dein Handy werfe?«, fragt Frau Vos. »Allmählich fange ich fast an, Valentin zu glauben.«

Fleur presst ihr Telefon noch fester an sich.

»Walter?« Frau Vos reicht van Piere ihr eigenes Telefon. »Bitte.«

Er schaut sie glasig an, bis sie die Augenbrauen hochzieht und ihm zunickt.

»Wenn du Frau Vos nicht sofort dein Handy gibst, sehe ich mich gezwungen, die Polizei anzurufen, Fräulein Dumonceau«, sagt er daraufhin.

Valentin traut sich kaum zu blinzeln. Bis dahin könnte Fleur längst auf eine Taste drücken und die Bombe explodieren lassen.

Obwohl – dann würde sie selbst ja auch draufgehen. Er kann sich nicht vorstellen, dass sie so weit gehen würde.

»Letzte Chance, Fleur.« Frau Vos hält ihre Hand auf.

Andererseits wäre sie nicht die Erste. Schießereien an Schulen endeten auch oft mit dem Selbstmord des Täters. »Er wirkte immer wie ein netter Junge«, sagen die Überlebenden dann hinterher. »Okay, er war ein wenig still und zurückgezogen, aber das hätten wir nie von ihm gedacht.« Fleur *wirkt* nicht mal nett. Könnte er ihr nur hinter die Stirn gucken, damit er wüsste, was sie vorhat.

Puh, endlich gibt sie Frau Vos das Telefon!

»Bekomme ich es denn gleich wieder?«, sagt sie. »Ich erwarte eine wichtige Nachricht.«

»Von wem?« Inkie platzt gleich vor Neugier. »Warum weiß ich davon nichts?«

Sie ist also nicht am Komplott beteiligt. In Gedanken streicht Valentin sie von der Liste der möglichen Verdächtigen.

»Hier ist es, Minervum«, meldet der Busfahrer. »Wir sind da.«

»Wird auch Zeit«, sagt Ben, der öfter auf seine Uhr schaut als andere auf ihr Telefon.

»Ist das denn auch dein Handy, Fleur?«, fragt Frau Vos. »Ich hätte schwören können, dass du ein Smartphone hast.«

Jetzt sieht Valentin es auch. Fleurs Telefon ist ein schlichtes dunkelgraues Nokia, so eins, wie es seine Oma hat. Nur alte Leute haben solche Handys! Und Kriminelle, wenn sie nicht abgehört oder aufgespürt werden wollen. Dann telefonieren und schreiben sie mit so einem Prepaid-Ding und werfen es gleich danach weg.

»Mein anderes ist kaputt«, murmelt Fleur.

Sie wird knallrot. Weil sie etwas zu verbergen hat?

»Und?«, fragt Valentin Frau Vos aufgeregt. »Ist meine WhatsApp drauf?«

»Mit dem Ding *kann* ich nicht mal WhatsApps schreiben«, sagt Fleur. »Nur telefonieren und simsen.«

Aber Valentin ist sich sicher, dass er einen Klingelton gehört hat.

»Vielleicht hast du ja zwei Telefone bei dir«, meint er, »und dein anderes ist gar nicht kaputt, sondern hat meine Nachricht erhalten.«

Inkie schnaubt. »Und was soll sie dann mit dem alten Nokia?«

»Die Bombe zur Explosion bringen?« Valentin findet das durchaus logisch und auf jeden Fall einer Nachforschung wert, aber das sieht Frau Vos leider ganz anders.

»Wir sind hier jetzt fertig«, sagt sie zu ihm. »Ich verstehe, dass du beunruhigt bist, aber Fleur hat damit nichts zu tun. Du wolltest, dass ich mir ihr Telefon anschaue, und das habe ich getan. Du lagst daneben. Sie hat überhaupt keine Nachrichten darauf, also auch keine von dir.«

Und dann gibt sie Fleur das Telefon zurück!

Valentin schnappt nach Luft. »Keine einzige Nachricht? Das ist doch wirklich seltsam. Angenommen, ich habe recht und ... Ihr Adressbuch! Stehen da denn Nummern drin?«

»Also wirklich – ich will jetzt nichts mehr davon hören.« Frau Vos fasst sich an den Bauch und verzieht kurz das Gesicht.

»Alles gut?«, fragt Jessica besorgt.

Nichts ist gut! Er sitzt in einem Reisebus voller Idioten! Valentin schnappt sich sein Handy und schreibt seiner Mutter eine WhatsApp.

Hast du schon gehört?

Vielleicht haben wir eine Bombe an Bord!

Der Täter hört bei uns mit!!!

Fleur Dumonceau könnte etwas damit zu tun haben, aber keiner glaubt mir.

Da wird der Bus langsamer.

»7244 war es, oder?«, fragt der Fahrer.

Valentin schaut auf sein Display. Seine Mutter hat noch nicht geantwortet.

»Die Polizei!«, ruft Frau Vos plötzlich und schlägt sich an die Stirn. »Sie weiß noch gar nicht, dass wir hierhergeschickt wurden.«

»Ich rufe sie an«, sagt Herr van Piere.

Er hat noch nicht ausgeredet, da klingelt das Telefon.

Frau Vos reißt es ihm aus der Hand. »Meike Vos.«

Valentin lauscht angespannt. Vielleicht ist das ja seine Mutter.

»Gut. Von jetzt an halte ich die Leitung frei. Und es gibt tatsächlich neue Entwicklungen. Wir sind in der Minervum, Nummer 7244. Einer der Schüler hat eine WhatsApp erhalten, in der steht, dass wir dorthin fahren sollen.« Frau Vos nickt. »Ja, ich gehe davon aus, dass es dieselben Leute waren, die den Film aufgenommen haben.« Sie runzelt die Stirn. »Der Name des Schülers? Valentin Aafjes.«

»Du stehst auf der schwarzen Liste, Professor«, sagt Driss.

Valentin stellt sich taub und checkt sein Telefon. Immer noch nichts.

»Augenblick. Ich gebe es weiter.« Vos tickt mit ihrem Ring an eine Haltestange. »Hört mal alle kurz her. Es ist wichtig, dass diese Situation vorläufig unter uns bleibt. Ihr telefoniert oder schreibt also nicht mit zu Hause und auch nicht mit Freunden und Freundinnen, damit eure Eltern es nicht zufällig mitbekommen und sich zu Tode ängstigen. Wir warten, bis die Polizei alle Eltern informiert hat.«

Meine Mutter *ist* die Polizei, denkt Valentin und schaut wieder auf sein Display. Da, sie hat geantwortet!

Keine Angst, Schatz.
Die meisten Bombendrohungen sind falscher Alarm.
Kommissar Karels leitet die Untersuchung.
Die Polizei ist unterwegs.
Wir sehen uns gleich.

Valentin ist alles andere als beruhigt. Seine Mutter meckert zu Hause regelmäßig über Karels. Ihrer Ansicht nach hat er den IQ eines Goldfischs und leidet an einer Krankheit namens Tunnelblick.

Check Fleur Dumonceau!, schreibt er zurück.

Der Reisebus hat mittlerweile bei einem kleinen Gebäudekomplex mit Parkplätzen davor angehalten. Alle Mauern sind aus Beton, die durch verschiedene Braun- und Grautöne aufgelockert werden. Sie stehen jetzt vor einem roten Garagentor von ungefähr vier Metern Höhe und vier Metern Länge. Eine Maschinenhalle oder ein Lagerraum, vermutet Valentin. Daneben liegt ein Büro hinter braunen Wänden, roten Fensterrahmen und über zwei Stockwerke verteilt. Wahrscheinlich steht es leer, denn Valentin sieht keine geparkten Autos oder Fahrräder und keinerlei Bewegung hinter den Fensterscheiben.

»Verstehe ich das jetzt richtig?« Frau Vos wechselt das Handy ans andere Ohr. »Sie möchten, dass wir auf keinen Fall dorthin fahren? Aber die Dame vom Notruf meinte, wir sollen exakt das machen, was man uns sagt.«

An dem roten Garagentor hängt ein hellblaues Schild. Es sieht aus wie ein Nummernschild, aber es steht kein Kennzeichen drauf, sondern nur die Telefonnummer des Betriebs.

»Ich möchte schon gern auf die Polizei warten, aber daraus wird nichts mehr«, sagt Frau Vos.

Stille.

»Weil wir schon dort sind, Herr Karels!« Sie sagt es nicht, aber Valentin sieht, dass sie es denkt: Sie Idiot.

»Sie möchten also, dass wir wieder wegfahren?«, fragt sie.

Wieder eine kurze Stille, dann gibt sie dem Busfahrer ein Zeichen.

»Okidoki.« Er beschleunigt und fährt weiter. »Haben sie denn auch gesagt, wohin wir ...«

Der Rest seiner Worte geht unter. Das rote Tor wird mit einem Knall aus der Fassade katapultiert und dann ist Valentin plötzlich taub. Er schaut durch die Heckscheibe dorthin, wo der Reisebus gerade noch gestanden hatte. Der Bürgersteig liegt voller Brocken. Ein Stück Tor schwebt über die Straße, als wäre es aus Karton. Und es schneit. Grauer Staub rieselt durch die Luft. Wäre das Ganze nicht so schrecklich, könnte es fast schön aussehen.

Der Bus verwandelt sich in ein fahrendes Geisterhaus. Valentin sieht erstarrte Gesichter und Münder, die lautlos schreien – wie auf dem Gemälde von Munch. Inkie und Fleur klammern sich aneinander, Driss und Tygo pressen sich die Hände auf die Ohren. Vos ist hingefallen und rappelt sich gerade wieder auf. Ben schaut auf die Uhr und der Busfahrer starrt durch die Frontscheibe und fährt und fährt, immer geradeaus, an den grauen Gebäuden der Firma Talboom entlang.

Das ist kein Scherz mehr, sondern ein richtiger Mordanschlag, denkt Valentin.

Mama.

Sein Daumen fliegt über die Tasten.

Sie wollen uns töten.

Fleur Dumonceau

Vor 58 Tagen

Es war nicht viel Betrieb im Einkaufszentrum. Fleur hastete zum Body Shop – BS – , wo sie sich immer trafen. Ja, da stand Inkie und testete einen neuen Duft und ...

Mist, sie hatte Lo mitgenommen! Eigentlich hieß sie Liona, aber Lo weigerte sich, auf diesen Namen zu reagieren. Sie fand, er klang nicht cool genug. Und was J.Lo konnte, konnte sie schon lange.

Inkie war ganz verrückt nach ihrer Kusine mit der lila Igelfrisur und dem Lippenpiercing. Fleur verstand das nicht. Konnte sie sich noch unbemerkt davonstehlen?

Nein, sie hatten sie schon entdeckt.

»Da bist du ja endlich!«, maulte Inkie. »Ich habe dir zig Nachrichten geschickt, weil ich wissen wollte, wo du bleibst.«

Noch mehr Streit konnte Fleur jetzt nicht ab. Sie spürte, wie ihr wieder die Tränen kamen.

So wie Haie kilometerweit Blut riechen, hatte Lo eine Nase für die wunden Punkte anderer. »Fängst du jetzt an zu heulen?«, fragte sie.

Inkie umarmte Fleur. »Ich bin nicht sauer. Ich war nur total beunruhigt, weil du nicht reagiert hast.«

»Sorry.« Fleur blinzelte wütend. »Probleme zu Hause.«

»Doch nichts Schlimmes?«

»Na ja ...« Fleur sah Sensationslust in Los schwarz umrandeten Augen aufflackern und verstummte sofort. Denk an Lippen-Poker!

Lo hatte sich das Spiel bei einer Übernachtungsparty ausgedacht. »Es ist eine Art Strip-Poker«, hatte sie gesagt. »Bloß, dass der Verlierer kein Kleidungsstück auszuziehen braucht, sondern etwas erzählen muss, was sonst keiner weiß. Ein Geheimnis, für das man sich schämt. Dass man heimlich unter der Dusche pinkelt, zum Beispiel. Oder sich wegen seiner krummen Zehen nicht traut, Sandalen zu tragen.«

In der Nacht in Inkies Zimmer schien das noch witzig und spannend. Im Halbdunkel zwischen den brennenden Teelichtern hatte Fleur erzählt, dass sie zu Hause ein von Kaj van der Voort ausgespucktes Kaugummi in einem Döschen aufbewahrte – dafür hatten vielleicht die Fans seiner Boyband *B-Brave* Verständnis, aber sonst wirklich keiner! Dahinter war Fleur am nächsten Tag gekommen. Lo war noch schlimmer als *Shownews* und *RTL Boulevard* zusammen. Wenn man ihr etwas erzählte, konnte man es auch gleich ins Internet stellen.

»Also?«, fragte Lo.

»Mein Telefon ist kaputt«, erfand Fleur. »Ich habe es fallen lassen und darüber waren meine Eltern nicht gerade begeistert. Vorläufig hab ich keins.«

»Sag das doch gleich.« Inkie legte tröstend einen Arm um sie. »Komm, wir gehen zu H&M – das muntert dich auf.«

Nur gucken, nicht kaufen, dachte Fleur, als sie die Filiale betraten – ihr Mantra für die kommenden Jahre. Sie hätte auch lieber gar nicht geschaut, aber Inkie war schon zwischen den Regalen abgetaucht und hielt ein violettes T-Shirt mit Glitter hoch.

»Hübsch«, sagte Fleur.

»Ein bisschen mehr Begeisterung bitte.« Inkie hielt ihr ein fast identisches Shirt hin. »Genau deine Größe.«

Fleur schüttelte den Kopf. »Anprobieren hat keinen Sinn. Ich habe meinen Geldbeutel vergessen.«

»Anprobieren kostet nichts.« Lo schob sie schon auf die Umkleidekabinen zu.

Inkie folgte ihnen mit den Shirts. »Violett steht dir immer total gut. Mir übrigens auch.«

»Also gut«, sagte Fleur, damit sie aufhörten zu nerven. Sie zog sich so schnell wie möglich um und schaute kaum in den Spiegel.

»Und?« Lo schob den Vorhang zur Seite. »Wow.«

Da schaute Fleur doch hin. Lo hatte recht. Das Shirt saß wie angegossen und der stylische Glitter war wie brennende Kerzen auf einer Torte. Sehnsüchtig studierte sie das Preisschild.

»Ich nehme es«, erklang Inkies Stimme in der Umkleide nebenan.

»Und du?«

»Sie nimmt es auch«, antwortete Lo.

»Bestimmt nicht.« Fleur schloss den Vorhang mit einem Ruck und zog das Shirt aus. »Das Ding ist viel zu teuer. Und im Übrigen ... ich habe kein Geld bei mir, sagte ich doch.«

»Kein Problem. Ich leihe dir was.«

Bevor Fleur sie davon abhalten konnte, hatte Lo einen Arm zwischen den Vorhang gesteckt und das Shirt an sich gerissen.

»Ich will es nicht!«, rief Fleur und schlüpfte so schnell wie möglich wieder in ihre eigene Kleidung.

»Mach dir doch nicht so einen Kopf«, sagte Inkie.

»Das kann ich eben ni...« Fleur schob den Vorhang zurück.

Sie redete ins Leere. Inkie stand schon neben Lo an der Kasse. Die Verkäuferin steckte das violette Shirt in eine Plastiktüte.

Und dann das violette Shirt, das Inkie für sich herausgesucht hatte, in eine andere Tüte. Strahlend kamen sie auf Fleur zu.

»Hier.« Mit einer feierlichen Geste reichte Lo ihr die Tüte.

Wenn Fleur sich weiter weigern wollte, musste sie doch noch von Papas Schulden erzählen.

»Danke«, sagte sie widerwillig. »Ich gebe es dir so schnell wie möglich ...«

»Plus zehn Cent für die Tüte«, sagte Inkie.

»Chill mal.« Lo lächelte und ging vor ihnen aus dem Laden.

»Ist sie nicht großartig?«, flüsterte Inkie.

Es lag Fleur schon auf den Lippen: Ja, großartig im Einmischen, hätte sie am liebsten gesagt.

»Ich lade euch zu Tee mit Kuchen ein«, sagte Lo.

Inkie fasste Fleur am Arm und zwickte sie. »Wie lieb!«, rief sie.

»Total lieb«, sagte Fleur.

Sie suchten sich einen Fensterplatz bei Bagels & Beans.

»Deine Mutter hat erzählt, ihr macht eine Klassenfahrt in die Ardennen?«, sagte Lo.

Inkie nickte und seufzte tief. »Fünf Tage in der Wildnis und kein einziges Geschäft in der Nähe.«

Lo grinste. »Fahrt ihr mit einem Reisebus?«

»Seit wann interessierst du dich für Busse?«, fragte Fleur.

»Seit ich mit dem Braband Express in Zell am See war. Wir hatten einen unglaublich heißen Typen als Fahrer.«

»War der denn nicht irre alt?«, fragte Fleur.

»Los neuer Freund ist auch schon zwanzig.« Inkie machte ein Gesicht, als wäre das eine grandiose Leistung.

»Jungen entwickeln sich nun mal nicht so schnell«, sagte Lo. »In unserem Alter sind sie noch Kinder.« Sie winkte die Kellnerin herbei. »Chick gibt mir wenigstens die Aufmerksamkeit und die Geschenke, die ich verdiene.«

»Chick?« Fleur lachte lauthals. »Heißt der wirklich so?«

Inkie schubste sie. »In den USA ist das ein ganz normaler Name, weißt du?«

Fleur war immer noch angepisst, weil Lo sie gezwungen hatte, das Shirt zu kaufen. Vielleicht fing sie deswegen an zu gackern: »Book, bok, bok!«

Lo lachte, aber ihre Augen lachten nicht mit.

Inkie wollte etwas sagen, doch die Kellnerin war mittlerweile an ihren Tisch gekommen. »Die Damen?«

Sie bestellten Tee und Feigenkuchen, danach war Chick vergessen. Lo zeigte ein paar Fotos, die sie auf ihrem iPhone hatte, und dann wollte Inkie auch noch ein Gruppenselfie.

Fleur war in Gedanken nicht wirklich dabei. Sie hatte das Shirt halb unter ihren Stuhl geschoben, aber die weiße Tüte schien zu fluoreszieren und drängte sich ständig in ihr Gesichtsfeld. Wahrscheinlich würde sie vorläufig auch kein Klamottengeld mehr bekommen und in ihrem Portemonnaie steckte höchstens noch ein Zehner. Das reichte auf keinen Fall, um Lo das Geld zurückzuzahlen. Es gab nur eine Lösung: Sie musste das Shirt zurückbringen. Heute noch – auch wenn sie anstandshalber noch warten musste, bis sie sich von Inkie und Lo verabschieden konnte.

Eine Stunde später stand Fleur bei der Kasse von H&M.

»Wir geben kein Geld zurück«, sagte die Verkäuferin. »Du kannst aber einen Gutschein haben.«

Driss Amrani

Heute

Driss schaut sich benommen um. Es fühlt sich immer noch unwirklich an, aber es ist absolut echt! Der Bus steht mit laufendem Motor und in der Ferne heulen Sirenen. Alle Geräusche klingen dumpf, als wären seine Ohren durch eine Erkältung verstopft. Ein paar Sitze vor ihm schluchzt jemand. Jessica?

Er will aufstehen, aber seine Knie sind weich – sein ganzer Körper fühlt sich an wie Pudding (darüber hört man Indiana Jones nie klagen!). Los jetzt, eine Hand auf die Rückenlehne vor ihm. Noch eine ... und hochziehen.

Er steht.

Wie seltsam. Es scheint, als wären alle im Bus geschrumpft.

Oder seine Augen sind gewachsen.

Jessica hält Chloës Hand fest. Das Schluchzen kommt nicht von ihr, sondern von Shakti.

»Ist jemand verletzt?«, fragt Vos.

Ein paar Schüler schütteln den Kopf. Keinem scheint etwas passiert zu sein.

Vos hebt ihr Telefon auf. »Sie haben uns das Leben gerettet, Herr Karels. Eine Bombe ist explodiert, aber der Bus wurde nicht getroffen.«

Driss muss schlucken. Wenn sie nicht rechtzeitig weitergefahren wären ...

»Soll ich hier wenden oder warten?«, fragt der Fahrer.

Jetzt sieht Driss es auch. Sie stehen vor einem schmalen Weg, der mit Pfosten versperrt ist. Nur Radfahrer kommen vorbei. Es sieht aus wie das Ende der Welt – keine Gebäude mehr, nur Weideflächen und ein Maisfeld.

Die Sirenen heulen immer lauter.

»Bleiben Sie am besten stehen«, sagt Vos zum Fahrer. »Sie sind gleich hier.«

Das klingt bedrohlich. Als würde gleich ein Raumschiff auf der Weide landen. Ein Raumschiff mit gefährlichen Monstern.

Shakti hört für einen Moment auf zu heulen und ruft dann mit lang gezogenen Schluchzern: »Ich w-will nach H-Hau-Hause.«

»Das kannst du vorläufig knicken«, sagt Driss.

Sogar Jessica sieht ihn strafend an.

»Ist doch so?« Er lässt sich in seinen Sitz fallen und verpasst der Lehne vor ihm einen heftigen Stoß (immerhin – seine Faust ist nicht mehr aus Pudding).

»Mann, was soll das?«, ruft Nika, die dort sitzt.

»Sorry, aber ...«

»Ich möchte, dass du dich woanders hinsetzt«, sagt Vos. »Auf den Einzelsitz neben den Busfahrer, vorne bei der Tür. Dort gehst du wenigstens keinem auf die Nerven.«

Driss bewegt lautlos den Mund: bla, bla, bla.

»Sofort!« Vos' Augen sprühen Feuer.

Schwangere Lehrerinnen gehören verboten. Zu Beginn des Schuljahrs war sie nicht so gewesen. Möglichst lässig schlendert er nach vorn.

»Kaugummi?«, fragt Inkie, als er an ihr vorbeikommt.

Die ist schon selbst wie Kaugummi, so wie die immer an mir klebt, denkt er. Er schüttelt den Kopf und würdigt sie keines Blickes.

Der Sitz ist direkt neben der Kaffeemaschine. Driss nimmt Platz und starrt empört aus dem Fenster.

Die Leute, die in den anliegenden Firmen arbeiten, sind herausgekommen. Sie haben den Knall natürlich auch gehört. Die meisten von ihnen laufen in Richtung Explosion, aber es bleiben auch Grüppchen stehen, die nur die Straße hinunterspähen. Eine Frau zeigt zum Reisebus.

Driss spricht in Gedanken mit alberner Stimme: *Ja, schau nur gut hin. Da sitzen Schüler drin. Was für ein idiotischer Platz zum Anhalten, was? Nein, wir wollen uns keinen Betrieb anschauen.*

Diese Idioten – wenn die wüssten!

Ein Mann kommt neugierig auf den Bus zu. Sein Bauch ist fast so rund wie der von Vos und er trägt Sandalen mit Socken. Driss ist immer noch aufmüpfiger Stimmung und kann es nicht lassen – er presst sein Gesicht an die Scheibe und zieht Grimassen. Zunge aus dem Mund. Sabbern. Wenn sie ihn behandeln wie einen Trottel, sollen sie auch einen haben!

Der Mann sieht es nicht mal. Er bleibt dicht vor der hintersten Tür stehen und ...

In Driss' Kopf schiebt sich ein Bild. Das Bild eines in Schwarz gekleideten Mannes mit einem beschriebenen Blatt Papier in der Hand: *Sie geht hoch, sobald jemand versucht, den Bus zu verlassen oder zu betreten.*

Oder betreten!

Driss' Körper steckt auf einmal voller Dynamit. Er sprintet durch den Mittelgang zur Tür, während er brüllt: »Gehen Sie weg! Bleiben Sie weg von der Tür!«

Der Mann ist nicht nur dick, sondern auch taub.

»Fassen Sie die Tür nicht an! Sonst fliegen wir in die Luft!« Driss ballt seine Hände zu Fäusten und öffnet sie dann ruckartig.

»Explosion!!« Er tut so, als würde er tot umfallen, und gibt dem Mann Zeichen, dass er verschwinden soll.

Dick, taub und auch noch bescheuert! Der Mann streckt die Hand nach der Tür aus.

Irmak fängt jetzt auch an zu rufen. »Hat jemand einen Stift und Papier? Dann können wir es ihm aufschreiben.«

Aber alle haben Schreibzeug und Papier zu Hause gelassen.

»Wo bleiben Sie denn?«, schreit Vos mit sich überschlagender Stimme ins Telefon. »Ein Mann versucht, in den Bus einzusteigen.«

»Hupen!«, ruft Driss. »Das verscheucht ihn bestimmt.«

Der Fahrer hupt. Ja, der Mann zieht erschrocken die Hand zurück!

Ein gewaltiges Seufzen geht durch den Bus.

»Gute Idee, Driss«, sagt Jessica.

Zwei Sekunden lang fühlt er sich wie ein Held, aber dann sagt Professor Aafjes: »Oder auch nicht.«

Driss schaut durch die Heckscheibe und bekommt zum zweiten Mal das Gefühl, in einem Film mitzuspielen. Das Hupen hat die Aufmerksamkeit von noch viel mehr Leuten erregt. Dutzende von Männern und Frauen kommen auf den Bus zu – wie eine Horde hungriger Zombies.

Shakti fängt wieder an zu weinen. »Ich will nicht sterben.«

»Das passiert auch nicht, Schatz.« Vos schaut auf ihren Bauch, als spräche sie nicht mit Shakti, sondern mit ihrem ungeborenen Kind.

Die Zombies umzingeln jetzt den Bus.

»Gehen Sie weg!«, ruft Vos. Alle fangen an, mit ihr zu schreien und zu gestikulieren, aber die Idioten draußen glauben wohl, sie würden um Hilfe rufen oder so, denn wieder fasst einer nach der Tür.

»Wir werden sterben!« Shaktis Stimme ist schrill.

Driss würde sie am liebsten schlagen. Sie soll ihre verdammte Klappe halten. Das ist nicht fair. Er will leben!

Aber die Hand kommt immer näher und Driss kann sie nicht aufhalten. Er kneift die Augen zusammen und wartet auf die Explosion …

Mila van Kesteren

Vor 56 Tagen

Was ist das?« Herman hielt einen Brief hoch.

Shit, Shit, Shit! In Gedanken schob Mila ihren Vater aus dem Zimmer.

»Nur ein Brief«, sagte sie, ohne ihn wirklich anzusehen. »Und würdest du mich jetzt bitte nicht mehr stören? Ich mache Hausaufgaben.«

Herman blieb stehen, die Hand noch immer ausgestreckt, als wäre der Brief die Fahne und er der Mast. »Den habe ich im Müll gefunden.«

Sie hätte diesen blöden Brief in der Schule schon entsorgen sollen. Oder noch besser: irgendwo auf dem Nachhauseweg.

»Kannst du mir sagen, was der im Müll zu suchen hat?«, fragte Herman.

»Jemand wird ihn wohl weggeworfen haben.« Sie starrte in ihr Buch und runzelte die Stirn, um zu zeigen, dass sie unglaublich intensiv lernte und keine Zeit hatte für ein Kreuzverhör.

Leider hatte Herman die Geduld einer Schildkröte.

»Vielleicht jemand namens Mila?«, sagte er.

»Könnte sein«, murmelte sie.

Herman legte den Brief auf ihr Geschichtsbuch.

»Igitt«, sagte sie. »Weißt du eigentlich, wie viele Bakterien in so einer Mülltonne sind?«

Er tat, als hätte er sie nicht gehört, und las die Anrede des Briefs vor: »An die Eltern und/oder Erziehungsberechtigten der Schüler der Klasse 8c.«

Sie hätte den Mistbrief in den Reißwolf bei der Schulsekretärin stopfen sollen. Oder verbrennen müssen – am liebsten mitsamt Schule.

»Ich kann schon lesen«, sagte sie.

Er seufzte leise. »Mila.«

»Herman.«

»Stell dir mal vor, ich würde deine Briefe in den Müll werfen.«

»Ich bekomme nie Briefe.« Mila presste ihren Bauch gegen die Tischplatte. Als Mama und Wouter gerade erst ausgewandert waren, hatten sie hin und wieder noch eine Karte geschickt. Momentan war einmal im Monat skypen über den Computer der Nachbarin ihr einziger Kontakt.

»Du weißt genau, dass es nicht darum geht.« Herman tätschelte ihr unbeholfen den Kopf. »Wenn du von der Schule einen Brief mitbekommst, möchte ich den sehen. Das Geld für die Klassenfahrt hätte längst bezahlt sein müssen und ...«

»Du brauchst überhaupt nichts zu bezahlen«, sagte Mila. »Ich fahre sowieso nicht mit.«

»Natürlich fährst du mit. Zur Not verkaufe ich ein paar Figuren.«

Herman hatte fast sein Leben lang Swarovski-Tierfiguren gesammelt und besaß einige ziemlich wertvolle Exemplare.

»Auf keinen Fall!«, rief Mila. Sie hatte sich furchtbar schuldig gefühlt, als ihr Vater seine Lieblingsschneeeule opferte, um ihre Schulsachen kaufen zu können. Auch wenn er sagte, dass es doch nur ein Stück Kristall wäre, wusste sie genau, wie sehr er an seiner Sammlung hing.

»Milalein ...«

»Und nenn mich nicht so!« Sie schob den Stuhl zurück. »Ich fahre nicht mit dieser Scheißklasse in die Ardennen!«

Ups. Sie schlug die Hand vor den Mund.

»Mädchen.« Seine Augen zuckten nervös hinter seinen Brillengläsern hin und her und seine Hände flatterten durch den Raum, als könnte er sich nicht entscheiden, wo er sie lassen sollte.

»Lass mich in Frieden.« Sie schaute von ihm weg und wünschte, er würde verschwinden, bevor sie platzte.

»Aber ...«, versuchte Herman es noch einmal.

Sie presste die Lippen fest aufeinander. Bloß nichts sagen!

»Hast du deswegen den Brief versteckt?« Endlich kamen seine Hände auf der Rückenlehne ihres Stuhls zur Ruhe. »Nicht wegen des Geldes, sondern weil du nicht auf Klassenfahrt willst?«

Sie durfte es nicht erzählen. Nicht ausgerechnet jetzt, wo es ihm wieder ein wenig besser ging. Er war in Therapie und schluckte Antidepressiva, aber sie hatte furchtbare Angst, er könnte einen Rückfall erleiden. Möglichst wenig Stress, hatte der Arzt gesagt. Das ist am besten.

»Mobben sie dich?«, fragte Herman. »Ich verstehe das nicht. Weswegen denn?«

Weswegen nicht, dachte Mila.

Das Spiel begann, sobald sie mit dem Fahrrad auf den Schulhof bog. Ihr täglicher Überlebenskampf. Dann war sie nicht mehr Mila, sondern eine Spielfigur, die jeden Moment vom Klan der 8c vernichtet werden konnte. Um zu überleben, hatte sie ihrem Avatar magische Kräfte gegeben. Während der Pause nutzte sie den großen Verschwindetrick – Vorratsschränke, Toilette, Heizungsraum, sie kannte sie alle. Oder sie verwandelte sich in einen Gegenstand – am liebsten in einen Fels oder eine Mauer –, damit sie nichts mehr an sich heranlassen musste. Und sie konnte die Zukunft vorhersagen: Die Klassenfahrt würde ein einziges großes Horrorszenario werden.

»Du willst nichts sagen?« Herman rieb mit dem Daumen über seine Kleidung – ein Zeichen seiner Anspannung. »Soll ich dich morgen zur Schule begleiten?«

»Bitte nicht!«, rief sie erschrocken. »Dann machst du alles nur noch schlimmer. Ich rede mit meinem Tutor, okay?«

»Ganz sicher?« Er konnte seine Erleichterung nicht verbergen.

Mila kreuzte die Finger unter dem Tisch. »Ganz sicher.«

»Na gut.« Herman schlurfte aus dem Zimmer.

Mila machte Konfetti aus dem Brief und öffnete ihr Fenster. Während sie die Schnipsel davonwehen ließ, sah sie sich plötzlich selbst von außen: ein Mädchen ohne Mutter, das auch noch für seinen Vater sorgen musste. Sie schlug das Fenster zu.

Driss Amrani

Heute

Das war es also. Hier endete sein Leben ...

Wo bleibt denn jetzt der Knall? Vorsichtig öffnet er die Augen.

Er ist nicht tot. Da steht Jessica – in einem rosa BH! Alles an ihr ist süß, weich und mollig. Und clever ist sie! Sie hat ihr T-Shirt ausgezogen und hält es an die Fensterscheibe, damit die Zombies gut lesen können, was darauf steht: KEEP OUT! Und es funktioniert! Zumindest für den Moment, denn vorläufig haben die Zombies ihre Hände zurückgezogen. Vielleicht klappt es jetzt, sie ganz wegzuschicken.

»Motor aus!«, schreit Driss zum Fahrer hinüber. »Wir rufen noch einmal. Nicht alle durcheinander, sondern alle zusammen: *Geht weg, fasst den Bus nicht an, an Bord ist eine Bombe.* Dann müssen sie uns doch verstehen.«

Jan dreht den Schlüssel um. Der Motor schweigt.

»Eins, zwei ...« Wie ein Dirigent gibt Driss das Tempo vor.

»Geht weg!«

Anfangs klingt es noch ein wenig chaotisch, aber schon bald haben alle den richtigen Rhythmus gefunden und die 8c ruft wie aus einem Mund. »Fasst den Bus nicht an! An Bord ist eine Bombe!« Die Klasse ist wie ein Telefon, das fast keinen Saft mehr hatte und jetzt wieder aufgeladen wird. Ihre Stimmen werden mit jeder Sekunde kräftiger und ihre Blicke hoffnungsvoller. Erst recht, als die Zombies ein Stück zurückweichen. Ausnahmsweise fühlt sich Driss mal nicht gereizt, sondern fantastisch. Alle machen genau, was er sagt, und es funktioniert auch noch.

»Geht weg! Fasst den Bus nicht an!«

Die Sirenen sind jetzt so nah, dass sie fast nicht mehr zu übertönen sind.

»An Bord ist eine Bombe!«

Da kommen sie. Ein knallrotes Feuerwehrauto mit Drehleiter und fünf Einsatzfahrzeuge der Polizei. Sie halten mit quietschenden Reifen und dann endlich schweigen die Sirenen. In Driss' Ohren gellen sie noch nach. Polizisten steigen aus und jagen alle Zombies davon. Rot-weiße Bänder werden ausgerollt und festgemacht, bis die Straße rund um den Reisebus abgesperrt ist.

»Gut gemacht, Jessica«, sagt Vos. »Du auch, Driss. Setz dich ruhig wieder auf deinen normalen Platz.«

Er ist nicht an Komplimente gewöhnt und brummt etwas Unbestimmtes vor sich hin.

»Say cheese!«, ruft Inkie, als er durch den Mittelgang läuft. Sie fotografiert ihn mit dem Handy. »Unser Retter in der Not.«

Driss versucht, das fantastische Gefühl festzuhalten, aber dann sagt Valentin: »Wir sind höchstens vorläufig gerettet. Die Bombe ist immer noch an Bord.«

Warum muss ihnen der Professor ständig die Stimmung versauen? Und dazu sagt dann keiner was.

»Ich hab zehn Likes!«, ruft Inkie. »Jetzt schon!«

Vos dreht sich verstört um. »Du hast was?«

»Für das Foto von Driss auf Facebook.« Inkie hält kurz ihr Telefon hoch. »Dreizehn Likes!«

Vos' Blick ist vernichtend. »Was hatte ich gesagt? Niemanden anrufen, bis alle Eltern benachrichtigt sind?!«

»Ich habe nicht angerufen«, sagt Inkie empört.

Vos stöhnt und strubbelt sich mit der Faust durch die Haare. »Bist du wirklich so blöd oder ...«

Hormone, denkt Driss. Seine Mutter hatte auch ständig Probleme damit.

»Entschuldige, das hätte ich nicht sagen dürfen.« Vollkommen unerwartet reißt Vos Inkie das Telefon aus den Fingern. »Walter!«

Der Vampir steht auf. »Ja?«

Vos drückt ihm zwei Telefone in die Hand, Inkies und ihr eigenes. »Übernimm du das mal kurz. Sammle alle Telefone ein, damit keiner mehr Dummheiten machen kann. Ich muss ... äh ...« Sie geht durch den Bus ganz nach hinten, lässt sich auf einen der Sitze dort fallen und verbirgt den Kopf in den Händen.

»Geht es?«, fragt Jessica besorgt.

»Lass mich mal kurz«, murmelt Vos. »Bisschen Magensäure.« Driss hört Tränen in ihrer Stimme.

»Inkie kann die Facebook-Nachricht löschen, Frau Vos«, sagt Valentin. »Vielleicht ist der Schaden noch zu begrenzen.«

Schleimscheißer, denkt Driss.

Der Vampir hat in jeder Hand ein Telefon. Er schaut darauf, als wären es Handgranaten ohne Sicherungsstift.

»Das linke gehört Inkie«, sagt Valentin. »Vielleicht geben Sie es ihr kurz zurück.«

Und der Vampir tut es auch noch. Jessica nickt Valentin zu nach dem Motto: gut gemacht.

»Ich helfe beim Einsammeln«, sagt Driss schnell. Er nimmt die Plastiktüte, die an der Armlehne seines Sitzes hängt, und geht damit in den vorderen Busteil. »Telefone abgeben!«

Wieder ertönen Sirenen. Diesmal sind es keine Polizeiautos, sondern Krankenwagen.

»Was machen die denn jetzt hier?«, fragt Shakti. »Es ist doch keiner verletzt?«

Noch nicht, denkt Driss. Aber diesmal beherrscht er sich und sagt es nicht laut. Die Leute wollen hören, dass alles gut wird, auch wenn es eine idiotische Lüge ist.

Tygo van Dongen

Vor 51 Tagen

Tygo saß am Küchentisch und verteilte Schokostreusel auf seinem Butterbrot. Er kam gerade aus dem Bett und hatte nur schnell eine Jogginghose übergezogen.

»Gehst du mit zum Gemüsemarkt?«, fragte Pa. »Leute überzeugen?«

»Er geht ganz sicher nicht mit!«, rief seine Stiefmutter von der Treppe. »Bei dem schönen Wetter erwarte ich besonders viele Kunden in der Waschstraße, ich kann Hilfe gut brauchen.«

Tauziehen war ihr Lieblingssport. Und man durfte dreimal raten, wer wohl das Tau war?

»Sie gewinnt.« Tygo kratzte sich im Schritt und gähnte. »Autowaschen bringt Geld.«

Pa war sich für eine Bestechung nicht zu schade und zog sofort einen 50-Euro-Schein aus der Hosentasche. »Für dich, wenn du mir hilfst.«

Doppelt so viel wie das, was Tygo normalerweise verdiente!

Seine Stiefmutter kam in die Küche und begann sofort zu maulen. »Wie oft soll ich dir das noch sagen? Zieh dir bitte was an. Du bist hier nicht am Strand.«

»Ich habe doch was an?« Er zog am Stoff seiner Jogginghose.

»Ein Shirt, Tygo.«

»Und diesen göttlichen Leib verbergen?« Er wusste, dass er sie ärgerte, aber genau deswegen konnte er es nicht lassen. »Du hast übrigens Pech. Pa hat gewonnen.«

Die Zettel für die Unterschriftenaktion lagen in einem Karton in der Scheune. Obenan stand: *Ich bin gegen ein zweites Asylzentrum in Breda* und darunter waren mehrere Zeilen, in die Mitstreiter ihren Namen und ihre Adresse notieren und ihre Unterschrift leisten konnten.

Pa nahm einen Riesenstapel.

Tygo zog die Augenbrauen hoch. »So viele? Die müssen wir dann alle mitschleppen.«

Pa schob sie in seine Fahrradtasche und rammte sie Tygo fast in den Bauch. »Hier, du Weichei. Häng sie über den Gepäckträger.«

»Wir fahren doch wohl mit dem Auto?«

»Radfahren tut dir gut.«

»Aber ich fahre doch schon jeden Tag megaweit zur Schule«, maulte Tygo.

»Du Opa.« Pa lachte ihm ins Gesicht.

Langsam radelten sie los. Die Sonne schien und es war fast windstill.

»Kleines Rennen?«, fragte Pa nach einer Weile.

Tygo bekam keine Chance zu antworten.

Sein Vater hatte schon in die Pedale getreten und warf nur noch einen kurzen Blick zurück. »Wer zuletzt ankommt, muss Wurstbrötchen ausgeben!«

Tygo setzte zur Verfolgung an, gab aber nach ein paar Hundert Metern auf. Er hasste schwitzen. Außerdem würde er heute fünfzig Euro verdienen – was interessierten ihn da ein paar Wurstbrötchen?

In ruhigem Tempo bog er in die Straße ein, die über den

Fluss führte. Auf der Brücke ging eine komplett verschleierte Frau. Wahrscheinlich sollte sie dadurch die Aufmerksamkeit der Männer eben nicht auf sich ziehen, aber man starrte ihr noch intensiver nach als einem Mädchen im Minirock. Ein kleiner Junge begann lauthals zu weinen, bestimmt hielt er sie für ein schwarzes Gespenst. Ehrlich gesagt fand Tygo auch, dass sie ziemlich gruselig aussah. Wer weiß, was oder wer unter den schwarzen Lappen steckte!

Er beschleunigte und fuhr an ihr vorbei, ohne dass etwas passierte.

Ob sie wohl wusste, dass sie in ihm so ein mulmiges Gefühl auslöste, fragte er sich.

Pa stand in der Vijverstraat und grinste. »Da bist du ja endlich!«

»Gegen einen in der Midlifecrisis kommt man nicht an«, sagte Tygo. »Männer in deinem Alter wollen sich eben gern beweisen ...«

Pa grinste und sang: »Lahmpfötchen, Wurstbrötchen.«

Tygo schloss sein Rad ab. »Lass uns erst mal ein paar Unterschriften sammeln.«

Sie nahmen jeder einen Stapel Blätter und gingen zu dem kleinen Markt mit seinen vier Ständen. Beim Bäcker tippte Pa einem Mann auf die Schulter. »Was halten Sie von den Plänen für ein Asylzentrum im alten Finanzamt?«

Der Mann machte ein ziemlich überrumpeltes Gesicht.

»Die Vereinbarung steht, heißt es bei der Gemeinde«, fuhr Pa fort. »Deswegen werden sie das Asylzentrum am Gefängnis schließen. Aber was bringt uns das, wenn dafür ein neues Zentrum eröffnet wird?«

»Nichts«, sagte Tygo. »Das will ich erst mal sehen, dass das am Gefängnis wirklich schließt.«

Pa nickte. »Wir Bürger werden öfter mal hingehalten. Wenn

wir jetzt nicht reagieren, haben wir nachher vielleicht sogar zwei Asylheime.«

»Deswegen sammeln wir Unterschriften.« Tygo reichte ihm einen der Zettel. »Wir wollen diese Pläne verhindern.«

Pa zauberte einen Stift aus seiner Brusttasche. »Wenn Sie möchten?«

Der Mann zögerte.

»Haben Sie Kinder?«, fragte Tygo.

»Zwei Töchter.«

»Sie wollen doch auch, dass die ohne Probleme auf der Straße laufen können?«

»Unverschleiert«, sagte Pa.

Der Mann begann, heftig zu nicken. Pa hielt wieder seinen Stift parat.

»Für ein sicheres Breda«, sagte Tygo.

Der Mann trug Namen und Adresse ein und unterschrieb.

Pa zwinkerte Tygo zu. »Wir sind ein gutes Team, du und ich.«

Dann ging er auf sein nächstes Ziel zu: eine Frau mit doppeltem Doppelkinn. »Guten Tag, darf ich Sie etwas fragen?«

»Muss das sein?«

Pa wurde rot, tat aber so, als wäre nichts. »Vielleicht würden Sie diese Petition gern unterzeichnen?«

Sie nahm den Zettel nicht entgegen, sodass er auf den Boden fiel. Pa wollte sich schon bücken, um ihn aufzuheben, aber Tygo hielt ihn davon ab. Dumme Pute! Wie konnte sie es wagen, Pa so zu demütigen?

»Wir gehen weiter«, sagte er schnell.

Eine dünne Frau mit Perlenkette und goldenen Steckern in den riesigen Ohrläppchen verstaute ein Stück Käse in ihrem Einkaufsnetz.

»Hallo«, sagte Pa.

Sie schaute ihn prüfend an. »Kenne ich Sie nicht irgendwoher?«

Er nickte zögernd. »Könnte sein ...«

»Mein Vater protestiert gegen die Pläne für ein zweites Asylzentrum«, sagte Tygo. »Neulich war er in der Zeitung und der Brabanter Rundfunk hat ihn interviewt.«

Die Frau stieß einen kleinen Schrei aus. »Natürlich! Ich habe Sie im Fernsehen gesehen!«

Insgeheim war Tygo ein wenig stolz. Erst recht, als weitere Leute stehen blieben.

»Vater will verhindern, dass noch mehr Flüchtlinge nach Breda kommen«, sagte Tygo.

»Wo kann ich unterschreiben?« Ein Mann mit Schnurrbart stellte seine Tasche ab. »Diese Leute krallen sich unsere Häuser. Meine Tochter steht schon wer weiß wie lange auf der Warteliste, aber die Gemeinde findet es offenbar wichtiger, Ausländern zu einer Wohnung zu verhelfen.«

»Die müssen doch auch irgendwo wohnen«, mischte sich eine Frau mit hennaroten Haaren ein.

»Ach, und meine Tochter nicht?«

»Stellen Sie sich doch mal vor«, sagte die Frau, »es bricht Krieg aus, Ihr Haus liegt in Schutt und Asche und Sie müssen mit Ihrer Familie flüchten. Nach einer furchtbaren Reise gelangen Sie endlich in die Niederlande. Sie haben alles zurücklassen müssen, vielleicht haben Sie unterwegs Familienmitglieder sterben sehen ...«

»Das ist alles schrecklich«, fiel Pa ihr ins Wort. »Aber der Herr hier hat schon recht. Natürlich müssen wir anderen Menschen helfen, aber nicht, wenn das auf Kosten unserer eigenen Bürger geht.«

Eine Stunde später waren sie fast all ihre Zettel losgeworden.

»Hol mal eben neue«, sagte Pa. »Und bring die ausgefüllten schon mal weg.«

Tygo ging zu ihren Rädern.

Wie konnte das denn sein? Die Taschen waren leer!

Er schaute sich um und sah auf dem Bürgersteig einen Zettel liegen. Und ein Stück weiter wieder einen und dort hinten auf der Straße noch einen! Die Spur führte zum Wilhelminapark. Mit großen Schritten überquerte Tygo die Straße und kam an zwei Marokkanern vorbei. Einer trug eine blaue Jacke mit Pelzrand an der Kapuze, der andere nur einen Pullover. Unter ihnen war der Weiher und ...

Er kniff die Augen zusammen. Sah er das jetzt richtig?

Hastig lief er hinunter zum Ufer, um sicher zu sein, dass es keine Wasserpflanzen waren. Eine Ente flog erschrocken auf und flatterte in den Weiher. Tygo blieb am Rand stehen und starrte auf den Papierteppich. Er hatte sich nicht geirrt. Auf dem Wasser trieben Hunderte von Formularen. Sie waren alle ein wenig wellig – wie Fingerspitzen, wenn man zu lange in der Badewanne gelegen hatte.

Über ihm erklang ein Geräusch und er drehte sich um.

Standen die Marokkaner jetzt etwa da und lachten, oder was?

Auf einmal war sich Tygo ganz sicher. Sie hatten die Zettel aus der Fahrradtasche geklaut und in den Weiher geworfen.

»Dämliche Marokkaner!«, rief er wütend.

Jetzt lachten sie ganz sicher.

»Kauf dir mal 'ne Brille, Mann«, sagte der mit dem Pelzrand an der Kapuze. »Unsere Eltern sind Türken.«

»Wen interessiert das? Lasst eure Pfoten von den Sachen anderer Leute!«

»Wovon redest du?«

»Als ob du das nicht wüsstest. Ihr habt unsere Zettel geklaut und ...«

»Wir haben überhaupt nix geklaut, du blöder Homo!«, rief der im Pulli.

»Ich bin kein Homo!«

»Und wir haben nichts gemacht«, sagte der mit dem Pelzrand. »Aber wir sind ja immer schuld.«

»Ach ja, wie kommt das bloß?« Tygo dachte an das schwarze Gespenst oben auf der Brücke. »Geht doch einfach zurück in die Türkei.«

Irmak Yildiz

Vor 51 Tagen

Irmak hörte, wie die Haustür zuschlug. »Bist du das, Erdem?«

Die Wohnzimmerwände waren dünn. Sie spitzte die Ohren.

Ein Klappern neben der Garderobe, als wäre etwas zu Boden gefallen. Ein Plumps in der Küche und danach die Stimme ihres Bruders. »Ich gehe nie mehr auf diesen dämlichen Gemüsemarkt.«

»Was ist passiert?«, fragte ihr Vater. »Bist du von einem Bund Möhren angegriffen worden?«

Es klang, als stünde eine Ziege in der Küche, aber Irmak wusste, dass es nur Baba war, der lachte. Es wirkte immer ansteckend. Na ja, zumindest bei ihr und ihrer Mutter. Erdem schien schon vor einer Weile seinen Sinn für Humor verloren zu haben.

»Sehr witzig«, schnauzte er – und zack – Schritte im Flur, Poltern auf der Treppe und eine Tür, die zuschlug.

Typisch, dachte Irmak.

Gleich darauf ging die Stereoanlage in seinem Zimmer an. Früher hatte er immer die Top 40 am Laufen und danach war er jahrelang ein riesiger House-Fan. Inzwischen war eine neue Phase angebrochen: die der traditionellen türkischen Musik. Das Wehklagen war durchs ganze Haus zu hören.

»Denk an die Nachbarn!«, rief Baba.

Irmak legte ihr Geografiebuch zur Seite und huschte auf Socken in den Flur. »Erdem kann dich nicht hören«, sagte sie durch die offene Küchentür. »Ich gehe gleich zu ihm.«

Baba schaute sie dankbar und auch ein wenig hilflos an. »Was habe ich nur falsch gemacht?«

»Gar nichts, Baba.« Ihr Herz zog sich zusammen, als sie seine erschöpften Schultern sah, während er einen Salatkopf in die Gemüseschublade im Kühlschrank stopfte.

Erdems Jacke lag neben der Garderobe. Irmak hängte sie im Vorbeigehen auf und lief nach oben. Warum musste ihr Bruder nur immer allen die Stimmung vermiesen? Sie wollte, dass Baba wieder lachte wie eine Ziege.

»Erdem!« Sie hämmerte an seine Zimmertür.

Er hörte sie nicht oder wollte sie nicht hören, also trat sie ein, steuerte auf die Stereoanlage zu und schaltete sie aus. Die Stille nach dem Lärm war unglaublich.

Ihr Bruder klappte seinen Laptop zu. »Schon mal was von Privatsphäre gehört? Du kannst doch nicht einfach so in mein Zimmer stürmen.«

»Dann dreh die Musik nicht so laut auf. Ich habe gerufen und geklopft.« Sie feixte. »Schaust du dir vielleicht heimlich Sexfilmchen an?«

»Anständige Mädchen reden nicht so«, sagte er mit einem Blick, als hätte er etwas Verdorbenes gegessen.

Meinte er das im Ernst? Früher hatte sie sofort gewusst, ob er nur Theater spielte, aber in letzter Zeit ...

»Baba ist total durcheinander«, sagte sie schnell, um das Thema zu wechseln.

»Was erwartest du von mir? Der Alte muss aus allem einen Witz machen. Warum nimmt er mich nie ernst?«

Der Alte. Irmak war froh, dass Baba das nicht hörte.

»Was ist denn passiert auf dem Gemüsemarkt?«, fragte sie.

Sein Blick wurde hart. »Was ständig passiert.«

»Und das ist?«

»Ein paar Leute haben Unterschriften gesammelt. Jemand hat offensichtlich ihre Sachen in den Weiher geschmissen. Und wer bekam die Schuld?«

»Du?«

»Und Onur.«

»Was habt ihr denn gemacht?«

Erdem stand auf. »Fängst du jetzt auch schon an?«, fuhr er sie an.

Es fühlte sich an, als würde seine Stimme sie angreifen. Sie duckte sich leicht.

»Wir standen nur da und haben uns unterhalten«, redete er ruhiger weiter. »Aber weil wir zufällig ausländisch aussehen, wurden wir sofort rausgepickt. Die Polizei kam dazu und wir mussten unsere Ausweise vorzeigen. Nur wir, verstehst du? Von den Käsköppen wurde keiner befragt. Die haben uns für Marokkaner gehalten. Diese Trottel von Niederländern sehen nicht mal den Unterschied.«

Irmak kicherte. »Idioten wie wir also.«

»Sie sehen uns nicht als Niederländer!«

Sie. Wir. Irmak wurde immer übel davon.

»Ärgerlich«, gab sie zu. »Aber das heißt nicht, dass du das an Baba auslassen musst. Er kann doch auch nichts dafür.«

»Ach nein? Er musste doch unbedingt auswandern.«

»Für uns, ja.« Irmak war stolz auf Baba. Er hatte immer hart gearbeitet und abends Jura studiert. Weil er sich so angestrengt hatte, wohnten sie in einem schönen Haus in einer hübschen Straße.

»Ich wünschte, er wäre in der Türkei geblieben«, sagte Erdem. »Dort hätten wir diese ganze Scheiße nicht.«

»Übertreibst du jetzt nicht ein bisschen?«, fragte sie vorsichtig.

»Überhaupt nicht.« Wieder bekam er diesen zornigen Blick. »Onur hat erzählt, dass man ihn gestern nicht in die Billardhalle reingelassen hat. Weil alle Tische besetzt wären, hat der Türsteher behauptet. Aber kurz darauf hat er eine ganze Gruppe Niederländer reingelassen.«

»Vielleicht hatten sie reserviert.«

»Wach auf, Irmak! Es ist vollkommen egal, dass wir hier geboren sind. Wir werden doch nie ganz dazugehören.«

»Also ich fühle mich hier wohl.«

»Für Mädchen ist es leichter. Wenn sie mich sehen, halten sie mich sofort für einen Vergewaltiger oder für einen Terroristen.« An seinem Mundwinkel zitterte ein kleiner Muskel. »Sie werfen uns alle auf einen Haufen.«

»Bestimmt nicht jeder, Erdem.«

»Ach nein? Warum muss ich mich dann ständig entschuldigen, einzig und allein, weil ich Moslem bin? Ich schieße keinen tot und lasse auch keine Bomben hochgehen. Und doch werde ich verdächtigt, wenn es irgendwo einen Anschlag gibt.«

»Jetzt machst du genau das Gleiche!«, rief Irmak. »Du wirfst alle Nicht-Moslems auf einen Haufen. Es gibt auch eine Menge, die nicht so denken.«

Aber Erdem war wie eine angespannte Sprungfeder und konnte nicht mehr aufhören. »Und wenn sie einmal nicht über meinen Glauben nörgeln, dann geht es um rückständige Kulturen.« Er schnaubte. »Weißt du, was rückständig ist? Niederländische Hooligans, die einen Brunnen in Rom zerstören.«

»Was hat das denn jetzt damit zu tun?«

»Den Hooligans wird einfach die Schuld in die Schuhe geschoben, ohne dass auch nur irgendein anderer Niederländer verdächtigt wird.« Er gestikulierte wild herum. *»Darum* geht es!«

Irmak war plötzlich todmüde. »Und jetzt haben sie es geschafft, dass wir uns auch noch deswegen streiten.«

»Siehst du. Jetzt sagst du es selbst: sie, wir.« Er verschränkte die Arme. »Gib es ruhig zu. Du hast auch Probleme damit.«

Sie biss sich auf die Lippe. »Manchmal.«

Er hatte recht. Seit den Anschlägen in Paris und Brüssel hatte sich etwas verändert. Als sie vor ein paar Jahren anfing, Kopftuch zu tragen, fanden ihre Freundinnen das interessant und auch ziemlich cool. Und nach den Anschlägen befragten dann dieselben Freundinnen sie, Shakti und Driss nachdrücklich, was sie von der Sache hielten. Als hätten sie drei eine andere Meinung dazu als der Rest der Klasse, nur weil sie Moslems waren.

Die Tränen schossen ihr in die Augen und das Zimmer verschwamm.

»He.« Erdem legte den Arm um sie.

Irmak lachte unter Tränen. »Hauptsache, wir bleiben immer wir selbst.«

Sein Körper schien zu erstarren, aber dann sagte er: »Natürlich.«

Sie hatte es sich bestimmt nur eingebildet. »Wie ist es übrigens ausgegangen mit Onur?«, fragte sie. »Außer dass er kein Poolbillard spielen durfte.«

»Er fährt bald nach Istanbul und arbeitet im Restaurant seines Onkels.«

»Und was ist mit der Schule?«

»Onur sagt, dass er hier sowieso keinen anständigen Job kriegt, Abschluss hin oder her. Wenn kein niederländischer Nachname unter einer Bewerbung steht, landet sie sofort auf dem Stapel *Abgelehnt.*«

»Unsinn!« Sie löste sich von ihm. »Und was ist mit Baba?«

»Okay, aber der hat hundert Jahre studiert.« Erdem lässt sich auf sein Bett fallen. »Darauf habe ich echt keinen Bock.«

»Weichei.«

»Du darfst deinen Bruder nicht beschimpfen.« Er warf ihr ein Kissen an den Kopf.

Sie rannte aus dem Zimmer und linste hinter der Tür noch einmal zu ihm hinein. »Doch, wenn er eines ist!«, sagte sie.

Er konnte nicht darüber lachen.

Valentin Aafjes

Heute

Nachricht gelöscht«, sagt Inkie und legt ihr Telefon zu den anderen in die Plastiktüte, mit der Driss durch den Bus geht.

Valentin tut, als würde er in sein Buch schauen, aber heimlich liest er die WhatsApp seiner Mutter.

Wie geht es dir?

Du hast bestimmt Angst.

Ich bin ganz in deiner Nähe.

Er wirft einen Blick durchs Heckfenster. Seine Mutter steht in einer neonfarbenen Weste hinter der Absperrung. Sie hebt kurz die Hand.

Hast du Fleur schon überprüft?, schreibt er zurück.

»Handys her!«, ruft Driss in der Lautstärke eines Marktschreiers.

»Ich möchte meins lieber behalten«, sagt Fleur. »Ich kann damit sowieso nicht auf Facebook, also …«

Valentin schlägt sein Buch mit dem Telefon dazwischen zu. »Hast du diese wichtige Nachricht, auf die du wartest, denn nun bekommen?«

»Fängst du jetzt schon wieder an?«, meckert Inkie. »Fleur hat nichts damit zu tun.«

»Vielleicht.« Valentin dreht sich zu Frau Vos um. »Soll ich die anderen Telefone kontrollieren? Nachschauen, ob sonst jemand meine Nachricht erhalten hat?«

Zum Glück hat die Lehrerin sich wieder im Griff. Sie ordnet ihre Frisur und steht auf. »Das ist nicht deine Aufgabe, Valentin, aber dennoch eine gute Idee. Walter, würdest du ...«

In der Ferne dröhnt ein Hubschrauber. Valentin denkt nicht mehr an Telefone und hat sogar für einen Moment die Bombe vergessen. Angestrengt starrt er in den Himmel.

Ja, dort! Der blau-weiße Punkt nähert sich rasch. Es ist ein Eurocopter EC135, ausgestattet mit zwei Pratt-&-Whitney-206B-Motoren von jeweils 447 PS. Er hat einen vierblättrigen Hauptrotor, einen Fenestron-Startmotor und ...

Aua! Jemand stößt ihm unsanft gegen die Schulter.

»Dein Smartphone, Professor.« Driss hält ihm die Tüte vor die Nase.

Valentin hat nicht vor, sein Telefon abzugeben.

»Ein Polizeihelikopter!«, ruft er.

Der Heli ist jetzt schon so nah, dass man die Buchstaben auf seinem Bauch lesen kann: PH-PXB.

Hidde ist aufgestanden und kriecht fast ins Fenster. »Er landet auf der Wiese!«

Wäre Driss doch bloß genauso interessiert ...

»Wisst ihr, wofür die Propeller da sind?«, fragt der Fahrer. »Für die Ventilation.«

Inkie verdreht die Augen. »Ja, sicher.«

»Glaubst du mir nicht? Warte nur, bis du mal mitfliegst und der Pilot den Propeller abschaltet. Wetten, dass dir dann sofort irre warm wird?«

»Ich finde es schon drückend genug.« Vos zieht ihre Bluse aus. »Hier drin ist es zum Ersticken.«

Darunter trägt sie ein Stretch-Top mit Spaghettiträgern – und jetzt ist Driss doch kurz abgelenkt. Er schaut auf das kleine Fuchs-Tattoo auf ihrem Oberarm.

»Genial.«

Jetzt kann Valentin seine kleine Pantomime aufführen. Hand in die Plastiktüte, Hand aus der Plastiktüte. Aber sein Telefon steckt noch immer zwischen den Buchseiten.

Der Hubschrauber wird immer lauter. Das Gras wird niedergedrückt, die Luft zittert und die ganze Straße verschwindet im aufgewirbelten Staub.

»Er landet!« Aufgeregt läuft Hidde in den vorderen Busteil.

Gern würde Valentin ihm folgen.

»Dein Phone«, sagt Driss.

»Hab ich gerade reingesteckt«, behauptet Valentin.

Driss geht mit der Tüte zu Tygo. »Handy her!«

Valentin siedelt sein Smartphone blitzschnell um, vom Buch in die Hosentasche, und kontrolliert noch schnell das Display. Keine Nachricht von seiner Mutter. Dann kann er nicht widerstehen. Er stellt sich zu Hidde und dem Fahrer und schaut zu, wie der Pilot den Heli auf der Wiese landet.

»Vor dir fährt ein Laster«, sagt der Fahrer. »Hinter dir fliegt ein Hubschrauber, links steht ein Pferd und rechts ist der Abgrund. Alle sind gleich schnell. Wie kommst du da raus?«

Vielleicht kommen wir hier nie mehr raus, denkt Valentin.

»Vom Karussell absteigen!«, ruft der Fahrer.

Dass er sich selbst noch zuhören kann!

Noch bevor die Propeller ganz still stehen, geht die Tür auf und zwei Männer steigen aus. Einer von ihnen hält sich ein Telefon an ein Ohr und hat einen Finger ins andere gesteckt.

»Kommissar Karels«, sagt Herr van Piere. »Er hat mir schon vom Hubschrauber aus versichert, dass so was wie gerade eben nicht noch mal passieren wird. Die Polizei wird dafür sorgen, dass niemand mehr hinter die Absperrung gelangt. Wir sind sicher.«

»Sicher.« Driss lacht spöttisch.

Karels und der Pilot bleiben in großer Entfernung stehen.

»Sie werden uns doch helfen?«, fragt Irmak.

»Vergiss es«, sagt Driss. »Dafür haben die Loser viel zu viel Schiss.«

»Soll ich vielleicht Rambo anrufen?«, fragt der Busfahrer. »Oder Spiderman oder ...«

Shakti fängt wieder an zu weinen.

»Natürlich werden sie uns helfen«, sagt Frau Vos. »Wahrscheinlich ist der Sprengstoffräumdienst bereits benachrichtigt. Sie entschärfen die Bombe und dann ist alles vorbei.«

Sie entschärfen die Bombe ...

Valentin starrt zum Heli hinüber, während er über etwas Schreckliches nachdenkt. Niemand darf in den Bus oder hinaus. Wenn die Bombe im Gepäckraum liegt, kann der Räumdienst sie unmöglich unschädlich machen. Da kommt kein Mensch dran!

Fleur Dumonceau

Vor 56 Tagen

»Sag mal, Ink«, begann Fleur.

Sie saßen auf der kleinen grauen Mauer mit Blick auf den Eingang zum Schulhof.

»Ja?« Inkie schaute nicht zu Fleur, sondern zu Mila, die gerade mit dem Rad ankam.

»Ich wollte dir das schon am Samstag erzählen, aber ...«

»Guck dir bloß an, was sie jetzt wieder anhat«, sagte Inkie. »Was meinst du: vom Discounter oder aus einem Kleidercontainer?«

Mila fuhr durch das grüne Tor auf den Schulhof. Sie trug eine Hose, die vor drei Jahren vielleicht noch modern war, jetzt aber echt nicht mehr ging. Ihre Jacke hing offen, weil der Reißverschluss kaputt war. Und diese Schuhe ... Bestimmt keine Markensneaker, dachte Fleur.

»Wie eine Pennerin«, sagte Inkie eine Spur zu laut.

Die Gruppe Mädchen neben ihnen kicherte.

Vor einigen Tagen hätte Fleur vielleicht noch mitgelacht. Jetzt schämte sie sich. »Ich glaube, ihre Eltern haben einfach nicht so viel Geld.«

»Deine zum Glück schon.« Inkie stieß Fleur mit dem Ellenbogen an. »Wenn meine Freundin so aussähe, würde ich sie nicht in meiner Nähe gehen lassen.«

Fleur spürte, dass sie Kopfschmerzen bekam. Sie massierte die Stelle zwischen ihren Augenbrauen. Als sie wieder aufschaute, war Mila im Fahrradschuppen verschwunden.

»Was wolltest du vorhin erzählen?«, fragte Inkie.

»Nichts«, sagte Fleur.

»Wieso nichts, gerade hast du doch angefangen ...«

Fleur nickte zur Straße hinüber. »Da kommt Driss.«

Inkie knautschte ihre schwarzen Locken. »Wie sitzt meine Frisur?« Sie wartete die Antwort gar nicht erst ab, sondern rief sofort: »He, Driss!«

Mittags stand der Frittenwagen vor der Schule.

Inkie warf ihr in Folie verpacktes Schulbrot in den Mülleimer. »Ich nehme einmal Fritten spezial. Und du?«

Fleur dachte an das letzte bisschen Geld in ihrem Portemonnaie. Sie musste sparen! »Ich lass es heute sein.«

Inkie sah sie an, als hätte sie etwas höchst Merkwürdiges gesagt – dass sie sich eine Glatze rasieren lassen wollte oder so.

»Heute Morgen habe ich Fett auf den Hüften entdeckt«, erfand Fleur.

»Was?«, fragte Inkie ungläubig. »Du bist so dünn wie ein Laternenpfosten.«

»Das sieht nur so aus, aber ohne Kleider ...«

»Du wirst doch hoffentlich nicht magersüchtig, oder?«

»Werd mal nicht komisch.«

»Ich werde nicht komisch«, sagte Inkie. »Du bist komisch.«

Fleur schubste sie. »Jetzt hol schon deine Fritten.«

Driss Amrani

Heute

Driss legt die Tüte mit den Telefonen auf Vampirs Schoß. »Viel Erfolg.«

»Wonach genau soll ich jetzt suchen?«, fragt der.

»Keine Ahnung.«

Vos hat es gehört. »Eine Nachricht mit dem Wort ...«

»Nicht sagen!«, ruft Valentin. »Sie haben uns schon mal belauscht.«

Und Vos gehorcht! Sie setzt sich neben Vampir und flüstert ihm ins Ohr.

Als Driss kopfschüttelnd zu seinem Platz zurückgeht, sieht er sie kommen. Ein Dutzend Transporter vom Fernsehen: Herz der Niederlande. Rundfunk Brabant. Der große graue Bus der Öffentlich-Rechtlichen mit Schüsseln auf dem Dach. Wow, die waren aber ganz schön schnell!

»Wir kommen ins Fernsehen«, sagt er.

Vos flucht. »Sind alle Eltern schon informiert?«

»Ich frage nach«, sagt Vampir. »Herr Karels ...«

Driss kann kaum glauben, dass das sein Chemielehrer sein soll. Im Unterricht wirkt er halb tot, aber jetzt muss man ihn mal erleben! Fast könnte man meinen, er hätte Aufputschpillen eingeworfen.

Die Schiebetüren der Übertragungswagen öffnen sich, Männer und Frauen steigen aus, riesige Kameras werden ausgeladen.

»Wenn es sowieso im Fernsehen kommt, können Sie uns die Telefone auch genauso gut zurückgeben«, sagt Fleur.

»Nicht, bevor Herr van Piere sie alle überprüft hat.«

»Meins *ist* schon überprüft worden«, murrt Fleur.

Driss hat echt Lust, ihr den Mund zuzukleben.

»Die Eltern sind fast alle informiert«, meldet Vampir. »Bis auf ein paar wenige, die schwer erreichbar sind.«

Ein Mann mit gelblichen Haaren und Backenbart bekommt ein Mikrofon gereicht.

»Kenne ich den nicht irgendwoher?«, fragt Driss.

»Das ist Verbruggen, ein bekannter Nachrichtensprecher von den Öffentlich-Rechtlichen«, sagt Valentin, der natürlich wieder mal raushängen lassen muss, wie schlau er ist.

Driss ist noch nie im Fernsehen gewesen.

»Kann man auf den Dingern auch fernsehen?«, fragt er den Fahrer und nickt zu den Bildschirmen an der Decke.

»Aber sicher. Der Bus hat Digitenne.«

»Na los, worauf warten Sie dann noch!«, ruft Driss.

Zum zweiten Mal an diesem Morgen starren alle auf die Bildschirme.

Eine Moderatorin mit rotbraunen Haaren steht im Studio. Unter dem Bild läuft ein Textbalken: LIVE-SONDERSENDUNG – SPRENGSTOFF IN BUS MIT SCHÜLERN VERMUTET – BREDAER SCHULE UNTER SCHOCK.

Driss hat das Gefühl, es ginge um jemand ganz anderen. Nicht um ihn und nicht um die 8c vom Mencia-Gymnasium.

»Wir schalten jetzt um nach Breda, wo unser Reporter vor Ort ist«, sagt die Moderatorin. »Theo, was kannst du uns erzählen?«

Der Mann mit den gelblichen Haaren ist jetzt auch auf den

Bildschirmen zu sehen. Er fasst sich kurz ans Ohr und nickt. »Es handelt sich um eine achte Klasse einer weiterführenden Schule hier aus Breda. Die Schüler und zwei Lehrer waren zu einer einwöchigen Klassenfahrt in die Ardennen aufgebrochen, kamen aber nicht weiter als bis zu dem Betriebsgelände, das hinter mir zu sehen ist.«

Ihr Reisebus im Fernsehen! Total schräg. Er sieht eigentlich ziemlich traurig aus. Einsam und ekelhaft weit weg vom Rest der Welt.

»Möglicherweise befindet sich eine Bombe an Bord des Busses, aber das hat die Polizei noch nicht bestätigt«, fährt Theo Verbruggen fort. »Sicher ist, dass es ein Stück die Straße hinunter eine Explosion gegeben hat. Dabei wurde ein Garagentor aus einem leer stehenden Firmengebäude gesprengt. Im Bus wurde niemand verletzt. Es ist noch unklar, ob die Klasse tatsächlich einem Anschlag entkommen ist. Vielleicht sollte es auch nur eine Warnung sein, mit der die Täter zeigen wollten, dass es ihnen ernst ist. Die Polizei nimmt die Drohung jedenfalls sehr ernst. Die kriminaltechnische Untersuchung wird noch zeigen, um welche Art von Sprengstoff es sich handelt und ob die Überreste mit möglichen Verdächtigen in Verbindung gebracht werden können. Bislang hat sich noch niemand zu dem Anschlag bekannt, aber bis die Polizei mehr weiß, rechnet sie mit dem Schlimmsten.«

Im Bus ist es mucksmäuschenstill. Plötzlich fällt Driss auf, wie sehr es nach Schweiß stinkt. Noch schlimmer als in den Umkleiden nach dem Sportunterricht.

»Könnte man den Ton etwas leiser drehen?«, fragt Vos heiser.

Der Fahrer befolgt ihre Bitte. »Der Täter kommt jedenfalls nicht aus Molenbeek«, sagt er dann.

»Woher wollen Sie das denn schon wieder wissen?«, fragt Inkie.

»Belgier können keine Busse in die Luft jagen. Sie verbrennen sich immer den Mund am Auspuff.«

Als Driss losprustet, entspannen sich seine Muskeln und das fühlt sich so verdammt gut an, dass er gar nicht mehr aufhören möchte, also lacht er immer weiter, als hätte er soeben den Witz des Jahrhunderts gehört. Er ist übrigens nicht der Einzige. Der Bus verwandelt sich für einen Moment einfach in einen normalen Bus mit Schülern, die auf Klassenfahrt sind. Inkie biegt sich vor Lachen und sogar Shakti kichert ein wenig. Nur Fleur lacht seltsamerweise nicht mit.

Driss Amrani

Vor 114 Tagen

Ihre Wohnung lag im dritten Stock und war die letzte auf der zugigen Galerie. Driss steckte den Schlüssel ins Schloss und trat ein. Während er die schwere Einkaufstasche in der Diele abstellte, fiel die Wohnungstür mit einem Knall hinter ihm zu.

»Muss das sein?«, fragte seine älteste Schwester Jamilah.

Driss wusste nie, wie sie das machte, aber manchmal tauchte sie wie aus dem Nichts auf.

»Sorry«, sagte er. »War keine Absicht.«

»Du weißt genau, dass Papa ruht«, konnte sie es trotzdem nicht lassen.

Driss' Vater ruhte immer. Bloß nachts nicht. Dann irrte er durch die Wohnung und machte alle wach. Aber dazu sagte nie jemand was.

»Ich hab mich doch entschuldigt.«

»Jaja.« Sie legte sich ihren Schal um. »Der Arzt war gerade hier.«

»Und?«

»Frag Mama. Ich bin schon spät dran.« Sie öffnete die Tür und zog sie übertrieben leise hinter sich zu.

Driss zog seine Jacke aus und schleppte die Einkäufe durchs Wohnzimmer in die kleine offene Küche. Seine Mutter hatte es sich mit irgendeiner Zeitschrift auf dem Sofa bequem gemacht.

An dem langen Tisch davor saßen seine drei jüngsten Schwestern und malten.

»Driss-Piss«, sagte die jüngste.

Sie kicherten mit vor den Mund geschlagenen Händen, um das Geräusch zu dämpfen.

»Hallo, mein Schatz.« Seine Mutter stand auf und schlurfte auf Pantoffeln hinter ihm her. »Papa geht es schlechter. Der Arzt sagt, die Kälte bekommt ihm nicht.«

Kälte? Ihre Wohnung war sommers wie winters ein Brutkasten.

»Er hat mir diesen Prospekt gegeben.« Sie drückte ihn Driss in die Hand. »Das ist eine Privatklinik in Spanien, in der die Patienten wieder zu Kräften kommen können. Es gibt Warmwasserbäder und einen großen Garten, in dem man sich entspannen kann, und alle Angestellten dort sind medizinisch geschult. Aber das Allerwichtigste: Der Eigentümer von *Cascade Care,* Doktor Castillo, hat eine neue Behandlungsmethode entwickelt. Eine Kombination aus Therapie und Medikamenten, die hier bei uns noch nicht zugelassen sind. Die Ergebnisse sollen großartig sein.«

Cascade Care. Das klang eher wie ein Ferienpark. Ein einziger Blick auf die sonnigen Fotos und Driss wusste Bescheid. »Das können wir sowieso nicht bezahlen.« Er warf den Flyer auf die Anrichte. Das Papier war so glatt, dass es ein ganzes Stück weiterrutschte, über den Rand hinaussauste und zu Boden fiel.

Seine Mutter hob den Prospekt hastig auf, presste ihn an den Bauch und streichelte ihn, als wäre er Driss' jüngste Schwester. »Vielleicht können wir es uns ja von jemandem leihen. Wenn Papa dadurch gesund wird ...«

Pa hätte sich wie Onkel Akil weigern sollen, mit diesen gefährlichen Stoffen zu arbeiten, dachte Driss. Diese verdammte

Krankheit ist seine eigene verdammte Schuld. Und dann war er auch noch so dumm gewesen, einen finanziellen Ausgleich zu akzeptieren, ohne das Kleingedruckte zu lesen!

Driss stellte die Oliven und Datteln in den Kühlschrank. »Von wem denn?«

»Mo kommt heute Nachmittag. Wir könnten ihn fragen.«

Mo war eine Abkürzung für Mohammed. Driss' ältester Bruder war erst seit ein paar Monaten verheiratet. Er wohnte mit seiner Frau in einem winzigen Appartement und hatte irgendeine langweilige Arbeit als Reinigungskraft angenommen.

»Klar.« Mo löst mal wieder alle Probleme ... schön wär's. Wütend räumte Driss weiter die Einkäufe weg. Den Couscous auf dieses Regal, das Paket mit den Zuckerwürfeln darunter. Den kleinen Küchenschrank schloss er etwas zu heftig, was ihm einen bösen Blick seiner Mutter eintrug. Er konnte es ihnen auch nie recht machen.

»Driss?« Die Stimme seines Vaters kroch unter der Tür durch.

»Ja?«

»Kommst du mal kurz?«

Driss stellte die Tasche in den Schrank und ging zum Schlafzimmer seiner Eltern. Die Vorhänge waren zugezogen, sodass es ziemlich dunkel war, und es stank nach Schweiß und Krankheitskeimen.

»Es tut mir leid, dass ich dich geweckt habe«, sagte Driss.

Sein Vater machte das Nachttischlämpchen an. »Ich habe nicht geschlafen.«

»Oh.«

»Komm, setz dich einen Moment.« Sein Vater klopfte auf den Bettrand.

Driss schaute auf die mageren Hände, auf denen die Adern wie dicke blaue Kabel hervortraten, und holte tief Luft. Könnte er ihm doch nur helfen. Früher war sein Vater ein stolzer Mann gewesen. Jemand, dem man zuhörte und zu dem man aufschauen konnte. Jetzt war er verschrumpelt wie ein Herbstblatt und so zerbrechlich, dass Driss es kaum wagte, ihn anzufassen.

»Wie läuft es in der Schule?«

Driss blieb neben dem Bett stehen und starrte auf die geriffelten Kordpantoffeln seines Vaters. »Wie immer.«

»Schule ist wichtig.«

»Weiß ich.« Driss verspürte einen Druck auf der Brust.

»Du wirst bald deinen Abschluss machen. Die Chance habe ich nie gehabt.«

Driss versuchte, seinen ewigen Zorn abzuschalten. »Ich strenge mich wirklich sehr an.«

Sein Vater nickte. Die Haut um seinen Hals war ausgeleiert wie ein zu lange getragener Pullover. »Ich hatte auch nichts anderes erwartet.«

Sie schwiegen eine Weile. Seinem Vater fielen die Augen zu. Driss wollte sich schon davonschleichen, als er sie plötzlich wieder aufschlug.

»Ich weiß nicht, wie lange ich es noch schaffe, Junge.« Die säuerliche Luft, die er ausatmete, füllte den Raum. Driss hatte das Gefühl zu ersticken. Er dachte an die Fotos mit dem sonnenblauen Himmel auf dem Prospekt. Das half ein wenig.

»Es wird bestimmt alles gut, Pa.«

»Inshallah.« Sein Vater hustete. »Aber wenn es nicht so ist, bist du der einzige Mann hier im Haus. Versprich mir, dass du gut auf deine Mutter und deine Schwestern aufpassen wirst.«

»Die können gut auf sich selbst aufpassen.«

»Ich meine es ernst.« Sein Vater wollte Driss am Arm fassen, aber da schüttelte ihn ein Hustenanfall und ließ ihn nicht mehr los.

»Ganz ruhig, Pa.« Driss half ihm hoch und klopfte ihm leicht auf den Rücken, bis sein Vater wieder normal atmen konnte. »Mo kommt nachher auch noch.«

Die müden Augen seines Vaters leuchteten kurz auf. »Dann ruhe ich mich noch ein bisschen aus.«

»Guter Plan«, sagte Driss. Er half seinem Vater in die Kissen zurück und machte die Nachttischlampe aus. Was war er froh, dass er wegkonnte! So froh, dass er sich große Mühe geben musste, nicht zu rennen.

»Was hast du vor, Schatz?«, fragte seine Mutter, als er gleich zur Diele weiterging.

»Muss noch was für die Schule erledigen.« Dann quengelt sie wenigstens nicht weiter, dachte er.

Die Schuhe seines Vaters warteten unter der Garderobe. Dort standen sie schon seit Monaten. Seine Mutter hob sie hoch, wenn sie staubsaugte und feucht aufwischte, und stellte sie danach wieder ab. Leere, unbenutzte Schuhe – als wäre er schon tot. Wieder spürte Driss diesen Druck auf seiner Brust. Er bekam keine Luft mehr in dieser engen Wohnung, in der es immer zu warm und zu still war. Tür auf! Die Kälte schlug ihm ins Gesicht, sobald er auf die Galerie hinaustrat, und er zitterte in seinem dünnen Sweatshirt. Es war ihm egal. Eigentlich war es sogar ganz angenehm. Die Tür schlug mit Getöse hinter ihm zu.

Er hoffte, dass sich sein Vater richtig darüber aufregen würde.

Nicht sehr wahrscheinlich.

Valentin Aafjes

Heute

Das Wort *Entlarvt* ist auf keinem einzigen Telefon zu finden«, sagt Herr van Piere.

Gelöscht, denkt Valentin. Oder jemand hat wie er heimlich sein Telefon behalten.

»Bekomme ich mein Handy jetzt wieder?«, fragt Fleur.

Frau Vos schaut zu den Bildschirmen, wo die Nachrichtensender nonstop live Bericht erstatten. »Na gut. Jetzt sind sowieso alle Eltern informiert.«

»Die Polizei möchte gern ein Bild von hier drin.« Herr van Piere lässt seinen Blick schweifen. »Gibt es ein Telefon, über das wir skypen können?«

»Nehmen Sie meins«, sagt der Busfahrer. »Wenn Sie es auf die Aufladestation stellen, haben Sie Sicht auf den Mittelgang.«

Vielleicht hat ja jemand aus dem Bus geskypt! Heimlich, damit der Bombenleger mithören konnte. Valentin möchte gern mit seiner Mutter darüber reden, aber lieber irgendwo, wo ihn keiner hört.

Die Toilette!

Die befindet sich am Hinterausgang, links neben der Treppe. Valentin öffnet die Tür.

»Darmkrämpfe?«, fragt Driss, um dann an den ganzen Bus

gewandt fortzufahren. »Der Professor scheißt sich vor Angst in die Hosen!«

»He, he«, hört Valentin Frau Vos noch sagen, dann ist er allein in der kleinen Kabine. Sie ähnelt einer Toilette im Flugzeug, *Push to flush,* steht auf einem kleinen Podest über dem WC-Deckel. Kann er hier abhörsicher anrufen?

In dem kleinen Eckwaschbecken liegt eine Dose WC-Lavendel-Frischeduft. Seifenspender und Wasserhahn wirken unauffällig. Nirgends sieht er eine Wanze, die als Schraube oder Knopf getarnt sein könnte. Nur viele Verbotsschilder. Kein Trinkwasser – Legionellengefahr. Keine Zigarettenkippen in den Abfalleimer werfen und Pinkeln im Stehen ist auch verboten. Ob es auch Schilder gibt für »Abhören verboten«?

Valentin beschließt, es zu wagen. Er setzt sich auf den Deckel und holt sein Handy hervor. Wieder eine Nachricht von seiner Mutter.

Ich habe gehört, dass eure Telefone eingesammelt wurden.

Wahrscheinlich alle bis auf deins.

Valentin merkt, wie seine Mundwinkel sich heben. Er wählt ihre Nummer.

»Richtig geraten«, sagt er leise.

»Kannst du denn reden?«

»Ich sitze auf dem Klo. Wenn ich flüstere, kann mich keiner hören.«

»Clever.«

»Das liegt in der Familie.«

Sie kichert. »Ich setze mich mal kurz ins Auto. Privatsphäre hat man hier nämlich auch nicht gerade.«

Valentin hört, wie eine Tür aufgeht und wieder zufällt. »Da bin ich wieder«, sagt seine Mutter. »Wir haben all eure Telefone geortet, in der Hoffnung, dass ein unbekanntes Signal übrig bleibt, das uns zur Bombe und den Tätern führen könnte. Aber leider …« Sie seufzt kurz. »Darum möchte ich dich um etwas bitten. Es ist vollkommen unverantwortlich, aber wir haben keine andere Wahl.«

Valentin presst sein Telefon fester ans Ohr.

»Wir wissen ziemlich sicher, dass die Bedrohung nicht von einem völlig Fremden ausgeht. Es muss eine Verbindung zu einem Schüler, einem Lehrer oder einem Mitarbeiter des Busunternehmens geben.«

Valentin nickt. »Das hatte ich mir auch schon überlegt.«

»Das heißt also, dass wir keinem einzigen Passagier zu hundert Prozent vertrauen können außer …«

»Mir«, sagt Valentin.

»Eine ausgesprochen komplexe Situation wie diese verlangt nach ungewöhnlichen Lösungen. Wir können nicht zu euch reinkommen. Darum wissen wir nie genau, was im Bus wirklich passiert, und können nicht adäquat reagieren – es sei denn, wir bekommen Hilfe von innen.«

»Aber Herr van Piere gibt doch alle Informationen an Herrn Karels weiter?«

»Hilfe im Geheimen, meine ich. Jemand, der gut aufpasst und Dinge sieht, die eurem Lehrer nicht auffallen, und das auch noch weitergeben kann, ohne dass der Täter es hört oder merkt.«

»Eine Art Undercover-Agent also.«

»So könnte man es nennen.« Sie schweigt kurz. »Aber denk dran: Das hier ist kein Spiel.«

»Das weiß ich nur zu gut.« Valentin kann sein Herz wummern hören.

»Ich mache es.«

»Ich habe nichts anderes erwartet. Aber du musst mir versprechen, dass du nichts tust, was dein Leben in Gefahr bringen könnte.«

»Versprochen. Hast du Fleur übrigens schon gecheckt?«

»Warum glaubst du, dass sie mehr weiß?«

»Der Bombenleger schickt uns WhatsApps«, erklärt Valentin. »Der hat also unsere Nummern. Ich habe zurückgeschrieben, um herauszufinden, wer uns abhört, und ich glaube, dass Fleur meine Nachricht bekommen hat.«

»Dem lasse ich nachgehen. Kannst du mir über den Dateimanager deinen Nachrichtenverlauf schicken?«

»Klar.«

Jemand bollert an die Toilettentür.

»Beeil dich mal!«, erklingt Chloës Stimme. »Ich halte es nicht mehr aus!«

»Ich muss auflegen!«, flüstert Valentin.

»Wir hören bald wieder voneinander.«

Valentin versteckt sein Telefon im Ärmel und drückt auf die Spülung. Ein WC-Duft ist auch praktisch, wenn man fehlenden Gestank verheimlichen will. Er sprüht verschwenderisch und fällt fast in Ohnmacht von dem Lavendelduft. Igitt! Er ist froh, dass er rausdarf.

»Himmel!« Chloë wedelt mit der Hand.

»Hat er die Toilette so zugestunken?«, fragt Inkie.

Die Plastiktüte mit den Telefonen macht die Runde, sodass jeder seins wieder rausholen kann. Wieder tut Valentin nur so als ob. Und jetzt seiner Mutter mailen! Er schickt auch noch eine WhatsApp hinterher:

Du kannst mich wieder normal anrufen.

Wir haben unsere Telefone zurück.

Dann legt er sein Smartphone neben sich auf den Platz und schaut erstaunt in die Runde. Hat er was verpasst? Alle tun auf einmal so, als wäre es nicht viel aufregender, in einem Bus mit einer Bombe zu sitzen als in einer Achterbahn.

»Schon vierundsechzig Likes, Driss!«, ruft Inkie.

»Jaja, ich sehe dich, Mama!« Jessica presst ihr Telefon ans Ohr und winkt ihrer Mutter hinter dem rot-weißen Absperrband. Kaum hat sie Jessica zurückgewunken, wird ihr ein Mikrofon unter die Nase geschoben.

Tygo filmt sich und Hidde.

»Wir sitzen also in dem Reisebus in Breda mit der Bombe an Bord«, sagt er.

Hidde nickt. »Und wir sind jetzt im Fernsehen. Guck mal!«

Sie tauschen ein Highfive aus.

»Und cut!«, ruft Tygo. »Ich stelle es gleich ins Netz.«

Dass man seine Eltern gern anrufen möchte, versteht Valentin ja, aber alles andere ... Vielleicht eine Frage unterentwickelter Gehirnzellen!

Er schaut raus und sieht seine Mutter im Gespräch mit ein paar anderen Polizisten und dann wird wieder einem Kleintransporter Platz gemacht. Valentin erkennt ihn an der grauen Farbe und den blau-weißen Streifen. »Der Sprengstoffräumdienst ist da.«

Sofort interessiert sich kaum noch jemand für sein Telefon.

Driss schnaubt. »Wieso bist du dir da so sicher?«

Tygo antwortet an Valentins Stelle. »Seine Mutter ist bei der Polizei.«

»Eine Mutter bei den Bullen?« Driss fasst sich an die Brust.

»Ich erkenne den Bus und außerdem steht *Landesverteidigung* drauf«, sagt Valentin trocken.

Männer in Armeekleidung steigen aus. Auch ein Hund ist dabei.

»Der ist darauf trainiert, Sprengstoff aufzuspüren«, erklärt Valentin.

Draußen wird Material verteilt. Einige Männer bekommen Stöcke, andere eine Art Kästchen. Sie reden, nicken und warten.

Das dauert so lange, dass Tygo und Hidde das Interesse verlieren und wieder auf ihre Telefone starren. »Unser Film wurde schon fünf Mal geteilt!«

»Psst.« Jessica weist mit dem Kopf zu dem Bildschirm hinüber. »Ich will hören, was Astrid Kersseboom sagt.«

»Die DVD-Bilder sind mittlerweile freigegeben«, sagt die Moderatorin des Nachrichtensenders. »Eine Lehrerin hat die Aufnahmen im Bus gemacht. Sollten Sie die Person im Film erkennen oder andere sachdienliche Hinweise haben, können Sie folgende Nummer anrufen ...«

»Die Person im Film erkennen ...« Driss stöhnt übertrieben. »Wie blöd kann man sein?«

»Vielleicht erkennt jemand die Handschrift«, sagt Valentin.

Sein Telefon klingelt. Als er die unbekannte Nummer sieht, hebt sich sein Magen leicht. Ist das der Bombenleger?

»Ja?«

»Hier spricht Rico, der Partner von Frau Vos.« Er keucht ein wenig. »Ich habe von der Explosion gehört und ... Ist alles in Ordnung mit ihr? Und mit dem Baby? Ich habe schon hundert Mal versucht, sie anzurufen, bekomme aber immer nur ein Besetztzeichen. Dann habe ich eure Klassenliste gefunden. Deine Nummer stand ganz oben und ...«

»Ich gebe sie Ihnen mal!« Valentin schwenkt sein Telefon. »Für Sie, Frau Vos.«

Tygo hat sich umgedreht und stützt sich mit dem Ellenbogen auf seine Rückenlehne. »Es geht los.«

Alle schauen gespannt nach draußen. Eine Polizistin löst das rot-weiße Absperrband, damit die Männer und der Hund zum Reisebus gehen können.

»Es tut mir leid, Rico. Ich dachte, die Polizei sei bei dir gewesen. Mach dir keine Sorgen. Keiner ist verletzt und mit dem Baby ist auch alles okay.«

Hinter den Männern befestigt die Polizistin das Absperrband wieder.

»Tief einatmen«, sagt Frau Vos durchs Telefon zu Rico. »Und wieder ausatmen. Wie in der Geburtsvorbereitung. Es wird alles gut. Es tut mir leid, dass wir nicht länger reden können. Wir sind mit der Polizei über mein Telefon ständig in Kontakt und Valentin will natürlich gern, dass seine Mutter ihn erreichen kann, also ...« Sie nickt und wischt sich eine Träne weg. »Tschüs, mein Liebster.« Dann tippt sie Valentin auf die Schulter, gibt ihm das Smartphone zurück und stellt sich ebenfalls ans Fenster.

»Wenn sie bloß nicht aus Versehen den Bus berühren«, flüstert Shakti. *»Eine* falsche Bewegung ...«

»Der Hund macht keine Fehler«, sagt Ben.

»Aber die Männer vielleicht schon.«

Jessica fängt an zu beten.

»Natürlich nicht«, sagt Vos. »Das sind Spezialisten. Die wissen, was sie tun.«

Warum hat Valentin dann trotzdem das Gefühl, dass ihm seine gequetschten Eier im Hals stecken?

Im Fernsehen haben sie wieder zu Reporter Theo umgeschaltet.

»Es ist eine ausgesprochen komplizierte Aufgabe«, sagt er. »Normalerweise würde der Bus geräumt und anschließend durchsucht. Das ist in diesem Fall leider keine Option. Wie Sie eben im Filmbeitrag sahen, können die Experten den Bus nicht betreten. Es könnte sich schon verheerend auswirken, wenn sie aus Versehen die Karosserie anfassen, weil sich dort möglicherweise Sensoren befinden. Es ist daher zu hoffen, dass die Bombe an der Außenseite des Busses befestigt ist.«

Und wenn das nicht so ist? Valentin schaut zu den Männern, die mit ihren Stöcken jetzt schon sehr nah am Bus stehen. Einer hebt den Daumen in seine Richtung. Valentin hebt ebenfalls einen Daumen und nickt. Obwohl sich sein Hals noch immer ziemlich eng anfühlt, ist er doch ein klein wenig beruhigt.

»An den Stöcken befinden sich Kameras«, berichtet der Reporter. »Damit kann man unter den Bus schauen.«

»Warum nehmen sie keinen Detektor?«, fragt Shakti. »Das machen sie doch sonst immer bei Bomben?«

So viel zum Thema dumme Fragen ...

»Das geht nur, wenn die Bombe zum Beispiel auf einem Acker oder unter der Erde liegt«, erklärt Valentin. »Ein Detektor reagiert auf Metall. Bei einem Reisebus piept er also sowieso. Auch wenn keine Bombe da ist. Eigentlich müssten wir durch einen Riesenscanner fahren. Wie die Koffer am Flughafen.«

Die Männer legen sich um den Bus herum auf den Boden. Langsam und vorsichtig schieben sie ihre Stöcke unter das Fahrgestell. Andere Männer starren auf ihre Displays. Sie stehen auf, gehen zu einer anderen Stelle und dann beginnt das Ganze von vorn. Stück für Stück bearbeiten sie die gesamte Unterseite des Fahrzeugs. Wie eine Beschwörungsformel hallt es unablässig durch Valentins Kopf: Lass sie diese Bombe finden, lass sie diese Bombe finden ...

Driss Amrani

Vor 114 Tagen

Driss rannte und rannte. Sein Sweatshirt klebte ihm schweißnass am Rücken. Die Luft war so kalt, dass es in seinen Lungen schmerzte. Und erst seine Ohren! Als würde sie jemand mit Nadeln durchstechen. Wenn er nicht bald machte, dass er nach Hause kam, würde er sich höchstwahrscheinlich erkälten.

Er war aber noch viel zu aufgedreht, um heimzugehen.

Diagonal überquerte er die Wiese, sodass er schon bald den Fahrradweg erreichte. Jemand in einer dicken Winterjacke kam ihm entgegen. Er kam ihm bekannt vor.

Driss sah angespannt hinüber. Es war Valentin Aafjes – er sah aus wie ein 12-Jähriger, aber er benahm sich wie ein Mini-Erwachsener. Die ganze Klasse musste sich ständig anhören, wie furchtbar klug er war. Unglaublich nervig.

»He, Professor!«, rief Driss.

Der kleine Schisser traute sich kaum, ihn anzusehen.

Driss versperrte ihm den Weg. »Haben dir deine Eltern keine Manieren beigebracht?«

Valentin starrte noch immer auf den Asphalt, während er »Hallo« murmelte.

»Hallo wer?«

»Hallo Driss.« Valentin machte einen Bogen um ihn und beschleunigte seinen Gang.

Mit wenigen Schritten holte Driss ihn ein. »Du hast es ja eilig.« Er zeigte auf die große, breite Bank am Weg. Man konnte sich von beiden Seiten draufsetzen, denn die Rückenlehne befand sich in der Mitte. »Setz dich.«

»Aber ...«

»Setzen!«, kommandierte Driss.

Der Trottel gehorchte auch noch.

Valentin trug Timberlands. Sie sahen haargenau so aus wie die Schuhe seines Vaters. Die Schuhe, die so nutzlos in der Diele herumstanden, während sein Vater ...

Es war stärker als Driss. Er zeigte auf die Timberlands und sagte: »Zieh die Dinger aus.«

»Aber es ist irre kalt und ...«

»Schuhe aus!«, brüllte Driss.

Valentin duckte sich.

»Muss ich dir dabei helfen?« Driss brachte sein Gesicht so nahe an Valentins, dass die Spucketröpfchen aus seinem Mund auf Valentins Kinderkinn sprühten.

»Nein. Nein.« Ungeschickt löste Valentin seine Schnürsenkel.

Driss spürte keine Kälte mehr. Nur noch Verachtung. »Knote sie zusammen.«

Valentin wirkte wie ein Roboter, der automatisch jeden Auftrag ausführt. Es machte Driss wahnsinnig. Er riss Valentin die Timberlands aus der Hand und warf sie in die Luft. Und zufällig landeten sie hoch oben in einem Baum.

»Wie komme ich jetzt nach Hause?«, fragte Valentin.

»Denk dir was aus. Du bist der Professor.«

Valentin wurde noch immer nicht wütend. Er flennte nicht mal, was Driss ja noch verstanden hätte. Aber nein, er saß nur da und wartete geduldig auf seine Schuhe – ohne zu protestieren oder stinksauer zu werden.

Eine junge Version von Pa, schoss es Driss durch den Kopf. Plötzlich fühlte er sich unbehaglich.

»Loser.« Mit großen Schritten ging er davon.

Driss erschrak vor seinem verfrorenen Spiegelbild. Dabei hatte er nicht einmal kalte Füße. Er verdrängte das Bild von Valentin, pustete seine Hände warm, sprang ein paarmal in der Diele auf und ab und ging dann hinein.

»Mo ist bei Papa«, sagte seine Mutter in einem Ton, als wäre es eine sensationelle Nachricht.

Schön für ihn. Driss tauchte in seinem Zimmer unter. Er setzte seine Kopfhörer auf und lauschte, den Rücken an die Heizung gelehnt, *Yes-R*.

»Driss?« Auf einmal stand Mo vor ihm.

Driss sprang auf und nahm den Kopfhörer ab. »Kannst du nicht klopfen, Alter?«

»Hab ich«, sagte Mo. »Aber du hast mich nicht gehört.«

Driss kickte den Kopfhörer ein Stück zur Seite und setzte sich auf sein Bett.

»Pa hält nicht mehr lange durch«, fuhr Mo fort. »Ich glaube, dass *Cascade Care* seine letzte Chance wäre.«

»Vergiss es. Das können wir im Leben nicht bezahlen.«

»Du willst Pa also einfach so sterben lassen?«

»Natürlich nicht.« Driss hörte, wie seine Stimme wegbrach. »Wenn du weißt, wie wir schnell an einen Haufen Geld kommen können, dann spuck's aus.«

»Eine Bank überfallen.«

»Ha, ha.«

»Oder ein Flugzeug entführen.«

»Hast du auch normale Ideen?«

»Es funktioniert aber.« Mo schichtete die Blätter auf dem Schreibtisch zu einem ordentlichen Stapel. Seit er in der Reinigungsbranche arbeitete, machte ihn schon der kleinste Brotkrümel auf der Anrichte nervös. »Halte ein paar Idioten im Schussfeld und du kannst verlangen, was du willst.«

»Welche Idioten?«

»Was weiß ich?« Mo konnte lesen, aufräumen und reden zugleich. Den Brief von der Klassenfahrt legte er oben auf den Stapel und strich ihn glatt. »Einen Bus kann man übrigens noch leichter entführen als ein Flugzeug. Dafür braucht man kein Ticket.«

»Du machst Witze«, sagte Driss.

Mo gab ihm einen freundschaftlichen Klaps auf die Schulter und grinste. »Ich denk mir schon was aus, Bruderherz.« Er tat, als würde er wie ein Cowboy Pistolen um die Finger kreiseln lassen, und verließ das Zimmer. Driss warf ein Kissen hinter ihm her. »Du bist ja krank!«

Mo ließ die Tür offen. Driss schob sie mit dem Fuß zu, während er die Blätter auf seinem Schreibtisch wieder durcheinanderbrachte.

Valentin Aafjes

Heute

Die Männer vom Sprengstoffräumdienst haben aufgehört zu suchen und beraten sich ein paar Meter vom Bus entfernt. Vergeblich versucht Valentin zu hören, was sie sagen.

»Sie haben nichts gefunden«, sagt Driss. »Wetten?«

Irgendwie sind plötzlich alle taub.

»Sie setzen den Hund ein.« Ben sagt das so, als würde alles jetzt schnell wieder gut werden.

Jemand hält das Tier an der Leine und dreht eine Runde um den Bus. Manchmal bleiben sie einen Augenblick stehen, der Hund schnüffelt kurz in der Luft und es sieht so aus, als würde er jeden Moment anfangen zu bellen, aber bevor es so weit ist, gehen sie immer wieder weiter – für Valentins Geschmack sind sie viel zu schnell fertig.

»Die Untersuchung scheint vorbei zu sein«, sagt Reporter Theo auf dem Bildschirm.

Tatsächlich gehen die Männer mit ihren Stöcken, den Monitoren und dem Hund davon und Valentin kann nicht leugnen, dass das Team ziemlich niedergeschlagen wirkt.

Er ist nicht der Einzige, dem das auffällt. Im Bus herrscht Grabesstille.

Chloë hält ihr Telefon vor sich und nimmt einen Film auf. »Liebe Mama und lieber Papa, liebes Bruderherz. Ich weiß nicht, ob ich euch jemals wiedersehe, aber ich liebe euch sehr. Es tut mir leid, dass ich manchmal so gemein zu dir war, Stefan. So sind Schwestern eben. Aber eigentlich bin ich sehr stolz auf dich. Und ihr wart die besten Eltern, die ich mir hätte wünschen können. Ich hoffe …« Ihre Augen füllen sich mit Tränen. »Entschuldigt. Tja, also ich hatte ein geniales Leben. Das solltet ihr wissen.«

Shakti und Irmak schluchzen spontan mit Chloë mit und Valentin schluckt den Kloß in seiner Kehle hinunter.

»Wir geben nicht auf, hört ihr!«, sagt Frau Vos.

Der Busfahrer beginnt mit hoher Stimme ein Lied zu trällern: *»Ah, ah, ah, ah, staying alive, staying alive!«* Wahrscheinlich soll es sie aufmuntern, aber jetzt fangen noch mehr Mädchen an zu flennen.

Valentin hat das dringende Bedürfnis nach jemandem mit gesundem Menschenverstand und ruft seine Mutter an. »Gibt es schon Neues?«

»Schlechte Nachrichten, fürchte ich.«

»Sie haben keine Bombe unter dem Bus finden können.«

»Nicht nur das«, sagt sie. »Wir haben versucht, den Absender der WhatsApps zurückzuverfolgen.«

»Ging nicht?«

»Er oder sie hat WhatsApp Web benutzt. Kennst du das?«

»Ein Onlineservice, mit dem man anonyme Nachrichten versenden kann, glaube ich.«

»Genau. Du brauchst keine Nummer, SIM-Karte, Software oder was auch immer und gibst einfach die Landes- und Telefonnummer desjenigen ein, dem du schreiben willst. Der Empfänger erhält die Nachricht einfach von irgendeiner Nummer und kann auch darauf antworten, aber deine Identität bleibt vollkommen anonym.«

»Und jetzt?«, fragt Valentin.

»Wir finden sie, ganz bestimmt«, sagt seine Mutter mit fester Stimme. »Früher mussten wir auch ohne technische Hilfsmittel klarkommen.«

»Okay.« Wie benommen beendet er das Gespräch.

»Kommissar Karels sagt, es wurde noch kein Sprengstoff gefunden«, berichtet van Piere.

Valentin hat den Lehrer fast vergessen. Er sitzt wie festgenagelt ganz vorn im Bus. Nicht mal, als die Männer vom Sprengstoffräumdienst zugange waren, ist er aufgestanden, um mal kurz rauszuschauen. Jedenfalls nicht, soweit Valentin weiß. Es scheint, als wüsste Herr van Piere, dass sie doch nichts finden würden und ...

Ein schrecklicher Gedanke schleicht sich in Valentins Kopf. Van Piere behauptet, er habe sein Telefon aus Versehen zu Hause liegen lassen. Aber wenn das nun gar nicht stimmt? Wenn er das nur sagt, um mit genau diesem Telefon heimlich WhatsApps schreiben zu können? Oder noch schlimmer: Er trägt das Gerät bei sich, weil es eine Fernbedienung für die Bombe ist? Dann wäre es kein Wunder, dass kein unbekanntes Signal übrig geblieben ist, als alle Telefone zurückverfolgt wurden.

Was Inkie heute Morgen gesagt hat, klingt plötzlich auch nicht mehr so seltsam. Herr van Piere weiß tatsächlich genug, um Sprengstoff herstellen zu können. Außerdem kann er eine Menge gefährliche Stoffe bestellen – für den Unterricht, versteht sich, aber wer überprüft das schon ... Valentin sieht es alles deutlich vor sich: sein Lehrer, der wie ein Zauberer abwiegend und mischend zwischen den Tiegeln und Flaschen in seiner Scheune steht. Und danach hat er die selbst gebastelte Bombe in seiner Tasche versteckt, die er anschließend nur noch schnell in den Gepäckraum schieben musste. Die DVD konnte er in dem Moment zu den anderen Filmen gelegt haben, als er in den Bus stieg.

Je länger Valentin darüber nachdenkt, desto logischer klingt es. Van Piere leidet wie er unter ständigen Schikanen. Sie legen ihm vielleicht keine Hundekacke in den Spind, aber ihm fliegen schon mal öfter Papierkügelchen an den Kopf. Und im Unterricht hört ihm kaum einer zu.

Menschen, die ständig gequält werden, können eines Tages plötzlich mit einer Waffe am Arbeitsplatz erscheinen und ihre Kollegen niederschießen. Oder sie begehen vor lauter Elend Selbstmord. Wenn van Piere den Bus in die Luft sprengt, schlägt er gleich zwei Fliegen mit einer Klappe.

Valentin keucht vor Aufregung. Es könnte sein. Und wenn es sein könnte, muss seine Mutter es erfahren.

»Schon wieder?«, fragt Inkie, als er die Toilette ansteuert. »Deine Mutter sollte dir Windeln kaufen.«

»Alles reine Vermutung«, sagt seine Mutter, als Valentin geendet hat. »Genau wie bei Fleur.«

»Aber es ist nicht unmöglich«, beharrt Valentin. »Dem Bombenleger geht es um Rache und nicht um Erpressung. Sonst hätte er schon längst seine Forderungen gestellt.«

»Da ist was dran«, gibt sie zu. »Gut, ich werde überprüfen, ob das Signal seines Telefons im Bus angetroffen wurde. Sollte das tatsächlich der Fall sein ...«

»... dann hat er gelogen und ist schuldig!«

»... dann betrachten wir ihn als möglichen Verdächtigen.« Sie denkt kurz nach. »Nur ... mal angenommen, du hast recht – warum hat er die Bombe dann noch immer nicht hochgehen lassen?«

Valentin nickt. Ja, das ist seltsam.

»Ich muss jetzt aufhören«, sagt seine Mutter. »Es gibt Krawall.«

»Hauptsache, du kümmerst dich um dieses Telefonsig...«

Sie hat schon aufgelegt. Valentin wird wieder zu der kleinen Ameise, die jeden Moment zertreten werden kann. Seine Hand zittert, als er die WC-Tür öffnet.

Fleur Dumonceau

Vor 44 Tagen

Sie saßen in Inkies Zimmer. Fleur hatte ihren Pferdeschwanz schon dreimal gelöst und wieder mit einem Gummi zusammengebunden.

»Was hast du denn bloß?«, fragte Inkie.

Es lag Fleur auf der Zungenspitze, doch sie bekam es nicht über die Lippen.

»Dass du deinen Geldbeutel verloren hast, ist wirklich blöd für dich«, sagte Inkie, »aber ...«

»Du willst dein Geld.« Fleur nickte verständnisvoll, während die Panik durch ihren Körper raste – sie konnte es ihr nicht zurückzahlen!

»Ich brauche es, weil ich ein Muttertagsgeschenk kaufen will«, sagte Inkie. »Und ehrlich gesagt, wird es allmählich auch ziemlich viel, so alles zusammen.«

Fleur dachte an die Sachen, die sie mit Inkies Geld gekauft hatte: einen Schal, Schokolade, eine Tüte Lakritz und diese hübschen Haarspangen ... Es war so schwierig, immer wieder Nein sagen zu müssen. Erst recht, als Inkie anfing zu klagen, sie wäre in letzter Zeit so ungesellig: nichts Naschen, kein Shoppen. Deswegen hatte sich Fleur die Ausrede mit dem verlorenen Geldbeutel ausgedacht. Anfangs hatte es auch großartig funktioniert – Inkie nervte nicht mehr und hatte sogar

Mitleid mit Fleur. Sie lieh ihr Geld, um ihr auszuhelfen. Und noch mehr Geld ...

Aus Fleurs Kehle kam ein merkwürdiges Schluchzen.

Inkie hörte es nicht – oder wollte es nicht hören.

»Können dir deine Eltern nichts vorschießen?«

»Ich trau mich nicht, sie zu fragen«, sagte Fleur. »Sie sind immer noch sauer, du weißt schon, wegen meinem Telefon, und sie sagen, ich würde nicht gut genug auf meine Sachen aufpassen. Wenn ich ihnen erzähle, dass ich jetzt auch noch meinen Geldbeutel ...« Ihre Augen füllten sich ganz von selbst mit Tränen, sie brauchte sich nicht einmal anzustrengen.

»He.« Inkie legte den Arm um sie. »Kopf hoch. Muttertag ist erst in einer Woche. Bis dahin überlegen wir uns was.«

Schritte auf der Treppe. Die Tür flog auf.

»Lo!«, rief Inkie gücklich.

Oh nein, dachte Fleur. Schon wieder jemand, dem sie Geld schuldete.

»Ich war gerade in der Nähe«, sagte Lo, »da dachte ich ...«

Die Kusinen umarmten sich, als hätten sie sich zehn Jahre nicht gesehen. Unterdessen suchte Fleur nach Fluchtmöglichkeiten – plötzliche Bauchschmerzen oder ein Migräneanfall –, aber sie traute sich nicht, Lo etwas vorzuspielen, die durchschaute einen sofort.

»Fleurchen.« Lo nahm sie einen Moment in eine Art Würgegriff.

»Was hast du denn da an der Augenbraue?«, fragte Fleur.

»Nichts.«

»Der blaue Fleck.«

Lo erstarrte kurz. »Oh, das. Gegen einen Küchenschrank gelaufen.«

»Passt gut zu deinem blauen Lidschatten.« Inkie schaute munter in die Runde, als wolle sie sagen: schaut-doch-malwie-toll-wir-alle-befreundet-sind. »Soll ich ein paar Chips und O-Saft holen?«

»O-Saft ist für Babys«, befand Lo. »Deine Eltern haben doch bestimmt was Stärkeres im Haus.«

Schlecht fürs Gehirn, wie Fleur gelernt hatte. In der Schule hatten sie sich ausgiebig mit dem Thema beschäftigt und sogar Besuch von jemandem bekommen, der es wirklich wissen musste: Ein Junge hatte ihnen berichtet, wie Komasaufen ihn fast das Leben gekostet hatte. Seine Geschichte hatte tiefen Eindruck hinterlassen, zumindest bei Fleur. Inkie schien das alles vergessen zu haben und verschwand grinsend nach unten. Und dann war Fleur mit Lo allein. Sofort sank die Temperatur im Zimmer um ein paar Grad.

»Ich kriege noch Geld von dir.« Lo lehnte sich gegen die Tür, superlässig, als wäre an Türen lehnen ihre Spezialität. »Für das Shirt.«

Fleur wandte die Augen ab. Ihr Blick suchte Halt an einem Fussel auf der Bettdecke.

»Ich habe keins«, bekannte sie, in der Hoffnung, damit sei die Diskussion erledigt.

Von wegen.

»Das ist dein Problem und nicht meins«, sagte Lo. »Sei froh, dass ich nicht auch noch Zinsen verlange.«

War sie vielleicht bei der Mafia, oder was? Fleur hatte das Gefühl, sie würde wieder in den Würgegriff genommen, aber als sie aufschaute, stand Lo noch genauso lässig an der Tür wie zuvor. Vielleicht kam es durch diese betonte Lässigkeit, aber plötzlich platzte etwas in ihr. Dass sie überhaupt in diesen Problemen steckte, war ganz allein die Schuld von Lo. Mit ihr hatte das ganze Elend erst richtig angefangen!

»Ich wollte dieses dämliche Shirt gar nicht kaufen.« Sie schleuderte Lo die Worte ins Gesicht. »Du hast mich gezwungen.«

Lo reagierte kaum und zog nur eine perfekt gezupfte Augenbraue hoch. Fleur merkte, wie ihre Energie sofort wieder verpuffte.

»Macht mal auf!«, rief Inkie in dem Moment vom Treppenabsatz. Fleur setzte sich aufs Bett. »Ich habe noch versucht, es umzutauschen, aber sie geben kein Geld zurück«, sagte sie matt.

»Klappe«, flüsterte Lo.

Gern! Auch wenn Fleur nicht so genau wusste, warum.

Lo öffnete die Tür und Inkie kam mit einem beladenen Tablett herein. Fleur zählte drei Gläser, eine halbe Flasche Rum und eine Tüte Riffelchips.

»Wir besaufen uns!« Lo schenkte die Gläser idiotisch voll – als wäre es Limonade.

Fleur schüttelte den Kopf. »Ich glaube nicht, dass ich ...«

»Komm schon!«, sagte Inkie.

»Na los, Blümchen, sei nicht kindisch.« Lo drückte Fleur ein Glas in die Hand und faltete ihre Finger darum.

Warum ließ sie das nur mit sich machen?

»Prost!«, rief Inkie

Sie stießen an und tranken einen Schluck.

Der Alkohol brannte ein Loch in Fleurs Kehle. Igitt! Sie hustete und musste ihr Glas abstellen, damit das Getränk nicht überschwappte. Inkie und Lo lachten, als hätten sie schon ihr Leben lang Rum getrunken. Fleur mochte es überhaupt nicht. Sie nahm ihr Glas und trank noch einen kleinen Schluck. Jetzt schmeckte es schon etwas weniger abscheulich und der nächste Schluck tat schon fast nicht mehr weh.

»Mehr!«, rief Inkie.

Fleurs Gehirn verwandelte sich langsam in Watte. Das war ein angenehmes Gefühl. Alles im Zimmer wirkte wärmer und weicher. Ihre Sorgen lösten sich auf und Lo war eigentlich viel netter als gedacht. Sie tranken noch mehr Rum, bekamen Lachkrämpfe und dann war die Flasche plötzlich leer.

»Oh«, sagte Fleur enttäuscht.

»Soll ich eine neue holen?«, fragte Inkie. »Im Keller sind noch mindestens drei Flaschen.« Sie grinste. »Wenn meine Eltern dahinterkommen, gebe ich einfach Janina die Schuld. Von ihr sind sie einiges gewohnt.«

Janina war die polnische Haushaltshilfe der Familie.

»Das übernehmen Fleur und ich«, sagte Lo, »du bist eben schon für uns gelaufen.«

Bevor Fleur sich wehren konnte, wurde sie von Lo auf den Treppenabsatz gelotst.

»Okay«, sagte Inkie und ließ sich lachend rücklings auf ihr Bett fallen.

Lo zog die Zimmertür zu und ging nach unten.

Fleur folgte ihr langsam. Sie war unsicher auf den Beinen. Und waren die Stufen immer schon so komisch schief gewesen? Zum Glück hatte die imposante Treppe an beiden Seiten ein Geländer, sodass sie sich mit beiden Händen festhalten konnte. Ohne Zwischenfälle erreichte sie die lange Diele mit den hohen Wänden, in der das Sonnenlicht die Bleiglasfenster rund um die Haustür in Feuer und Flamme tauchte. Ihr wurde schwindelig.

»Beeil dich ein bisschen.« Lo ging an der Kellertür vorbei und blieb gleich daneben an der Garderobe stehen: eine Nische mit Hutablage und darunter eine Stange voller Kleiderbügel mit verschiedenen Jacken. Auch die von Fleur hing dort.

»Ich glaube nicht, dass sie den Rum hier verstecken.« Fleur hörte sich selbst kichern.

»Da, der mit dem Fischgrätmuster«, sagte Lo.

Der Mantel von Inkies Vater. Jetzt kicherte Fleur noch heftiger. Wollte Lo jetzt Verkleiden spielen, oder was?

»Was ist damit?«, fragte sie.

»Fühl mal in der Innentasche«, kommandierte Lo.

»Das wäre dann aber eine sehr kleine Flasche. Ha, ha, ein Zwergenfläschchen.«

»Jetzt fühl schon.«

Fleur lehnte sich an die Wand, während sie das Futter abtastete. »Ich kann den Eingang nicht finden.« Wieder musste sie lachen. Sie konnte sich nicht erinnern, jemals so witzig gewesen zu sein. »Warte. Ja, jetzt fühle ich etwas!« Es war flach, viereckig und aus Leder. Sie fischte den Gegenstand aus der Tasche.

»Das ist aber keine Rumflasche.«

»Ich wusste es«, sagte Lo. »Onkel Phillip verwahrt seinen Geldbeutel immer in der Innentasche.

Irgendwo in Fleurs benebeltem Hirn klingelte eine Alarmglocke.

»Schau mal nach, was drin ist«, kommandierte Lo.

Wo lag der Witz versteckt? Trug er vielleicht ein peinliches Foto von Inkie bei sich?

»Jetzt mach schon!«

Fleur sah nach – Hauptsache, Lo hörte auf zu nerven.

»Ich sehe nichts Besonderes. Nur Geld.« Sie wollte den Geldbeutel schon wieder zurückstecken.

»Ho, ho.« Lo hielt ihr Telefon auf Fleur gerichtet. »Warum nutzt du die Gelegenheit nicht gleich?«

Fleur wurde schlagartig nüchtern. »Was meinst du?«

»Ich will dir nur helfen«, sagte Lo. »Wenn du dieses Geld nimmst, bist du deine Schulden sofort los.«

»Wie bitte?«

»Onkel Phillip wird es verschmerzen. Wahrscheinlich merkt er es nicht mal.« Lo kicherte. »Und wenn doch, geben wir Janina die Schuld.«

Plötzlich fühlte sich Fleur unendlich elend und begann, aus allen Poren zu schwitzen. Der Geldbeutel verwandelte sich auf einmal in eine Art Zeitbombe. Sie wollte ihn zurückstecken, aber wieder fand sie den Eingang nicht und dieses Mal war es ganz und gar nicht witzig. Dann fiel er ihr auch noch aus der Hand. Sie fluchte und bückte sich, um ihn aufzuheben. So nüchtern, wie sie dachte, war sie wohl doch nicht mehr. Sie konnte sich nicht mehr gut bücken. Der Boden schien unter ihren Füßen zu schwanken, und zack, da lag sie.

Sie stieß einen Schmerzensschrei aus.

»Baby«, sagte Lo. »Du verträgst aber auch gar nichts.«

Fleur wusste nicht, ob sie die harten Fliesen oder den Rum meinte. Nie wieder, aber auch wirklich nie wieder trinke ich noch einmal Alkohol, nahm sie sich vor.

Lo hob den Geldbeutel auf und nahm ein paar Geldscheine heraus. »Das Shirt wäre dann bezahlt. Willst du auch noch Geld, damit du deine Schulden bei meiner Kusine bezahlen kannst?«

Woher wusste sie davon? Hatte Inkie sich bei Lo beklagt?

»Ich würde mich schnell entscheiden.« Lo schaute auf die Uhr. »Mein Onkel und meine Tante sind auf dem Tennisplatz. In einer Viertelstunde kommen sie zurück.«

Endlich hatte sich Fleur wieder aufgerappelt. Sie suchte Halt an der Garderobenstange, sah ihre rote Jacke dort hängen und zog sie vom Kleiderbügel. »Ich bin keine Diebin. Und ich stehle schon gar nicht von Leuten, die ich kenne.«

»Wo bleibt ihr denn?«, erklang es von oben. »Ich habe Durst!«

Fleur kämpfte mit ihren Jackenärmeln. »Ich gehe nach Hause. Sag Inkie, dass ich mich nicht gut fühle.«

»Ich glaube, ich werde Inkie etwas ganz anderes erzählen«, sagte Lo. »Oder besser: Ich zeige ihr was.«

»Mach, was du willst.« Fleur stolperte zur Haustür. Ziehen. Oh nein, drehen. Ja, jetzt ging sie auf. Sie wankte die kurze

Treppe vorm Haus hinunter und über den Weg durch den Vorgarten zu ihrem Fahrrad. Es dauerte eine Weile, bis sie ihren Schlüssel gefunden hatte, und dann musste sie ihn auch noch ins Fahrradschloss stecken.

Im ersten Stock ging ein Schiebefenster hoch.

Inkie steckte den Kopf raus. »Geht's?«, fragte sie mit schwerer Zunge.

Fleur hob einen wackligen Daumen. Dann fuhr sie auf die Straße und wurde fast von einem Auto gerammt.

Driss Amrani

Heute

Lassen Sie mich durch, ich will zu meinem Sohn!«

Driss erschrickt, als er die Stimme von den Bildschirmen hört, und hebt den Kopf. Eine Frau in einem langen blauen Kleid versucht, eine Polizistin mit ihrer Handtasche zu schlagen. Dabei rutscht ihr fast der Schal von den Haaren.

Das darf nicht wahr sein! Er spürt, wie das Blut aus seinem Gesicht weicht.

»Eine besorgte Mutter ist nicht einverstanden mit den Maßnahmen hier vor Ort«, berichtet Theo Verbruggen. »Sie versucht, in den abgesperrten Bereich vorzudringen, was zwar verständlich, aber auch gefährlich ist. Ich glaube, der Polizei ist es mittlerweile gelungen, sie wieder zu beruhigen.«

Driss sieht, wie seine Mutter murrend in einem kleinen Polizeibus verschwindet. Er hofft, dass sie nie wieder herauskommt!

»Vielleicht können wir gleich mit ihr sprechen«, fährt Theo fort.

Nein, bloß nicht!

»Ist was?«, fragt Jessica.

»Was soll sein?«, schnauzt Driss sie an.

Sie macht ein verletztes Gesicht.

Sofort tut es ihm leid. »Sorry. Ich ... äh.«

»Macht nichts«, sagt sie. »Es ist ganz normal, dass du in dieser Situation angespannt bist.«

»Wer sagt, dass ich angespannt bin?«

»Driss lässt sich nicht einfach so Angst einjagen«, sagt Inkie.

»Hab ich dich was gefragt?«, raunzt Driss.

Sie lacht gespielt. »Aber manchmal ist er schon ganz schön schlecht drauf.«

Auf den Bildschirmen wird wieder ins Studio umgeschaltet. »Aus dem Bus dringen immer mehr Berichte nach draußen«, sagt die Nachrichtensprecherin Astrid Kersseboom. »Filme, Fotos. Ein Mädchen schickte ihren Eltern und ihrem Bruder diese emotionale Nachricht.«

»Chloë, du bist im Fernsehen!«, ruft Jessica.

Driss schaut nervös zum Polizeibus und dann auf sein Telefon. Er hat zehn verpasste Anrufe und drei Nachrichten auf seiner Voicemail. Von seiner Mutter, wetten?

Erste Nachricht: »Ich bin's.« Ihre Stimme kriecht tief in sein Ohr. »Die Polizei kam vorbei und ...« Sie weint. »Keine Angst, mein Schatz. Dieser Polizist sagt, es wird alles gut.«

Zweite Nachricht: »Hab's gerade von Ma gehört. Sie ist ziemlich durcheinander, deswegen ruf ich dich kurz an, um dir zu sagen, dass du dir keine Sorgen zu machen brauchst«, sagt Mo. »Ich garantiere dir, es wird alles gut, Mann.«

Ich garantiere dir ... Was für ein Geschwätz! Mo kann gar nichts garantieren. Diesen fantastischen Job, den er kriegen sollte? Ein bisschen putzen, das ist alles. Und das Geld, das er klarmachen wollte für die Behandlung von Pa? Davon war nie wieder die Rede.

Es sei denn ...

Einen Bus kann man übrigens noch leichter entführen als ein Flugzeug. Dann braucht man kein Ticket.

Mo wird doch nicht?

Driss reibt sich mit dem Telefon über die Stirn.

Reiß dich zusammen! Die Explosion von vorhin ist schuld. Darum kommt sein Gehirn plötzlich auf so seltsame Gedanken. Er konzentriert sich auf die dritte Nachricht.

Wieder seine Mutter. »Warum meldest du dich nicht? Ruf mich an, hörst du? Ich will wissen, ob es dir gut geht!«

Er hat keine Lust, sie anzurufen. Andererseits: Vielleicht kann er sie überzeugen, nach Hause zu gehen. Wenn die Polizei vorhin nicht eingegriffen hätte ...

Er wählt ihre Nummer.

»Driss, Schatz, warum rufst du jetzt erst an?«

»Es ging nicht früher.« Wie seltsam heiser er klingt! »Wir mussten unsere Handys abgeben.«

»Abgeben?« Ihre Stimme schnellt gleich drei Oktaven höher, sodass sein Trommelfell fast platzt. »Wieso abgeben?«

»Das kannst du dir alles im Fernsehen angucken. Jetzt geh schön nach Hause, zu Pa. Hier kannst du sowieso nichts tun.«

»Aber ...«

»Wenn du nach Hause gehst, verspreche ich dir, dass ich dich regelmäßig anrufe.«

Sie schweigt kurz. »Ich will nicht nach Hause.«

Warum kann sie nicht einmal etwas tun, worum er sie bittet? Dämliche Voicemails! Er hätte sie ignorieren sollen.

»Dann eben nicht.« Mit einem Scheißgefühl drückt er sie weg.

Auf den Bildschirmen ist jetzt der Film von Tygo und Hidde zu sehen. »Wir sitzen also in dem Reisebus in Breda mit der Bombe an Bord.«

Herzlichen Glückwunsch, denkt Driss. Vollidioten.

»Tygo ist der Sohn von Jasper van Dongen«, berichtet Kerseboom. »Van Dongen ist eine lokale Berühmtheit, seit er versucht, die Einrichtung eines zweiten Asylzentrums zu verhindern. Der Brabanter Rundfunk hat das folgende Interview mit ihm aufgezeichnet.«

Ein Mann mit Bürstenhaarschnitt und Schweißperlen auf der Oberlippe steht auf dem Großen Markt vor der Großen Kirche. »Das Maß ist voll. Höchste Zeit, dass die Politiker von Breda auch mal auf den kleinen Mann hören.«

»Und die kleine Frau?«, fragt Inkie. »Zählt die nicht?«

»Ja, Tygo.« Driss sieht ihn spöttisch an. »Dein Vater könnte glatt Moslem sein.«

»Mein Vater legt keine Bomben in Busse«, sagt Tygo. »Moslems schon.«

»Gar nicht wahr.« Shakti fängt wieder an zu weinen.

Driss würde Tygo am liebsten verprügeln! Mit Mühe hält er seine Wut im Zaum. »Du hast echt null Ahnung. Terroristen, die so etwas machen, missbrauchen unseren Glauben. Sie rechnen damit, dass Idioten wie du dumm genug sind, dem Islam die Schuld zu geben. Das ist lächerlich!«

Irmak unterstützt ihn. »Bomben explodieren lassen und Leute ermorden, ist nach dem islamischen Glauben verboten. Wenn du den Koran kennen würdest ...«

Tygo verzieht angeekelt das Gesicht, hält aber die Klappe.

»Gut gesprochen, Irmak«, sagt Vos.

Driss schaut wieder aus dem Fenster und erschrickt. Seine Mutter steigt aus dem Polizeifahrzeug. Offenbar hält man sie jetzt für ruhig genug. Hoffentlich stimmt das ...

Mist, der Reporter läuft direkt auf sie zu!

»Wir schalten wieder um zu Theo«, sagt Kersseboom auf dem Bildschirm.

»Ja, ich spreche hier mit der Mutter von ...« Er hält ihr das Mikrofon vor den Mund.

»Der Mutter von Driss Amrani«, sagt sie und dann schaut sie direkt in die Kamera. »Geht es dir gut, Schätzchen?«

Driss versucht, sich unsichtbar zu machen.

»Ich habe solche Angst«, fährt seine Mutter fort. »Das verstehen Sie doch?«

Aber er wird nicht unsichtbar. Die ganze 8c starrt ihn an. Er macht sich klein und denkt: Halt die Klappe, halt die Klappe.

»Wissen Sie, er hat zu Hause noch fünf Schwestern«, fährt seine Mutter fort, »und die machen sich alle große Sorgen. Es heißt, da ist eine Bombe an Bord – aber das kann doch nicht sein?«

Am liebsten würde Driss unter den Sitz kriechen. Was für eine Blamage! Wenn er das hier überlebt, will er in eine andere Schule. In eine andere Stadt. Ein anderes Land ...

»Ist das deine Mutter, Driss?«, fragt Jessica.

Jetzt dürfte der Reisebus ruhig gesprengt werden!

»Hallo, mein Engelchen!« Seine Mutter winkt zum Bus hinüber.

Fast alle müssen lachen.

Logisch. Sie lachen ihn aus.

»Das ist doch total lieb«, sagt Jessica.

Vielleicht will er doch noch eine kleine Weile leben bleiben ...

»Superlieb«, findet Inkie. »Meine Eltern haben mich immer noch nicht angerufen und ich kann sie auch nicht erreichen.«

»Vielleicht wissen sie es noch nicht«, sagt Driss, der plötzlich das Bedürfnis verspürt, etwas Nettes zu sagen.

Valentin steht auf. »Die Leute vom Sprengstoffräumdienst kommen wieder in unsere Richtung.«

Zum Glück! Keiner achtet mehr auf Driss oder seine Mutter. Er schaut in ihr Gesicht auf dem Bildschirm, bis die Kamera von ihr wegschwenkt. Dumme Gans. Sein Magen fühlt sich hohl an.

Er versucht, nicht mehr an sie zu denken, und konzentriert

sich ganz auf die Männer vom Sprengstoffräumdienst. Sie tragen eine große, doppelt ausziehbare Treppe und wieder diese Stöcke mit Kameras. Wahrscheinlich wollen sie den Bus jetzt von oben untersuchen.

»Warum benutzen sie keine Drohne?«, fragt Hidde.

Valentin zuckt die Schultern. »Zu hohes Risiko, nehme ich an. Die Dinger stürzen manchmal ab, und wenn eine dann den Bus trifft ...«

»Sag's nicht!«, ruft Fleur.

Vos sagt auch schon seit einer Weile nichts mehr. Sie hat sich hinten in den Bus gesetzt und hält ihren Bauch fest, als hätte sie Angst, er könnte sonst weglaufen.

»Das Sanitätsteam erkundigt sich nach dem Zustand aller Passagiere an Bord«, sagt Vampir. »Falls nötig, können sie medizinische Hilfe anbieten.«

»Wie denn?« Driss lacht verächtlich. »Mit Magie etwa?«

»Sie können doch mitschauen und Tipps geben«, sagt Irmak. »Übers Telefon.«

Vos stößt einen Schrei aus und ihr Gesicht verzieht sich vor Schmerzen.

»Geht es, Frau Vos?«, fragt Jessica leise.

»Ja, geht schon. Bloß mein Bauch ist ziemlich hart.«

»Müssen wir uns Sorgen machen?«, fragt Driss. »Er sieht aus, als würde er gleich platzen.«

»So schlimm wird's nicht werden. Das ist kein Ballon.« Sie lacht – aber nur sehr vorsichtig.

Draußen klettert ein Mann auf die Treppe. Man reicht ihm einen Stock.

Inkie seufzt. »Das wird noch Stunden dauern!«

Der Fahrer klettert hinter seinem Steuer hervor. »Ich glaube, es ist an der Zeit, die Bar zu eröffnen. Wir dürfen nicht austrocknen, oder?«

Mit suchendem Blick schaut Driss aus dem Fenster. Seine Mutter steht noch immer hinter dem Absperrband. Eigentlich würde er ihr gern zuwinken, aber das wäre nicht cool.

Fleur Dumonceau

Vor 43 Tagen

Fleur lag reglos auf ihrem Bett. Bei der geringsten Bewegung schien ihr Hirn zu explodieren, aber solange sie stocksteif liegen blieb, war da nur dieser dumpfe Schmerz.

Wie hatte sie nur so dumm sein können?

Unten zwitscherten Vögel. Das war ihre Türglocke – Papa war ein Vogelfanatiker –, aber es war bestimmt nicht für sie, also hielt sie die Augen geschlossen.

»Fleur, hier ist jemand für dich!«, rief Mama von unten.

Ihre Stimme war wie eine quietschende Schuhsohle auf dem Fußboden. Fleur krümmte sich, was auch wieder einen stechenden Schmerz verursachte.

»Ich schicke sie hoch!«

Nei-hein. Lasst mich in Ruhe.

Sie musste sich irgendwie aufrichten. Das schien eine unmögliche Mission, schon fast rekordreif, aber es klappte, solange sie den Kopf möglichst still hielt und stur geradeaus schaute.

Hinter ihr öffnete sich die Tür zu ihrem Zimmer und sie drehte sich doch um. Ihre Augen konnten die schnelle Bewegung nicht mitvollziehen und hinkten etwas hinterher. Wie ihr Hirn – denn es dauerte ein paar Sekunden, bevor alles wieder an Ort und Stelle war.

Lo. Was wollte die denn? Sie war noch nie bei ihr gewesen.

»Kopfschmerzen?«, fragte Lo mit einem spöttischen Lächeln.

»Geht so«, sagte Fleur so cool wie möglich. »Ist Inkie nicht mitgekommen?«

»Nein, aber ich kann sie gern anrufen, wenn du willst.« Lo zog ihr Telefon aus der Tasche. »Ich glaube nur, dass es dir lieber wäre, wenn sie das nicht sähe.«

Das ganze geheimnisvolle Getue nervte Fleur. »Was?«

Lo zeigte ihr ein Foto auf ihrem Smartphone. »Das.«

Fleur saß stocksteif, aber jetzt explodierte ihr Gehirn doch noch.

Das war sie auf dem Foto! Bei der Garderobe der Familie de Ridder, den Geldbeutel von Inkies Vater in der Hand. Etwas vom gestrigen Tag stieg wieder an die Oberfläche. *»Du* hast das Geld aus dem Portemonnaie geklaut!«

»Aber das weiß natürlich keiner«, sagte Lo. »Wenn ich meinem Onkel und meiner Tante dieses Foto zeige, werden die was ganz anderes glauben. Und ich glaube nicht, dass du dann in ihrem Haus noch willkommen bist.«

»Bitch!« Fleur schlug nach dem Telefon – daneben – und fasste sich dann an ihren schmerzenden Kopf.

»Doch ein kleiner Kater, wie ich sehe.« Lo steckte das Gerät weg.

»Zeig es ihnen bitte nicht«, flehte Fleur. »Dann sage ich auch niemandem, dass du eine Diebin bist.«

Lo setzte sich auf den Drehschemel am Frisiertisch. »Du hast es noch nicht ganz kapiert, was? Ich habe nichts zu befürchten.«

»Ach nein?« Fleur hörte selbst, wie unsicher sie klang. »Inkie ist meine beste Freundin, schon seit der Grundschule. Sie glaubt mir ganz bestimmt.« Sie nickte heftig, um ihren Worten Kraft zu verleihen, und versuchte, die Folter in ihrem Kopf zu ignorieren.

Lo drehte den Schemel so, dass sie mit dem Rücken zu Fleur saß. »Na, dann erzähl es doch deiner besten Freundin.« Sie nahm ein Lipgloss aus dem Make-up-Täschchen neben dem Spiegel und drehte den Deckel ab, während sie Fleur über den Spiegel ansah. »Aber dann zwingst du mich, das Foto auf Instagram zu posten.« Sie schmierte sich Gloss auf die Unterlippe. »Und auf Facebook.« Sie schmierte sich Gloss auf die Oberlippe. »Ich kann es auch noch twittern.«

Die ganze Schule würde sie für eine Diebin halten. Die ganze Stadt. Fleur wurde kotzübel und sie war überzeugt davon, dass sie gleich in Ohnmacht fallen würde.

Lo presste ihre Lippen aufeinander und machte ein ploppendes Geräusch. »Es sei denn ...« Sie stieß sich mit dem Fuß ab, sodass sich der Schemel wieder drehte und sie Fleur ins Gesicht schauen konnte, »... du tust etwas für mich.«

Und wenn ich einen Mord dafür begehen muss, dachte Fleur. Dieses Foto muss und wird verschwinden!

»Was denn?«, fragte sie heiser.

»Ich möchte, dass du etwas mitnimmst, wenn ihr in die Ardennen fahrt.«

Warum fing Lo denn jetzt von der Klassenfahrt an? Fleur war fassungslos.

»Es ist nicht für mich, sondern für einen Freund von mir.«

»Chick?«, fragte Fleur und starrte auf den blauen Fleck an der Augenbraue von Lo.

»Das tut nichts zur Sache.« Lo machte eine abwehrende Geste. »Einen Tag vor eurer Abfahrt bekommst du von mir ein Päckchen. Du steckst es in dein Gepäck und dann landet es ganz von allein auf dem Bauernhof, auf dem ihr wohnt. Dort kommt es jemand abholen. Wo und wann genau, erfährst du noch.«

»Woher weißt du, dass wir auf einem Bauernhof übernach...?«, begann Fleur. Doch sie kannte die Antwort bereits. Lo hatte natürlich in Inkies Sachen herumgeschnüffelt. »Ach, egal.«

»Du gibst mir deine Nummer«, sagte Lo, »damit wir dich jederzeit erreichen können. Sorg also dafür, dass du dein Telefon immer schön bei dir hast.«

In Fleurs Kopf drehte sich alles. »Was ist in dem Päckchen?«

»Es ist besser, wenn du das nicht weißt«, sagte Lo. »Sie kontrollieren kaum an der Grenze und bestimmt nicht in Reisebussen mit Schülern, aber eine hundertprozentige Garantie gibt es nie. Solange du von nichts weißt, können sie dir auch nichts tun. Dann hat dir jemand eben ohne dein Wissen das Päckchen in die Tasche gesteckt.«

Fleur war nicht wirklich beruhigt. »Und das Foto?«

»Sobald die Sendung in Belgien angekommen ist, werde ich es löschen.«

Valentin Aafjes

Heute

Sitzt ein Skelett an der Bar«, sagt der Busfahrer, während er Softdrinks in Dosen verteilt. »Und bestellt ein Bier und einen Wischlappen.«

Valentin schaut fasziniert auf den Drehleiterwagen – einen Volvo FM-F3C mit der Rufnummer 20-3151. Zwei Feuerwehrmänner sind in den Korb geklettert und fahren langsam nach oben. Unten steht eine Feuerwehrfrau und bedient die Knöpfe.

»Hätten sie sich das nicht schon vorher überlegen können?«, sagt Tygo. »Das geht doch viel schneller als mit so einer blöden Treppe.«

Der Korb schwebt jetzt über dem gesperrten Straßenstück. Das Fahrzeug hat eine Niederdruckpumpe, weiß Valentin, und eine Hochdruckpumpe mit Schaumsystem, eine Wärmebildkamera und eine Kamera mit Fernsicht. Er hat die Hubarbeitsbühne auf Fotos und Filmen in voller Aktion gesehen, aber die Wirklichkeit ist noch beeindruckender als auf dem Computer.

Der rote Arm stoppt in seiner Bewegung. Der Korb schwenkt nach rechts. Stoppt. Fährt wieder ein Stück nach rechts. Stoppt …

Wahrscheinlich besehen sich die Feuerwehrleute nicht nur das Busdach, sondern suchen auch die gesamte Umgebung ab, in der Hoffnung, ein verdächtiges Fahrzeug oder verdächtige Personen zu entdecken. Der Bombenleger könnte noch in der

Nähe sein. Pyromanen mischen sich auch oft unter das Publikum, um das Feuer zu bewundern, das sie selbst gelegt haben – hat Valentins Mutter ihm mal erzählt.

»Cola oder O-Saft?«, fragt der Fahrer.

Valentin zeigt auf den O-Saft.

Vielleicht ist ja gar keine Bombe an Bord und Herr van Piere will ihnen nur Angst einjagen? Vielleicht ist er auch so eine Art Pyromane, dem es gefällt, sich anzuschauen, was er angerichtet hat? Erregt es ihn, all die ängstlichen Eltern und Schüler zu sehen ...?

Valentin öffnet seine Getränkedose, während Kersseboom auf dem Bildschirm über ihm berichtet, dass *8c* der häufigste Twitter-Hashtag der letzten Stunden sei. »Auch aus dem Bus gibt es jede Menge Tweets.«

Tygo rülpst lautstark.

»Igitt«, sagt Irmak.

Valentin trinkt ein paar Schluck und schaut wieder auf den Drehleiterkorb, bis er Inkie rufen hört. »Mama! Endlich! Wo warst du denn?« Tränen laufen lautlos über ihre Wangen. Einige tropfen auf ihr Telefon.

Schau an – sie hat ja doch Gefühle!, denkt Valentin.

»Akku leer?«, sagt sie. »Du hattest vergessen, ihn aufzuladen?«

Die Dose ist auch leer und Valentin steckt sie in den Müllbeutel.

Dann kann er sich nicht mehr beherrschen und ruft seine Mutter an. »Weißt du schon mehr?«

»Dein Chemielehrer hat nicht gelogen. Sein Telefon liegt zu Hause. Eine Polizistin hat es gefunden, als sie seine Frau über die Bombe informierte.«

Valentin weiß nicht so genau, ob er erleichtert oder enttäuscht sein soll. »Vielleicht gibt es ja gar keine Bombe und er will uns nur Angst machen.«

»Hoffen wir's«, sagt seine Mutter. »Leider können wir nicht davon ausgehen, solange wir keine absolute Sicherheit haben. Die Explosion in dem leeren Gebäude war schließlich echt.«

»Um wen geht's?«, fragt Irmak.

Valentin schüttelt abwehrend den Kopf. »Um niemanden.«

»Es gibt viele Überwachungskameras im Viertel«, sagt seine Mutter. »Wir schauen uns alle Bilder an, die in der Minervum aufgenommen wurden. Möglicherweise ist der Täter drauf.«

Dann hat er sich bestimmt durch Verkleiden unkenntlich gemacht, denkt Valentin. Der Bombenleger ist ja vermutlich nicht lebensmüde.

»Gute Idee«, sagt er matt.

»Wie geht es dir? Hältst du noch einigermaßen durch?«

»Geht so.«

»Nicht verzweifeln. Heute Abend bist du wieder sicher zu Hause.« Es gelingt ihr nicht, die Unsicherheit in ihrer Stimme ganz zu unterdrücken.

»Okay.« Valentin steckt sein Telefon weg und starrt aus dem Fenster. Niedergeschlagen schaut er zu, wie die Männer mit der Treppe verschwinden. Wenig später wird der Korb mit der Drehleiter zurückgezogen und senkt sich ab – sowohl auf den Bildschirmen als auch in echt.

»Es sieht so aus, als hätte man keinen Sprengstoff gefunden«, sagt Kersseboom im Studio. »Stimmt das, Theo?«

»Augenblick.« Er wartet kurz und nickt.

Die Kamera macht einen kleinen Schwenk nach rechts und es kommt noch ein Mann ins Bild. Seiner Kleidung nach gehört er zum Sprengstoffräumdienst. Sein Kopf ist rund und fleischig und seine Augen liegen tief in den Höhlen.

»Neben mir steht Herr Mulder«, sagt Theo. »Er hat eine Nachricht für die 8c.«

Der Mann schaut direkt in die Kamera. »An der Außenseite

des Reisebusses haben wir keine Bombe finden können«, berichtet er monoton. »Wenn es eine Bombe gibt – was wir noch immer nicht sicher wissen –, liegt sie im Bus selbst und in dem Fall können wir sie nicht unschädlich machen.«

Valentin spürt einen Klumpen im Magen. Genau das hatte er schon befürchtet.

»Wie ihr wisst, wurde damit gedroht, sie zu aktivieren, sobald jemand zu euch reinkommt«, sagt Mulder. »Wir wagen es daher nicht, Notausgänge zu öffnen oder Fenster aufzubrechen. Darum brauchen wir eure Hilfe. Wir möchten, dass ihr den Bus sehr sorgfältig durchsucht.«

»Das haben wir schon«, sagt Driss laut.

Aber Mulder fährt einfach fort. »Wir zeigen euch gleich ein paar Abbildungen, damit ihr wisst, woran man eine Bombe erkennt. Wenn ihr etwas findet, das damit Ähnlichkeit hat ...« Er winkt mit dem Zeigefinger. »Fasst nichts an und lasst uns über Skype zuschauen, damit wir euch Schritt für Schritt begleiten können.«

Valentin wischt seine schweißfeuchten Hände an der Hose ab. Der Klumpen in seinem Magen ist nur noch größer geworden. Auf den Bildschirmen haben sie wieder ins Studio geschaltet. Kersseboom steht vor einem Monitor und zeigt Fotos möglicher Bomben. Ein Bierfass, gefüllt mit Sprengstoff und einem Anzünder. Briefumschläge und Päckchen. Bombengürtel und Bombenwesten in allerlei Sorten und Größen. Zusammengebundene Dynamitstangen mit Drähten und Uhrwerken ...

Valentin richtet sich in seinem Sitz auf.

Herr van Piere kann durchaus auch eine Zeitbombe in den Gepäckraum gelegt haben. Dann braucht er kein Telefon, um sie zu zünden. Aber warum hat er dann den Zeitschalter nicht so eingestellt, dass der Sprengstoff schon kurz nach ihrer Abfahrt hochging? Ein schrecklicher Gedanke steigt in Valentin auf. Er bekommt Gänsehaut am gesamten Körper und der Bus dreht sich um ihn herum.

Nicht daran denken! Die Uhr ist einfach kaputtgegangen, das kann auch sein.

Aber der Gedanke hat sich wie ein Enterhaken in seinem Gehirn festgesetzt. Nämlich, dass Herr van Piere die Uhr absichtlich auf den späten Nachmittag programmiert hat, damit sie sich erst noch mächtig anstrengen würden. Seine allerletzte Rache: Nach einer stundenlangen seelischen Folter würde er die 8c doch noch in die Luft jagen.

Fleur Dumonceau

Gestern

Fleurs Telefon vibrierte. Sie las die SMS: Ich stehe vor der Tür.

Ihr Herz schaltete sofort in den höchsten Gang. Sie legte die Hand auf ihre Brust, um es zu beruhigen. Morgen, spätestens übermorgen, wäre alles vorbei.

Wenn sie dich nicht schnappen, quengelte eine Stimme in ihrem Kopf. Sie holte tief Luft und ging hinunter. Ihre Eltern saßen momentan jeden Sonntag im Wohnzimmer und blätterten Werbeprospekte durch. Angebote und Rabatte sammeln, war ihr neues Hobby. »Warum hilfst du nicht mit?«, hatte Mama ein paarmal gefragt. Aber Fleur wollte kein neues Hobby. Sie wollte für immer in ihrer Hockeymannschaft bleiben. Gestern hatte sie beim Wettkampf zwei Punkte geholt.

Lo wurde ungeduldig. Fleurs Telefon vibrierte schon wieder.

Ja, doch. Sie drehte am Knauf der Haustür und zog sie leise auf. »Endlich«, murmelte Lo und betrat die Diele. Sie trug einen Rucksack.

Darin steckte natürlich das Päckchen. Schlagartig brach Fleur der Schweiß aus. Bevor sie zur Treppe nach oben zeigen konnte, hatte Lo sich schon auf den Weg gemacht. Ihre Schritte waren geräuschlos und Fleur konnte sich plötzlich gut vorstellen, dass Lo einen Nebenjob als Einbrecherin hatte. Sie schlich hinter ihr her und fühlte sich für einen Moment wie ein Gast im eigenen Haus, was sich noch steigerte, als Lo sich einfach auf ihr Bett setzte.

Fleur schloss die Zimmertür. »Ich habe darüber nachgedacht. Woher weiß ich, dass du dieses Foto auf jeden Fall löschst und doch nicht noch schnell Inkie und ihrer Familie zeigst?«

»Das kannst du nicht wissen«, sagte Lo. »Du wirst mir vertrauen müssen.«

»Hältst du mich für blöd, oder was?«

»Du hast keine Wahl. Wenn du nicht spurst, stelle ich es ins Internet.«

»Aber dann kommt dein Päckchen nicht nach Belgien.«

Der Mund von Lo stand leicht offen. Ihre violetten Haare und das Piercing wirkten plötzlich nicht mehr cool, sondern erbärmlich.

»Machst du das für Chick?«, fragte Fleur.

»Natürlich nicht!«, fauchte Lo.

Also ja, dachte Fleur. Sonst würdest du nicht so heftig reagieren.

»Vielleicht helfe ich dir«, sagte sie. »Aber dann musst du mir auch vertrauen.«

»Warum sollte ich?« Lo hatte ihr Selbstbewusstsein wiedergefunden. »Ich habe das Foto in der Hand – und du hast überhaupt nichts.«

Fleur versuchte mit aller Kraft, ruhig zu bleiben. »Hast du es dabei?«

Lo öffnete ihren Rucksack und zog ein rechteckiges Paket hervor. Um es zu öffnen, würde man einigen Aufwand mit Schere oder Messer betreiben müssen, denn es war rundum sorgfältig mit Tape zugeklebt.

Fleur reagierte blitzschnell. Mit ihrem Nokia konnte sie nicht fotografieren, aber sie hatte eine alte Wegwerfkamera von einem Urlaub vor zig Jahren wiedergefunden.

Klick.

»Was machst du da?«, fragte Lo aufgebracht.

»Jetzt habe ich auch ein Foto von dir«, sagte Fleur. »Wenn du meins ins Internet stellst, gehe ich mit diesem Foto zur Polizei und erzähle, dass ich dieses Päckchen für dich in die Ardennen schmuggeln sollte und dass du mich erpresst hast.«

Lo machte ein gelangweiltes Gesicht. »Dreimal darfst du raten, wem sie glauben werden: dem Dieb oder der unschuldigen Nichte? Ich wühle schließlich nicht im Mantel deines Vaters herum, sondern ziehe einfach ein Päckchen aus meiner eigenen Tasche.«

»Genau. Aus deinem Rucksack. Und du machst es. Und du bist in meinem Zimmer, was an sich schon seltsam ist, was Inkie bestätigen kann. Außerdem habe ich noch etwas.« Fleur hob einen kleinen schwarzen Gegenstand vom Boden auf. »Das Diktiergerät meines Vaters. Ich habe alles aufgenommen, was du gerade gesagt hast.«

Lo starrte sie an. Wütend, nervös, aber auch mit ein wenig Bewunderung. »Ich habe dich unterschätzt.«

»Danke«, sagte Fleur, denn es klang wie ein Kompliment.

»Kann ich offen zu dir sein?«

Kam das aus dem Mund von Lo? Fleur konnte nur nicken.

»Erst das Ding ausmachen«, sagte Lo.

»Aus.«

Sie schaute auf ihre violetten Fingernägel. »Ich wollte dich nicht erpressen, aber ...«

»Chick«, sagte Fleur. »Warum schützt du diesen Typen?«

Lo zuckte mit den Schultern.

Fleur dachte an den blauen Fleck. »Hast du Angst vor ihm?«

Lo nickte kurz und schnell.

»Hat er dich geschlagen?«

Jetzt traten doch noch Tränen in die Augen von Lo.

»Warum zeigst du ihn nicht an?«, fragte Fleur.

Lo schüttelte heftig den Kopf.

»Ich begleite dich auch.«

Lo schüttelte noch heftiger den Kopf. »Du hast keine Ahnung, wovon du redest, glaub mir. Wenn du dieses Päckchen nicht mitnimmst ...« Sie begann, herzzerreißend zu schluchzen.

Fleur hätte nicht gedacht, dass ihr Lo irgendwann mal leidtun könnte, aber sie hörte sich selbst sagen: »Beruhige dich, ich nehme es ja schon mit.«

Ihr Tränenstrom stoppte abrupt. »Wirklich?«

»Weißt du, was drin ist?«, fragte Fleur.

»Chick sagt, es ist besser, wenn ich es nicht genau weiß, dann kann ich auch nichts verraten.«

»Und wenn sie mich schnappen?«

»Dann weißt du von nichts. Jemand hat es ohne dein Wissen in deine Tasche gesteckt. Deine Fingerabdrücke sind nicht drauf. Du hast es nie geöffnet ...«

»Na, das wäre auch nicht gerade leicht«, sagte Fleur. »Wie viele Rollen Klebeband sind dabei draufgegangen?«

»Drei oder so?« Lo lachte, aber nicht von Herzen. »Also machst du es?«

»Und du löschst dieses Foto wirklich?«

Lo hob ihren Mittel- und Zeigefinger. »Ich schwöre.«

»Denn wenn nicht, habe ich immer noch das Foto und die Aufnahme.«

Sie nickte. »Ich weiß.«

»Sag Chick, dass es das letzte Mal ist, dass wir etwas für ihn erledigen.«

Lo nickte schon wieder.

»Da, steck es hier rein.« Fleur stellte ihre Tasche neben Lo. Kaum war das Päckchen drin, legte sie ein paar Klamotten darauf, damit sie es nicht mehr zu sehen brauchte. »Und wie geht es jetzt weiter?«

»Ich habe deine Telefonnummer«, sagte Lo. »Die gebe ich Chick. Morgen im Bus bekommst du von ihm eine Nachricht mit dem genauen Übergabeort. Wahrscheinlich kannst du es einfach irgendwo dort, wo ihr übernachtet, auf dem Gelände liegen lassen. Er wird dir auch eine Telefonnummer geben. Die rufst du an, sobald das Päckchen am vereinbarten Ort liegt. Von dem Moment an ist deine Aufgabe erledigt. Das Päckchen wird abgeholt und du brauchst dir keine Sorgen mehr zu machen.«

Fleur schaute zu ihrer Tasche und schluckte. Noch konnte sie sich weigern. Dann sah sie das Foto wieder vor sich. Das Foto, auf dem sie mit dem Geldbeutel von Inkies Vater an der Garderobe steht.

Herr de Ridder hegte keinerlei Argwohn. Er dachte, er hätte das Geld verloren oder sei Opfer eines Taschendiebs geworden. Ein wundersames Verschwinden nannte er es. Dass Fleur und Lo dahintersteckten, wäre ihm nie in den Sinn gekommen. Aber wenn er dieses Foto zu Gesicht bekäme ...

»Ich gehe«, sagte Lo und verschwand mit ihrem Rucksack nach unten.

Fleur schaute ihr durchs Fenster nach. Dann erst wagte sie es, das Diktiergerät aus der Hand zu legen. Das Gerät, das schon vor einem Jahr kaputtgegangen war. Papa hatte sich noch immer nicht die Mühe gemacht, es reparieren zu lassen.

Driss Amrani

Heute

Herr Karels möchte, dass wir den Bus noch einmal durchsuchen«, sagte Herr van Piere.

Driss stöhnt. »Was für ein Unsinn.«

»Wirklich?« Tygo schaut ihn mit zusammengekniffenen Augen an. »Wir haben schließlich noch nicht alles überprüft.«

»Was meinst du?«

»Vielleicht trägst du ja einen Bombengürtel unter deinem Hemd.«

Driss findet das so lächerlich, dass er nicht einmal wütend werden kann. »Na klar, Mann.«

Er hebt sein Hemd hoch und zeigt seinen muskulösen Oberkörper. »Zufrieden?«

Inkie pfeift anerkennend.

»Jetzt du«, sagt Driss zu Tygo.

»Das hast du nicht zu bestimmen.«

Vos steht auf. »Wir müssen alle durchsuchen.«

Valentin nickt. »Auch Herrn van Piere.«

Irmak sieht ihn verblüfft an.

»Für mich klingt das auch idiotisch, Leute.« Frau Vos kratzt an ihrem Oberarm. »Aber das hier ist keine alltägliche Situation. Und leider ist es nun mal so, dass Menschen ganz normal wirken können, obwohl sie es nicht sind.«

»Stimmt«, sagt Valentin. »Ihr wollt gar nicht wissen, womit meine Mutter sich rumschlagen muss. Ein braver Familienvater bringt aus heiterem Himmel seine Familie um. Oder jemand bekommt eine Psychose und glaubt plötzlich, seine Mutter sei der Teufel. Ein Lehrer ...«

»Hör bitte auf«, murrt der Vampir. »Das wollen wir tatsächlich nicht wissen.«

»Tygo ist dran«, sagt Driss und denkt: Ich Idiot. Das klingt, als wollte ich Fangen spielen.

»Also gut. Weil Frau Vos es sagt.« Tygo stellt sich hin und spreizt die Beine. Er grinst. »Wer will mich filzen? Inkie, Fleur, Jessica?«

»Iiieeh!«, ruft Inkie.

»Nicht für eine Million«, sagt Jessica.

Driss kann nicht aufhören zu grinsen.

»Die Jungen überprüfen die Jungen und die Mädchen die Mädchen«, sagt Vos. »Ich möchte, dass jeder seinen Nachbarn oder seine Nachbarin abtastet. Das geht am schnellsten und wir vergessen niemanden.«

»Außer, man sitzt allein«, sagt Driss. »Wie Valentin.«

Vos seufzt erschöpft. »Dann darfst du Luuk *und* Valentin übernehmen.«

»Und wer übernimmt Sie?«, fragt Inkie.

Als Driss sich den runden Bauch von Vos anschaut, ploppt ein Cartoonbild in seinem Kopf auf: Der Arzt macht einen Ultraschall und sieht, dass sie kein Baby erwartet, sondern einen Basketball.

»Da passt wirklich kein Bombengürtel mehr drum«, sagt er.

»Es sei denn, es ist ein falscher Bauch«, mischt sich Valentin ein. »Neulich wurde eine Muslimin aufgegriffen, die schwanger aussah. Aber es stellte sich heraus, dass kein Kind in ihrem Bauch war, sondern Sprengstoff.«

»Als ob Frau Vos einen Anschlag auf uns verüben würde!«, ruft Jessica empört.

»Ja, lächerlich«, sagt Driss schnell.

»Darf ich deine Hand mal kurz haben, Jessica?«, fragt Vos und legt sie auf ihren Bauch.

»Oh, ich spüre, wie es sich bewegt!«, ruft Jessica.

Vos schaut mit hochgezogenen Augenbrauen zu Valentin. »Beruhigt?«

Er nickt. »Ich habe Sie nicht wirklich verdächtigt. Aber meine Mutter sagt immer, man dürfe nicht nach dem Gefühl gehen, sondern nur nach den Fakten.«

»Sehr vernünftig«, sagt Vos. »Jetzt ihr.«

Driss beginnt mit Valentin. »T-Shirt hoch. Einmal drehen.«

Der Professor gehorcht, geniert sich aber ganz offensichtlich. Driss muss es einfach sagen: »Da hat ja mein sechsjähriger Neffe mehr Muskeln als du.«

Valentin starrt schweigend zu Boden.

Loser, denkt Driss. »Kannst runterziehen, ich hab's gesehen.«

Hidde will Tygo abtasten und streckt die Arme aus.

»Ho, ho!«, ruft Tygo. »Nur gucken, nicht anfassen.« Er hebt Hemd und T-Shirt hoch und dreht sich hüftschwingend, während er zu den Mädchen hinüberschielt.

Ha, ha, sie interessieren sich nicht für ihn.

»Jetzt du«, sagt Driss zu Luuk.

Luuk zeigt, was er unter seinem Hemd verbirgt. Vor allem viel Fettmasse, aber Driss ist heilfroh, dass er den Vampir mit seinen schweißnassen Achseln nicht kontrollieren muss. Das macht der Busfahrer.

»Was findet man bei einem Kannibalen in der Dusche?«, fragt er. »Head & Shoulders!«

»Das scheint mir nicht der geeignete Moment für diese Art von Witzen«, sagt der Vampir steif.

»Doch, gerade jetzt«, findet Jan. »Humor ist die beste Medizin gegen Elend und Kummer.«

»Gibt es auch eine Medizin gegen Flachwitze?«, fragt Driss.

»Einen anderen Busfahrer.« Er feixt. »Aber da hast du Pech, Junge. Ich darf den Bus nicht verlassen.«

Vos schaut sich um. »Sind alle überprüft?«

Alle Köpfe nicken.

»Ich hab's doch gesagt«, ruft Inkie froh. »Es ist gar keine Bombe an Bord.«

»Es sei denn, sie liegt im Gepäckraum«, sagt Valentin.

Warum schaut er so seltsam zum Vampir rüber?, fragt sich Driss.

Jessia wird bleich. »Aber da können wir auch nicht hin.«

Ihre Worte sind wie Eisbrocken, die aus dem Himmel fallen. Der ganze Bus gefriert. Nur Kersseboom spricht einfach weiter, in einer Sprache, die ihnen plötzlich wie Chinesisch vorkommt – Driss versteht zumindest kein Wort davon. Er will, dass Busfahrer Jan wieder Witze erzählt, damit sie es weglachen können. Aber der Fahrer macht den Mund nicht auf und statt eines Lachens hört Driss plötzlich beängstigendes Geheul. Einen kurzen Moment glaubt er, dass es wieder Shakti ist, aber dieses Heulen klingt anders, es schneidet in seine Ohren wie das schabende Geräusch eines Zugs auf dem Gleis.

Es ist kein Zug. Es ist Fleur.

»Das ist alles meine Schuld!«, ruft sie. »Die Bombe steckt in meiner Tasche!«

Walter van Piere

Vor 2 Jahren und 65 Tagen

Wespen haben ein Nest in den Meisenkasten gebaut«, sagte seine Frau beim Frühstück.

Walter biss in sein Brot und las dabei Zeitung.

»Hörst du mir zu?«, fragte sie.

»Hm, ein Wespennest.« Er hob kurz den Kopf. »Interessant.«

»Ich wüsste nicht, was daran interessant sein soll.« Sie bestrich ihren Zwieback mit Butter. Es klang, als würde sie auf einem Kiesweg laufen. »Es fühlt sich nicht sicher an. Wir wohnen in einer kinderreichen Gegend.«

»Diese Kinder haben in unserem Garten nichts verloren.« Er nickte kurz – Diskussion beendet – und versuchte, den Faden des Artikels über die schweren Bombenangriffe auf Aleppo wieder aufzunehmen.

Er kam gerade mal zwei Zeilen weiter.

»Das mag ja sein«, sagte seine Frau, während sie einen Zuckerwürfel in ihren Tee rutschen ließ. »Aber diese Wespen können durchaus auf die Straße fliegen.«

Sie konnte nie normal rühren. In ihrer Hand veränderte sich der Löffel in einen Klöppel und die Tasse in eine Uhr – und dieses Klirren dauerte minutenlang.

»Der Zucker ist jetzt bestimmt gelöst, Schatz«, sagte Walter.

Sie klopfte die Tropfen vom Löffel, indem sie ihn auf den Tassenrand schlug.

Von der Glocke zum Schlagzeug.

»Ich möchte, dass du jemand kommen lässt, der es beseitigt«, sagte sie. »Heute noch. Immer, wenn ich dort vorbeigehe, habe ich Angst, sie könnten mich angreifen.«

Walter gab es auf und legte die Zeitung weg. »Das ist vollkommen überflüssig, Schatz. Solange du die Wespen nicht störst, werden sie dir auch nichts tun.«

»Und trotzdem will ich, dass du jemanden anrufst.« Sie trank ihren Tee aus, klopfte sich die Krümel vom Kleid und stand auf. »Ich gehe einkaufen. Kann ich dir noch etwas mitbringen?«

Ohrenstöpsel. »Nein, danke dir.«

Sie zog das gelbe Post-it vom Kühlschrank. »Warte«, murmelte sie – sogar beim Nachdenken war sie laut. »Ich habe heute Morgen die letzte Tube Zahnpasta genommen. Die schreibe ich lieber auf.« Sie kramte in der Schublade. »Hast du einen Stift?«

Walter tastete seine Brusttasche ab. »Nicht bei mir. Aber in meiner Schublade liegen genug.«

Ihre Absätze klapperten auf den Dielenfliesen. Gegenüber der Toilette war ein kleines Zimmer, in dem Walter Klassenarbeiten korrigierte und Berichte verfasste. Er hörte, wie sie eintrat und eine Schublade aufzog.

»Was ist das denn?«, rief sie.

»Woher soll ich das jetzt wissen, Liebchen? Ich kann nicht durch Wände schauen.« Er steckte das letzte Stück Brot in den Mund und spülte es mit Kaffee runter.

Sie kam wieder zurückgeklappert. Außer einem Stift hatte sie auch eine schmale rote Broschüre gefunden. Sie hielt sie zwischen Daumen und Zeigefinger weit von sich gestreckt, als handelte es sich um ein schmutziges Taschentuch. »Das da meine ich.«

Aha, der kleine Reiseführer.

Über der Anrichte ließ sie ihn fallen. Wie ein verletzter Vogel mit Papierflügeln landete er neben der Kaffeemaschine.

»Nichts weiter, nur ein Reiseführer für Paris«, sagte Walter.

»Was, um Himmels willen, willst du mit einem Reiseführer für Paris?«

»Ich sah ihn zufällig beim Automobilclub liegen, als ich die Matte für den Kofferraum gekauft habe. Und ich dachte ...«

»Du weißt, dass ich Flugangst habe.«

»Paris ist nicht weit. Wir können mit dem Auto oder dem Bus fahren.«

»Und wir sprechen die Sprache nicht.« Ihr Blick wurde fast ängstlich. »Bestellst du ein Kotelett, bekommst du Kalbshirn oder Pansen.«

»Ich kann ein Wörterbuch kaufen oder eine App auf meinem Smartphone installieren.«

»Diese Franzosen sind halbe Wilde. Sie pinkeln dort in Löcher im Boden.«

»In modernen Hotels haben sie bestimmt auch moderne Toiletten.« Walter gab sich große Mühe, nicht zu seufzen. »Alle fahren in Urlaub. Wir können doch auch mal ...«

»Wir fahren jedes Jahr in Urlaub!«, rief sie. »Sogar mehrfach.«

Sie hatten einen Saisonstellplatz für ihren Wohnwagen in Chaam.

»Der Campingplatz ist knapp sechsundzwanzig Kilometer von hier.« Walter schüttelte den Kopf. »Das ist für mich kein Urlaub, sondern zu Hause bleiben. Ich will richtig weg. Was von der Welt sehen.«

Jetzt wurde sie bockig wie ein Kind. »Es gibt genügend Reiseprogramme im Fernsehen. Schau dir die an! Und du hast doch auch Google Earth?«

»Ein Land in echt sehen ist etwas ganz anderes.« Das Messer neben Walters Teller glitzerte verführerisch. »Die Geräusche, die Gerüche ...«

»Auspuffgase und Knoblauchdünste? Das brauche ich alles nicht.«

Und was ich will, ist unwichtig, dachte Walter.

Sie beugte sich über den Tisch und schrieb Zahnpasta auf den Einkaufszettel.

»Es ist doch nur eine Kurzreise von wenigen Tagen.« Er hasste sich für den flehenden Ton in seiner Stimme. »Ich bitte dich doch nicht, auf Weltreise mit mir zu gehen.«

Sie legte den Stift hin und steckte den Einkaufszettel in die Tasche ihres Kleids. »Ich will nicht mehr darüber reden.« Ihre Absätze klapperten zur Diele. »Vergiss nicht, jemanden wegen der Wespen anzurufen!«

Walter stand neben dem Haus und betrachtete den Nistkasten am Giebel.

Er würde niemanden anrufen. Und wenn seine Frau gleich nach Hause käme, würde er ihr sagen, dass er notfalls allein nach Paris führe. Aber fahren würde er! Er hatte die Nase voll davon, dass ihn immer alle wie einen Fußabstreifer behandelten. In der Schule, zu Hause ...

Eine Wespe strich dicht an seinem Kopf vorbei.

Das wird dir noch leidtun, du Insektenwinzling, dachte er.

Plötzlich war Walter voller Energie. Er ging zum Schuppen im Garten hinter dem Haus und knipste das Licht an.

Mal schauen ... Was brauchte er?

Einen Stock – der Rechen schien ihm lang genug. Eine Flasche Waschbenzin und Stoff für eine Fackel. In einer Plastiktüte fand er alte Laken – immer praktisch für Malerarbeiten – und riss eines davon in Streifen, die er zu einer Kugel zusammenknüllte. Jetzt noch ein Feuerzeug ... das lag bei den Grillanzündern.

Moment! Er durfte nicht vergessen, sich selbst zu schützen. Ein Wespennest auszuräuchern, könnte im Eifer des Gefechts durchaus ein paar Stiche zur Folge haben. Er nahm sein altes Jackett mit den Flicken am Ellenbogen vom Haken. Seine Frau wollte, dass er es trug, wenn er im Garten arbeitete, damit seine Hemden und Pullover nicht schmutzig würden, aber es eignete sich auch ausgezeichnet für diese Art von Unternehmung. Er zog es an. Der Kordstoff war dick und stabil, da kam kein Stachel durch. Was noch? Gartenhandschuhe natürlich und eigentlich auch noch etwas für Kopf und Gesicht.

Sein Blick fiel auf die Gardinen vor dem Schuppenfenster. Flexibel, durchsichtig und wespensicher. Er löste die Gardine und hängte sie sich wie eine Tischdecke über den Kopf. Mit seiner Kappe darüber blieb sie auch auf ihrem Platz. Die lose Unterseite der Gardine steckte er in den Kragen seines Shirts.

So, mit ihm war jetzt nicht mehr zu spaßen. Er griff nach seinen Waffen und begab sich wie ein Ritter in voller Rüstung zum Nest.

Die Wespen hatten den Nistkasten nicht nur besetzt, sondern auch ausgebaut. Er war zur Hälfte von einem grauen, papierartigen Ballon eingehüllt.

»Tut mir leid, die Herren«, sagte Walter. »Die Frau will euch nicht.«

Er steckte das Lumpenknäuel auf den Rechen und tränkte es mit Waschbenzin. Vorsichtig jetzt. Er achtete gut darauf, dass er den Bäumen und Sträuchern nicht zu nahe kam, und hielt das Feuerzeug an die nasse Lunte. Mit den dicken Handschuhen war es ziemlich schwierig, das winzige Zündrädchen zu betätigen. Das Feuerzeug fiel zu Boden und er musste sich bücken, um es aufzuheben. Zweiter Versuch. Die Heftigkeit und

Hitze der Flamme überraschten ihn. Schnell hielt er die Fackel in die andere Richtung, bevor die Gardine mit seinem Gesicht verschmelzen würde. Und jetzt hoch mit dem Ding und auf zum Angriff!

Imker verwendeten Rauch, um Bienen zu beruhigen. Walter war davon ausgegangen, dass dies bei Wespen auch der Fall sein würde, aber sobald er mit der Fackel in Nestnähe kam, schien das Summen heftiger zu werden.

»Was machst du denn jetzt schon wieder?«, erklang es auf einmal direkt neben ihm. Seine Frau stand mit einer vollen Einkaufstasche auf dem Gartenpfad. »Ich habe doch gesagt, dass du jemanden kommen lassen sollst. Was du da machst, ist lebensgefährlich.«

Für einen Laien vielleicht, wollte Walter sagen. Nicht für einen Chemielehrer.

In dem Moment fing das Wespennest Feuer.

Valentin Aafjes

Heute

In einem Bus ohne Lehrer und Busfahrer wäre Fleur wahrscheinlich gelyncht worden. Jetzt sitzt sie da mit einem Gesicht wie eine verlaufene Aquarellzeichnung und erzählt von Lo, Chick und irgendeinem Foto.

Valentin lässt seine Mutter über FaceTime mithören. Manchmal stellt sie Fleur Zwischenfragen. Ob sie wirklich nicht weiß, um welche Art Bombe es sich handelt. Welcher Sprengstoff verwendet wurde. Wie es mit dem Zünder aussieht. Aber Fleur zuckt immer wieder mit den Schultern.

»Blöde Zicke«, murmelt Tygo, als sie endlich schweigt.

»Das kannst du laut sagen.« Hidde sieht sie verächtlich an.

»Ihr habt es doch gehört«, sagt Jessica leise. »Sie hat es nicht absichtlich getan.«

Inkie schüttelt die ganze Zeit den Kopf, so wie alte Leute es manchmal machen. »Warum hast du mir nicht einfach erzählt, dass du kein Geld hattest?«

»Ich dachte, dass du dann nicht mehr mit mir befreundet sein willst«, piepst Fleur.

»Wir kommst du denn darauf?«

»Na ja ...«

»Hallo!«, ruft Driss. »Ganz super, alles wichtig, aber was machen wir jetzt mit der Bombe?«

»Kannst du diesen Chick erreichen?«, fragt Valentins Mutter.

Fleur schüttelt den Kopf. »Noch nicht. Er sollte mir eine Nachricht schicken, aber ...«

»Ich rufe Lo an«, sagt Inkie entschlossen.

Frau Vos reicht Fleur ein Päckchen Papiertaschentücher, damit sie sich das Gesicht säubern und ihre Nase putzen kann.

Valentin betrachtet den Mittelgang. »Der Gepäckraum liegt hier drunter. Wenn wir ein Loch in den Boden machen ...«

»Ohne Werkzeug?« Driss schnaubt. »Hast du noch mehr so großartige Ideen?«

»Vielleicht kann uns ja der Busfahrer weiterhelfen«, sagt Frau Vos. »Es ist sein Reisebus.«

Der kratzt sich am Bart. »Es gibt schon eine Methode, um unter den Boden zu kommen, aber ...«

»Wie denn?« Valentin schaut sich um. »Über die Toilette?«

Der Busfahrer grinst und Valentin fürchtet schon, er könnte gleich wieder einen blöden Witz erzählen, doch stattdessen zeigt er auf die Wand gegenüber der Toilette. Dort befindet sich eine Tür, die mit demselben Stoff verkleidet ist wie die WC-Tür und die Bussitze. Der dicke Drehknauf ist weit unten angebracht, an einer Stelle, an der man keine Klinken erwarten würde, wodurch er kaum auffällt.

Der Busfahrer kauert sich hin, um die Tür zu öffnen.

Der T916 von Van Hool birgt offenbar sogar für Valentin noch Geheimnisse. Er hatte immer geglaubt, hinter der Tür befände sich ein kleiner Laderaum, ohne Motoren oder Technik, und darum lohne es sich nicht, sich damit zu beschäftigen.

»Die Schlafkabine«, sagt der Fahrer. »Wenn man hineinkriecht, landet man im Gepäckraum.«

Alle schauen ihn erwartungsvoll an.

»Das Ding ist für Männer meiner Statur vollkommen ungeeignet.« Er haut sich so fest auf seinen dicken Bauch, dass er wackelt. »Ich schlafe auf meinem Fahrersitz und benutze die Kabine nur als Lagerraum.«

»Valentin ist klein wie ein Kind«, sagt Driss. »Der passt da rein.«

Warum geht er nicht selbst, denkt Valentin.

»Traust du dich?«, fragt seine Mutter.

Valentin schluckt. »Ich glaube schon.«

»Wenn du auf FaceTime bleibst, bin ich immer bei dir.«

»Und ich lasse den Motor laufen.« Der Fahrer geht schon nach vorn. »Sonst funktioniert die Klimaanlage nicht und glaub mir, das ist kein Vergnügen, wenn du da unten drin bist.«

»Wer war das?«, fragt seine Mutter.

»Der Busfahrer. Jan. Er sorgt für frische Luft in der Schlafkabine.«

»Hm, ich weiß nicht«, sagt Frau Vos. »Kann nicht vielleicht van Piere ...«

»Meine Mutter ist einverstanden.« Valentin schaut zu ihrem Gesicht auf seinem Handy-Display. »Okay, dann gehe ich jetzt *down under.*«

»Der Lichtschalter ist links!«, hört er den Fahrer noch rufen. »Über dem Telefon.«

Dann ist er drin.

Die Schlafkabine ist wie ein Tunnel, aber einer mit stoffverkleideten Wänden. Auf dem Boden liegen eine Matratze, ein Kopfkissen, eine Decke, eine Packung Papiertücher und Toilettenpapierrollen. Er richtet sein Smartphone auf die linke Wand. Drei Schalter mit Symbolen: Hupe, Ventilator und noch etwas Undeutliches. Ein rundes schwarzes Ding, das aussieht wie ein Autolautsprecher. Dann noch ein rundes weißes Plastikteil – keine Ahnung, was das ist. Und tatsächlich: ein weißer Telefonapparat. Er drückt auf den Schalter darüber und das Licht geht an. Jetzt kann er problemlos die rechte Wand inspizieren: ein Thermostatschalter, ein eisernes Gitter und ein rundes Gitter mit einem Knopf – eine Art Ventilator, wie es scheint. Als er durch die Löcher späht, kann er vage Umrisse von Koffern und Taschen erkennen. Der Gepäckraum.

»Siehst du es, Mama?« Valentin könnte heulen. Die Bombe ist so nah und gleichzeitig so unerreichbar weit weg.

Walter van Piere

Vor 2 Jahren und 165 Tagen

Kaum brannte das Nest, stoben die Wespen in alle Richtungen. Sie machten mehr Lärm als eine Aula voller Schüler und sie waren nicht nur wütend, sondern vollkommen außer sich. Wäre dies ein Zeichentrickfilm, würden sie Fliegerbrillen tragen und Speere wie frisch gespitzte Bleistifte im Anschlag halten, dachte Walter. Zum Glück war er so vernünftig gewesen, Schutzkleidung anzuziehen.

Seine Frau!

»Schnell, geh rein!«, rief er.

Sie machte einen großen Bogen um ihn und lief zur Rückseite des Hauses. Walter war beruhigt und schlug mit dem Rechen gegen das Nest, sodass es zusammen mit dem Nistkasten heruntersegelte. Und genau in dem Moment durchbohrte ein markerschütternder Schrei seine Ohren. Seine Nackenhaare richteten sich auf.

Der Laut stammte von seiner Frau, die es offenbar nicht bis zur Küchentür geschafft hatte. Sie stand neben der umgefallenen Einkaufstasche inmitten einer Wespenwolke auf dem Rasen und schlug wild um sich.

»Ruhig bleiben!«, rief Walter. »So machst du sie nur noch aggressiver.«

Sie versuchte, etwas von ihrem Kopf zu pflücken. Wespen,

wurde Walter klar. Sie hatten sich in ihren Haaren verfangen. Hektisch schaute er sich um. Er musste etwas tun. Aber was bloß? Im Chemieraum hing eine Dusche für Notfälle und ...

Der Gartenschlauch! Letzte Woche hatte er fast jeden Abend gießen müssen, also hatte er ihn aus Bequemlichkeit außen am Wasserhahn gelassen.

Seine Frau lief herum wie eine Blinde, die sich verirrt hat, und landete fast im Rosenstrauch. Er konnte ihr Gesicht nicht sehen. Ihr Kopf bestand nur noch aus wild zerzausten Haaren, gegen die sie wieder und wieder schlug.

»Bleib stehen«, sagte Walter, während er den Hahn aufdrehte. »Ich helfe dir.«

Vielleicht kam es durch die Wespen, die in ihren Ohren surrten, dass sie ihn nicht hörte, oder durch die Panik, die ihre Beine antrieb: Sie lief dicht am Nest vorbei über den Gartenpfad und direkt auf die Straße zu.

»Warte doch!«, rief Walter und folgte ihr mit dem Gartenschlauch.

Reifen quietschten, Bremsen kreischten und dann folgte ein Schlag, der alle in ihren Häusern aufrüttelte. Leute rannten auf die Straße. Nur Walter wagte es nicht nachzusehen, also blieb er stehen, während das Wasser aus dem Gartenschlauch strömte und eine immer größer werdende Pfütze um seine Füße bildete.

Das Haus war noch nie so still gewesen. Walter saß auf einem Stuhl und starrte auf das dunkle Rechteck des Küchenfensters. Er war zu müde, um aufzustehen und nach oben zu gehen. Den ganzen Tag und den Abend hatte er im Krankenhaus verbracht und versucht zu verstehen, was eigentlich passiert war.

Er wusste es noch immer nicht genau.

Jemand hatte ihm den Gartenschlauch aus der Hand genommen.

Der Krankenwagen war gekommen.

Er rieb sich die Augen. Die Lämpchen an der Abzugshaube verbreiteten ihr gewohntes Licht. Das war das einzig Beruhigende in diesem Albtraum. Hätte er bloß nie ...

Wo waren die Wespen eigentlich geblieben?

Er erinnerte sich nur noch an die rasante Fahrt ins Krankenhaus und an die Sirenen, die seinen Herzschlag beschleunigten. Danach hatte er gewartet. Sehr lange gewartet. Dann war ein Arzt gekommen, der Walter in ein kleines Büro führte, und Walter hatte gesehen, wie sich sein Mund bewegte, aber was der Arzt sagte, drang kaum zu ihm durch, sodass Walter nachfragen musste, und dann noch mal.

Sie ist übersät mit Wespenstichen, sagte der Arzt.

Sie hat sich das rechte Bein und etliche Rippen gebrochen, sagte der Arzt, aber das käme wieder in Ordnung.

Dann erst hatte er ihm von ihrem gebrochenen Rücken erzählt und das sie nie wieder würde laufen können.

Walter ließ seinen Kopf auf den Küchentisch sinken und weinte, bis seine Augen dick und rot geschwollen waren und alle Tränen aufgebraucht. Dann zwang er sich aufzustehen und ging zur Anrichte, wo immer noch der Reiseführer von Paris nach ihm schielte. Mit einer einzigen fließenden Bewegung wischte er ihn in den Müll.

Driss Amrani

Heute

In der Schlafkabine ist ein leises Geräusch zu hören.

Ich höre nichts, denkt Driss.

»Lo geht nicht ans Telefon.« Inkie macht ein Gesicht, als bekäme sie gleich einen Nervenzusammenbruch. »Vielleicht hat Chick ihr ja was angetan, damit sie den Mund hält.«

»Oder sie sitzt einfach im Unterricht und ihr Handy ist ausgeschaltet«, sagt Irmak.

Das Geräusch in der Schlafkabine wird lauter. Driss schaut zum Bildschirm über seinem Kopf, als würde ihn das Bild total faszinieren. »Es hat den Anschein, als gäbe es neue Entwicklungen«, berichtet Kersseboom. »Die Polizei geht davon aus, bald eine offizielle Erklärung abgeben zu können.«

»He, Driss«, sagt Jessica. »Ich glaube, Valentin ruft.«

Ja, und? Nur weil er zufällig am nächsten bei der Schlafkabine sitzt, muss er doch nicht ...

Dutzende Augenpaare starren ihn an, zwingen ihn, aufzustehen und sich neben den Eingang zur Schlafkabine zu hocken.

»Was ist?«

»Frag mal nach, woraus die Zwischenwand besteht«, ruft Valentin. »Die zwischen Kabine und Gepäckraum, meine ich!«

Driss atmet auf. Er hat sich umsonst Sorgen gemacht.

»Valentin will wissen, aus welchem Material die Zwischenwand gemacht ist!«

»Holz«, erwidert der Busfahrer. »Aber ich rede nicht nur von einem dünnen Brett. Man braucht mindestens eine ordentliche Säge, um da durchzukommen.«

»Vergiss es!«, ruft Driss Valentin zu.

»Was?«

»Du sollst es vergessen!«

»Ich kann dich nicht verstehen! Der Motor macht zu viel Lärm!«

Das macht Valentin doch absichtlich. Driss kapiert nicht, wie es sein kann, aber dieser dämliche Professor weiß Bescheid!

Sofort danach findet er den Gedanken lächerlich.

Ich bin wohl leicht paranoid. Natürlich weiß Valentin nicht, wie sehr ich enge Räume hasse. Wie sollte er auch? Mach schon, Loser! Nur ein kleines Stück.

Sobald Driss seinen Kopf durch die Öffnung schiebt, hat er das Gefühl, schlechter Luft zu bekommen. »Ich sagte, du sollst es vergessen. Wir brauchen eine Säge und die haben wir nicht.« Seine Stimme klingt komisch. Wie kann hier überhaupt jemand schlafen?

»Und einen Schraubenzieher oder ein Messer?«, fragt Valentin.

Driss zieht den Kopf zurück. Es kostet ihn ein paar Sekunden, bis er sich wieder normal fühlt. »Valentin braucht einen Schraubenzieher oder ein Messer«, sagt er dann.

Sofort zückt Ben ein Schweizer Taschenmesser.

»Valentin!« Driss steckt seine Hand in die Schlafkabine und hofft, dass der Professor kommt und nach dem Messer greift, aber nein. Er kauert ganz hinten wie ein Maulwurf in seinem Gang. »Valentin!« Zum zweiten Mal muss er seinen Kopf reinstecken.

»Hast du was?«, klingt es aus der unterirdischen Höhle.

»Hier.« Driss streckt seinen Arm so weit aus, wie es geht.

»Ich hab es.«

Driss lässt das Messer los und zieht sich so schnell zurück, dass er sich den Kopf stößt. Fluchend setzt er sich auf die Stufen und fährt sich über die Haare.

»Willst du Valentin nicht helfen?«, fragt Irmak.

»Er wird sich schon melden, wenn er was braucht. Für zwei Leute ist es ziemlich eng.«

Schon wenige Sekunden später taucht Valentins Kopf in der Öffnung auf. »Kannst du mir mal assistieren? Ich kriege die Schrauben nicht auf.«

Zum ersten Mal in seinem Leben verflucht Driss seinen durchtrainierten Körper. Er schaut in die Schlafkabine und erstarrt fast vor Angst.

»Gibt es ein Problem?«, fragt Valentin.

Driss denkt an die 8c und wie sie wohl reagieren wird. »Nein, was soll sein?«

Er muss seine Muskeln zwingen hineinzukriechen. Jede Bewegung ist zäh wie Sirup und eine riesige Hand scheint ihn zu zerdrücken wie eine Getränkedose. Er bekommt keine Luft mehr und will schon fast aufgeben, aber da hört er Valentin sagen: »Leg dich kurz hin.« Und er weiß, wenn er jetzt schwitzend und heulend aus der Schlafkabine flüchtet, wird er den Rest seines Lebens ein Loser sein und sich selbst dafür hassen, also bleibt er zusammengekauert auf der Matratze liegen, während er gefühlt einen langsamen Tod stirbt.

»Konzentriere dich auf deine Atmung«, sagt Valentin. »Einatmen, ausatmen.«

Schlechter Tipp. Je mehr Driss auf seine Atmung achtet, desto schneller bewegt sich seine Brust auf und nieder.

»Du hyperventilierst«, sagt Valentin. »Das ist nicht schlimm.

Reine Kopfsache. Versuch, dich abzulenken, denk an etwas Schönes.«

Driss hält die Augen geschlossen. Er stellt sich vor, dass er im Freien ist.

»Hörst du die Klimaanlage?«, fragt Valentin. »Wir bekommen ständig frische Luft, du kannst also nicht ersticken, auch wenn du es wolltest.«

Driss konzentriert sich auf das leise Geräusch. Seine Atmung wird ruhiger. Er fühlt sich noch immer nicht wohl, aber die Panik hat nachgelassen.

»Geht es wieder?«

Driss öffnet die Augen. Wenn er will, ist er gleich an der Tür.

»Fantastisch.«

»Schön. Dann hol jetzt am besten jemand anderen, der mir hilft.«

Nichts lieber als das! Bloß ...

»Was soll ich dann sagen?«

»Ganz einfach – dass du eine Panikattacke hattest.«

»Nee, das geht gar nicht!« Driss kommt so schnell hoch, dass er sich fast zum zweiten Mal den Kopf stößt. »Keiner braucht zu wissen, dass ...«

Erschrocken schaut er zum Ausgang. Aber wegen der Geräusche von Motor und Klimaanlage hat wahrscheinlich keiner was gehört. Dann sieht er Valentins Telefon auf dem Boden liegen.

Hört seine Mutter mit?

»Es wird schon klappen«, sagt er möglichst entschieden, um sich selbst zu überzeugen.

»Na dann.« Valentin gibt ihm das Taschenmesser. »Es geht um dieses runde Gitter.«

Driss kriecht darauf zu. Der Schweiß steht ihm auf der Stirn und auch seine Hände sind schweißnass, aber wenn der Professor das kann, muss er es doch auch schaffen.

»Wenn du sie aufkriegst, kann ich das Gitter abnehmen und meine Hand durch das Loch stecken. Vielleicht haben wir Glück und Fleurs Tasche liegt dicht an der Wand.«

Driss kann nicht reden. Schon Schlucken ist eine gewaltige Aufgabe. Seine Zunge liegt dick und schwer im Mund. Er zwingt seine Finger um den Griff des Taschenmessers und konzentriert sich auf die Schraube. Drehen. Ja, da bewegt sich was! Dann löst sie sich und fällt irgendwo zwischen Matratze und Boden.

»Noch zwei«, sagt Valentin.

Solange Driss mit dem Schraubenzieher arbeitet, kann er seine Angst unterdrücken.

Nummer eins: locker! Und Nummer zwei: auch locker!

»Yes!« Valentin klopft Driss ziemlich ungeschickt auf die Schulter.

Dann fassen sie gemeinsam den dunkelgrauen Knauf an. Erst als sie sich beide mit vollem Gewicht an das Gitter hängen, geht es auf. Sie fallen nach hinten, mit dem Rücken gegen die Wand. Die runde Öffnung grinst sie an.

»Fragst du mal schnell, wie Fleurs Tasche aussieht?«, sagt Valentin.

Driss will nichts lieber, als diesen Sarg verlassen, nur ...

»Du hältst die Klappe«, warnt er. »Wehe, du erzählst jemandem, dass ich ...«

Valentin scheint ihn nicht einmal zu hören. Er schaut auf das Gesicht seiner Mutter auf dem Telefon. »Unser Busfahrer heißt Jan, ja. Wieso?«

»Das Reisebusunternehmen beschäftigt niemanden mit diesem Namen. Willem Jongenelis hätte euer Fahrer sein sollen. Es ist sein Telefon, mit dem wir die Skype-Verbindung haben. Und er hat heute Morgen eigenhändig den Bus abgeholt. Moment, ich schicke dir ein Foto.«

Valentin schließt FaceTime und wartet.

Ein Klingelton.

»Was?«, fragt Driss, denn dem Professor fallen fast die Augen aus den Höhlen.

Valentin zeigt ihm das Foto. »Unser echter Busfahrer.«

Driss spürt das Blut in seinen Schläfen klopfen. Das Bild zeigt einen spindeldürren Mann ohne Bart!

Irmak Yildiz

Vor 30 Tagen

Erdem?«, rief Irmak. »Mama fragt, ob du zum Frühstück kommst.«

Ihr Bruder reagierte nicht, Irmak klopfte an die Tür und betrat sein Zimmer, ohne seine Antwort abzuwarten. Er lag auf seinem Bett und ...

Sie erschrak furchtbar. Sein Gesicht sah aus, als hätte es jemand als Boxsack benutzt.

»Was ist denn mit dir passiert?«

»Du müsstest erst die anderen Typen sehen«, antwortete er.

»Welche anderen Typen?«

»Käsköppe, die uns hassen.«

Irmak setzte sich zu ihm. »Im Ernst, jetzt erzähl doch mal, was passiert ist.«

»Da gibt es nichts zu erzählen.« Er fasste an seine geschwollene Lippe. »Onur und ich waren in einem Club, und als wir rauskamen, haben ein paar Typen in Motorradjacken auf uns gewartet. Sie riefen, wir sollten abhauen in unser eigenes Land. Ich sagte, da wären wir schon, und dann kamen sie mit schwingenden Ketten auf uns zu. Sie umzingelten uns und sagten, wir sollten ihre Frauen in Ruhe lassen. Onur meinte, wir würden ihre Frauen nicht mal kennen, und bekam einen Tritt in den Bauch. Er konnte sich kaum aufrecht halten. Wir fingen an zu kämpfen.« Sein rechtes Auge war zugeschwollen, aber sein linkes funkelte dafür ganz besonders wütend.

»Ich dachte, sie würden uns totschlagen, aber dann hörten sie eine Polizeisirene und sind abgehauen. Und wir natürlich auch.«

Irmak wurde übel. »Wie bist du nach Hause gekommen?«

»Auf Onurs Roller. Er hat mich abgesetzt.«

»Du musst ins Krankenhaus.« Sie streichelte seinen Kopf. Sogar in seinen Haaren waren Blutkrusten. »Und Anzeige erstatten bei der Polizei.«

»Hat keinen Zweck. Ich weiß jetzt schon, was sie denken werden. Ein Migrant – das hat er sich bestimmt selbst eingebrockt.«

»Verdammt, Erdem. Jetzt machst du aber einen auf Selbstmitleid.«

»Zu Recht.« Er zog sein T-Shirt hoch und zeigte seinen Bauch. Der war voller Blutergüsse.

»Erdem!« Sie weinte fast. »Diese Männer müssen gefasst werden.«

»Hast du mir zugehört?«, fragte er. »Das war so eine Motorradgang. Die Typen stehen über dem Gesetz.«

»Das glauben nur sie selbst.«

»Wenn's bloß so wäre.« Er zog sein T-Shirt wieder runter. »Diese Leute kommen immer mit allem durch.«

Sie seufzte. »Aber du musst wirklich ins Krankenhaus.«

»Es muss nichts genäht werden und gegen geprellte Rippen kann ein Arzt auch nichts machen.«

»Jetzt lass mich dir doch helfen«, flehte sie.

»Hilf mir einfach ins Bad. Und denk dir eine Ausrede für Mama und Baba aus. Sag ihnen, ich fühle mich nicht gut und bleibe heute in meinem Zimmer.«

»Du weißt, dass ich nicht lügen kann.«

»Willst du, dass sie sich unnötig Sorgen machen?«

»Leg deinen Arm um mich«, sagte sie. »Dann stelle ich dich unter die Dusche.«

Er stöhnte wie ein verwundetes Tier, als sie ihm aufhalf. Ihr Herz verkrampfte sich.

»Ich will hier weg«, sagte er. »Zusammen mit Onur.«

»In die Türkei?«

»Da schlägt mich niemand zusammen, weil ich türkisch aussehe.«

Das ist nur eine Reaktion auf gestern, dachte Irmak. Er meint es nicht ernst.

»Du siehst ganz und gar nicht türkisch aus«, sagte sie. »Eher wie ein Gemälde von Picasso. Blaue Augen, schiefe Nase ...«

Erdem riss sich los. »Du bist schon wie Baba. Über alles Witze reißen.«

Er schwankte, bis Irmak ihn wieder festhielt.

»Lachen ist gesund«, sagte sie und lenkte ihn Richtung Badezimmer. »Und ich wäre stolz, wenn ich Baba ähnlich wäre. Aber so lieb und verständnisvoll wie er werde ich wahrscheinlich nie sein.«

»Nervtötend und dämlich, meinst du wohl«, sagte Erdem und setzte sich auf den Badewannenrand.

Irmak wurde nicht schnell böse, aber jetzt spürte sie, wie die Wut in ihrem Körper aufwallte. Fast hätte sie ihren Bruder hintenüber in die Wanne geschubst. »Du redest hier über Baba, ja?«

»Er verleugnet seine Herkunft.«

»Hör doch auf.« Irmak stellte die Dusche an. »Das klingt, als hätten dir die Männer auch das Hirn gequetscht.«

»Im Gegenteil.« Erdem zog sein T-Shirt aus. »Sie haben mir etwas sehr klargemacht.«

»Schön für dich.« Sie wandte den Blick ab von den Blutergüssen und ging zur Tür. »Ich werde sagen, dass du krank bist, aber sie kommen ja doch dahinter, wenn sie diese blauen Flecken sehen.«

Dann flüchtete sie in den Flur und ging langsam die Treppe hinunter. Wann hatte sie Erdem verloren? Es fühlte sich an, als hätte ihr jemand einen Arm amputiert.

Valentin Aafjes

Heute

Valentins Hirn schwirrt nur so vor Fragen.

Arbeitet ihr Busfahrer Jan mit Chick zusammen? Hat er Chick über alles, was im Bus gesagt wurde, auf dem Laufenden gehalten? Ist sein Bart vielleicht doch falsch, wie Inkie spaßeshalber schon behauptet hatte? Und was ist mit dem echten Busfahrer passiert? Wurde Willem Jongenelis entführt? Ermordet? Und warum?

Driss denkt nicht mit dem Kopf, sondern mit den Fäusten und schlägt gegen die Wand. »Und uns dabei ständig zum Narren halten mit seinen Flachwitzen.«

»Warum sollte er den Bus in die Luft sprengen wollen?«, fragt Valentin.

»Das werde ich gleich herausfinden.« Driss will schon zum Ausgang kriechen.

Valentin fasst ihn am Fußknöchel. »Warte. Jetzt denk doch erst mal nach.«

»Ich kann nicht nachdenken in dieser Scheißhöhle.«

»Wenn du den Busfahrer in die Enge treibst, könnte er panisch reagieren. Du willst doch nicht schuld daran sein, dass er die Bombe hochgehen lässt?«

Da bleibt Driss doch lieber sitzen.

»Wir müssen Zeit schinden«, flüstert Valentin. »Meinst du,

du könntest den Fahrer fotografieren, ohne dass er misstrauisch wird? Dann schicken wir das Foto meiner Mutter. Oh, und wenn du auch noch herausfinden könntest, wie er mit Nachnamen heißt ...«

Driss ist schon auf dem Weg hinaus.

Valentin kniet sich vor die runde Öffnung und steckt die Hand durch. Tiefer, tiefer. Erst als sein Arm bis zur Achsel im Loch verschwunden ist, kann er das Gepäck berühren. Aber nur die Taschen und Koffer, die ganz nahe liegen. Enttäuscht zieht er seine Hand zurück. Die Wahrscheinlichkeit, dass er so an Fleurs Tasche kommt, geht gegen null. Und dann müsste er sie auch noch irgendwie von hier aus öffnen, das Päckchen rausnehmen und durch das Loch kriegen. *Mission impossible!*

Er lehnt den Kopf an die Wand und beschließt, seine Mutter anzurufen.

»Ohne Säge komme ich nicht in den Gepäckraum.«

»Dann konzentrieren wir uns auf den Busfahrer«, sagt sie. »Meinst du, du könntest ihn ins Bild kriegen? Trotz der Skype-Verbindung haben wir bislang noch keine klare Aufnahme von seinem Gesicht.«

»Driss versucht gerade, ein Foto zu machen.«

»Hoffentlich ist er vorsichtig. Der Mann kann gefährlich sein!«

Ein enges Band schnürt sich um Valentins Magen. Er muss nach oben, bevor Driss wie üblich irgendwas Dummes sagt.

»Bis später«, sagt er schnell.

»Und?«, fragt Frau Vos, sobald er aus der Schlafkabine klettert.

»Fehlgeschlagen«, sagt er. »Ohne Werkzeug kommen wir da nicht dran.«

Fleur fängt leise an zu schniefen und sagt sicher hundert Mal, dass es ihr leidtue, Driss lehnt am Armaturenbrett und scherzt mit dem Fahrer. Valentin versucht, seinen Blick einzufangen. Vergeblich.

»Gibt es Neuigkeiten?«, fragt er daher laut.

»Die Polizei wird gleich etwas im Fernsehen sagen«, antwortet Frau Vos statt Driss.

Valentin sucht nach Worten. Wüsste er doch ausnahmsweise auch mal, was er sagen könnte. Etwas Unschuldiges, das keine Aufmerksamkeit erregt und so normal und spontan klingt wie ein Smalltalk übers Wetter.

Spontan. Ha, ha.

Dann fällt sein Blick auf den Helikopter und ihm kommt eine Idee.

Er atmet tief ein und geht mit seinem Telefon nach vorn. »Machst du mal kurz ein Foto, Driss? Von mir und dem Heli?«

Driss schaut ihn nicht allzu intelligent an, bis Valentin seinen Blick hin und her schnellen lässt, vom Busfahrer zum Smartphone und wieder zurück. Daraufhin nickt Driss und nimmt das Gerät zur Hand. So nah, wie Valentin sich traut, stellt er sich neben den Fahrer, während er sich die allergrößte Mühe gibt zu vergessen, dass der Mann vielleicht ein Psychopath ist. Valentin unterdrückt ein Zittern. »Hast du's?«

»Noch eins.« Driss löst aus und schaut nach. »Gelungen.«

Endlich! Valentin bekommt sein Telefon zurück und stellt sich schnell ans andere Ende des Mittelgangs. Versenden. Jetzt müssen sie nur noch den Nachnamen des Busfahrers herausfinden.

Leider hat es sich jetzt mit Valentins spontanen Einfällen.

»Kann der Ton ein wenig lauter gestellt werden?«, ruft Frau Vos. »Ich würde den Polizisten gerne hören.«

Der Busfahrer dreht am Lautstärkeregler.

Valentin schaut gebannt auf den Bildschirm. Karels steht nicht mehr beim Helikopter, sondern bei den Übertragungswagen der Sender, und hat einen Wald aus Mikrofonen vor sich. Noch reden alle leise durcheinander. Jemand sagt, er werde jetzt dem Kommissar das Wort geben, und dann blicken Karels stahlblaue Augen direkt in die Kamera.

»Ich bitte denjenigen, der die DVD aufgenommen hat, in Kontakt mit uns zu treten«, sagt er mit seiner nasalen Stimme. »Wir wissen noch immer nicht, wer hinter dem ersten Anschlag steckt und was mit dieser Drohung bezweckt werden sollte. Sie sagen, dass Sie den Schülern nichts tun wollen. Und darauf vertrauen wir auch. Aber je schneller Sie Ihre Forderungen bekannt geben, desto schneller können wir dieser unsicheren und für die Schüler und ihre Familien traumatischen Situation ein Ende bereiten.«

Auf dem Bildschirm erscheint eine Telefonnummer.

»Ich danke Ihnen für Ihre Aufmerksamkeit.« Doch bevor Karels gehen kann, stürzen sich die Mikrofone wie Hyänen auf ihn.

»Was glauben Sie, aus welcher Ecke die Bedrohung kommt?«

»Hat der IS etwas damit zu tun?«

»Glauben Sie an einen Einzeltäter oder an eine terroristische Gruppierung?«

Valentin schaut zum Fahrer – der sich nicht rührt – und dann wieder auf den Bildschirm.

»Wir wissen nur, dass eine Verbindung zu dieser Klasse bestehen muss«, antwortet Karels. »Die Täter sind im Besitz wichtiger Schülerdaten und waren sehr gut über die Klassenfahrt, das Busunternehmen und dergleichen informiert.«

»Gehen Sie davon aus, dass ein Schüler dahintersteckt? Oder jemand vom Busunternehmen?«

»Im Interesse der laufenden Ermittlungen kann ich dazu keine Angaben machen.« Karels nickt kurz. »Wenn Sie mich jetzt bitte entschuldigen.«

Der öffentlich-rechtliche Sender schaltet zurück ins Studio und der Busfahrer dreht die Lautstärke runter.

»Zum Glück hat er dich nicht erwähnt«, sagt Jessica zu Fleur.

Inkie wickelt eine Kaugummischliere um ihren Zeigefinger. »Das wäre ja auch superblöd. Wenn Chick das hört, haut er doch sofort ab.«

Valentin spürt einen leichten Klaps am Kopf. »Rutsch mal rüber.«

Driss. Argwöhnisch schiebt sich Valentin auf den Fenstersitz.

»Und?«, flüstert Driss. »Hat deine Mutter sich schon gemeldet?«

Darum geht es also. »Noch nicht. Hast du den Nachnamen des Fahrers rauskriegen können?«

»Driss!«, ruft Inkie. »Was wird das denn? Intelligenz ist ansteckend. Pass bloß auf!«

»Halt doch die Klappe.«

Inkie zieht einen Schmollmund und sucht Trost bei Fleur, aber die ist zu sehr mit ihren eigenen Problemen beschäftigt. Dann ruft Valentins Mutter an.

»Ich habe gute Nachrichten«, sagt sie.

Er rutscht ganz nach vorn auf seinem Sitz. »Es gibt keine Bombe und wir können aussteigen?«

»Nichts wäre mir lieber als das, aber …«

»Aber?«, fragt Driss. »Was ist?«

Valentin legt einen Finger auf die Lippen.

»Hör zu«, sagt seine Mutter. »Wir konnten Willem Jongenelis und seine Frau ausfindig machen. Das Busunternehmen hat zum Glück ihre Telefonnummer für Notfälle. Seine Frau hat eine Reise nach Ibiza gewonnen, aber er hatte keine Urlaubstage mehr. Als sich sein Arbeitgeber querstellte und ihm nicht freigeben wollte, hat Willem seinen Schwager um Hilfe gebeten.«

»Jan«, sagt Valentin leise.

»So ist es. Auch Busfahrer, aber bei einer anderen Gesellschaft. Er hatte noch genügend freie Tage und fährt sowieso nie in Urlaub. Willem hat den Bus heute Morgen ganz normal abgeholt und ein paar Straßen weiter heimlich mit seinem Schwager getauscht. Jan bekam auch sein Telefon mit, für den Fall, dass das Busunternehmen ihn unterwegs anrufen wollte.«

»Und Jans eigenes Telefon?«, fragt Valentin.

»Das ist wahrscheinlich ausgeschaltet, sonst hätten wir das Signal empfangen. Aber gut. Jan fuhr also zu eurer Schule und Willem mit seiner Frau zum Flughafen.«

Ihr Busfahrer ist also kein Psychopath. Das ändert aber nichts daran, dass die Bombe immer noch da ist.

»Sind das die guten Nachrichten?«, fragt Valentin enttäuscht.

»Ich bin noch nicht fertig«, sagt sie. »Wir haben Willem Jongenelis vom Gepäckraum erzählt und offenbar ...«

Mila van Kesteren

Vor 31 Tagen

Mila stand vor dem Spiegel im Toilettenraum und überprüfte die Rückseite ihres Oberteils. So ziemlich jeden Tag klebte ein Zettel auf ihrem Rücken: *Tritt mich, ich bin hässlich. Achtung: Läuse!*

Heute war dem Klan der 8c anscheinend nichts eingefallen. Oder der Zettel war abgefallen, das konnte natürlich auch ...

Die Tür ging auf. Inkie, Chloë und Fleur kamen herein. Verschwindetrick fehlgeschlagen, der Toilettenraum im zweiten Stock war heute kein sicherer Ort. In einem Reflex griff Mila nach ihrer Tasche. Mit ein bisschen Glück konnte sie vielleicht noch an ihnen vorbeihuschen.

Von wegen. Sie standen direkt vor der Tür.

»Hier stinkt's«, sagte Inkie.

Fleur begann, übertrieben zu schnuppern, als würde sie in einem Parfümladen Düfte testen.

Inkie schaute zu Mila. »Nach Pisse.«

Nach was denn sonst, dachte Mila, während sie versuchte, innerlich so hart wie Beton zu werden. In einem WC riecht es schließlich nicht nach frisch gebackenem Brot oder Apfelkuchen.

Aber Inkie redete nicht von der Toilette. »Schon mal was von einer Waschmaschine gehört, Mila?«

»So ein quadratisches weißes Ding mit einer runden Öffnung vorn?«, kam Fleur ihr zu Hilfe.

Chloë lachte verlegen.

Mila dachte an Hermans manische Phase, als er ihre Waschmaschine auf eBay verkaufen wollte. Es schien ihm praktischer, neue Kleidung zu kaufen, wenn die getragene schmutzig war. Viel praktischer als waschen.

»Vielleicht liegt es ja nicht nur an ihrer Kleidung.« Inkie drehte eine Runde um Mila, schnüffelnd wie ein Hund, aber ohne sie anzufassen. »Wie oft duschst du?«

»Beim Sportunterricht jedenfalls nicht«, sagte Fleur. »Sie traut sich nicht, ihre Klamotten aus den Augen zu lassen.«

»Woher das wohl kommt?«, fragte Inkie.

Mila starrte vor sich hin, aber innerlich schauderte es sie bei der Erinnerung. Die Mädchen der 8c hatten ihre gesamte Kleidung auf einen Haufen geworfen, in eine Duschkabine gelegt und den Hahn aufgedreht. Mila hatte sich mit großer Mühe in ihre nassen Sachen gezwängt, ihre zum Glück noch trockene Jacke übergeworfen und war nach Hause geradelt. An dem Tag war es eiskalt gewesen. Mit blauen Lippen hatte sie weinend und zähneklappernd unter der glühend heißen Dusche gestanden. Herman hatte es nicht einmal mitgekriegt. Er lag mit Schlaftabletten im Bett, damit er die unerträgliche Leere und Sinnlosigkeit des Lebens nicht spürte.

»Du hast doch heute Geburtstag?«, fragte Inkie.

Mila nickte in Richtung ihrer Schuhe.

»Herzlichen Glückwunsch«, sagte Chloë. Sie trat einen Schritt vor, um Mila die Hand zu schütteln.

Fleur schubste sie weg und schüttelte den Kopf.

»Ich hab dir etwas gekauft.« Inkie kramte in ihrer Schultertasche. »Bitte schön.«

Es war eingepackt wie ein richtiges Geschenk. Blaues Papier mit roten Herzchen. Mila wollte es nicht annehmen, aber sie traute sich auch nicht, es einfach auf den Boden fallen zu lassen. Also murmelte sie nur etwas wie »das wäre doch nicht nötig gewesen«, während das Päckchen in ihrer Hand brannte.

»Machst du es nicht auf?«, fragte Chloë.

Bestimmt steckte irgendetwas Ekelhaftes darin.

»Ja, sei doch nicht so undankbar«, sagte Fleur.

Es fühlte sich nicht an wie ein totes Tier oder ein Kuhfladen. Die Außenseite war hart und glatt.

»Okay dann.« Mila riss das Papier auf.

Es war ein stinknormales Deodorant und sogar ihre Lieblingsmarke. Ein erleichtertes »Vielen Dank« rutschte ihr heraus.

Fehler.

»Gut einsprühen«, empfahl Inkie. »Vielleicht will ja dann jemand neben dir sitzen.«

»Auch wenn ich nicht damit rechnen würde«, sagte Fleur.

Mila war nicht aus Beton.

Nicht weinen! Nicht im Beisein dieser gemeinen Zicken!

Aber ihre Tränendrüsen ließen sich nichts befehlen.

»Siehst du jetzt, dass es ein gutes Geschenk ist?« Inkie reichte Fleur einen Arm zum Unterhaken. »Das arme Schäfchen flennt vor Glück.«

Die Schulglocke ertönte.

»Wir müssen in den Unterricht«, sagte Chloë schnell.

Man sah ihr an, dass sie heilfroh war, hier wegzukönnen. Sie hüpfte fast zur Tür raus. Während Inkie und Fleur ihr hinterherschauten, ergriff Mila ihre Chance und schoss in die nächstgelegene WC-Kabine. Tür zu. Schloss umdrehen. Ihre Augen flossen über.

»Gehen wir?«, hörte sie Fleur fragen.

Schritte entfernten sich. Dann war Mila wieder allein auf der Welt. Sie stellte sich vor, wie alle in den Klassenraum strömten und keiner sie vermissen würde. Könnte sie doch nur nach Schanghai fliegen und für immer bei Mama und Wouter wohnen. Ihre Sehnsucht war so groß, dass sie ihr ein Loch ins Herz zu brennen schien. Trotzdem wusste sie, dass sie hierbleiben würde. Sie hatte viel zu viel Angst, dass Herman sich sonst wieder etwas antun könnte.

Driss Amrani

Heute

Also?«, hört er Valentins ungeduldige Frage an seine Mutter.

Obwohl Driss sein Ohr fast ins Telefon drückt, versteht er kaum etwas. Dann ist das Gespräch offenbar beendet und Valentin steckt das Gerät weg.

»Und?« Driss hasst es, so abhängig zu sein.

»Willem Jongenelis, unser eigentlicher Fahrer, ist schon oft mit einer Klasse in den Ardennen gewesen«, sagt Valentin leise. »Während einer dieser Reisen lag einmal ein umgestürzter Baum auf der Straße und sie mussten stundenlang warten. Seither hat er immer eine Säge im Bus dabei.«

Driss ist so begeistert, dass er Valentin einen kräftigen Knuff verpasst.

»Wo?«

»Hinter dem Fahrersitz.«

Sie stehen beide auf und gehen gemeinsam in den vorderen Busteil. Driss spürt die Blicke in seinem Rücken, aber das juckt ihn gerade nicht. Fuck 8c. Wenn jemand sie retten kann, dann Valentin und seine Mutter.

»Machen Sie mal Platz?«, sagt Driss. »Hier muss irgendwo eine Säge liegen.«

Der Busfahrer lacht. »Guter Witz.«

»Das sagt zumindest Ihr Schwager Willem.«

Jans Gesicht nimmt die gleich Farbe an wie seine Hosenträger. »Woher wisst ihr ...«

»Ist das Werkzeug hier untergebracht?«, fragt Driss.

»Das ist bei jedem Reisebus anders. In meinem befinden sich nur ein Feuerlöscher und ein Verbandskasten an dieser Stelle. Werkzeug bewahre ich im Gepäckraum auf.«

Driss hebt den Feuerlöscher aus seiner Verankerung und legt ihn zur Seite. Eine reflektierende Jacke, ein paar Feuchttücher und ein Verbandskasten. Ein Lederetui mit dem Namen des Busunternehmens. Ein Fensterabstreifer und ...

»Ich hab sie!« Er hält die Säge hoch wie eine Trophäe.

Der ganze Bus fängt an zu klatschen.

Bis auf den Fahrer. »I-ich wusste wirklich nicht ...«, stammelt er. »Eine Säge gehört nicht zur Standardausstattung.«

»Haben Sie eigentlich wirklich gut nachgeschaut, als wir nach der Bombe gesucht haben?«, fragt Valentin.

»Ich dachte schon, aber ...« Der Busfahrer kratzt sich nervös den Bart. »Ich konnte doch nicht ahnen, dass unter dem Feuerlöscher noch andere Sachen liegen. Und außerdem habe ich nach einer Bombe gesucht, nicht nach einer Säge. Da übersieht man so was schon mal.«

Trottel, denkt Driss. Er lässt das Sägeblatt auf seiner Schulter ruhen. Alle beobachten ihn, als er zur Schlafkabine geht, und für einen Moment fühlt er sich wie Indiana Jones.

Bis er am Eingang kniet.

»Kriegst du das hin?«, fragt Valentin. »Vielleicht sollten wir jemand anderen um Hilfe bitten.«

Driss ist beleidigt genug, um nicht aufzugeben. »Wird schon.«

Er schaut sich kurz um. Jessica lächelt ihm ermutigend zu. Es muss klappen. Dann schaut er wieder vor sich, zu Valentin, der mit der Leichtigkeit einer Maus durch den niedrigen Eingang schlüpft. Driss kriecht mit der Säge hinter ihm her. Die

Wände kommen sofort wieder auf ihn zu, schließen ihn ein. Er sucht nach etwas, auf das er sich konzentrieren kann – etwas anderes als seine durchgedrehte Atmung – und findet Halt an den Timberlands vor ihm. Der Professor hat sie also doch irgendwie aus dem Baum gekriegt.

»Es tut mir leid«, sagt er und er meint es auch.

»Dass eine Bombe an Bord ist?« Valentin schaut sich kurz um. »Mir auch. Aber wir machen sie jetzt unschädlich, oder?«

Driss nickt. »Klar.« Er zählt bis zehn und bekommt seinen Atem unter Kontrolle.

»Geht's?«, fragt Valentin.

»Jaja.« Wenn man die Beklemmung in seiner Brust nicht mitrechnet.

Sie hocken sich nebeneinander. Driss setzt die Säge in der runden Öffnung an, die Zähne auf dem Holzrand, und will schon senkrecht nach unten sägen.

»Fang lieber hier an.« Valentin schiebt die Säge ein Stück nach links. »Und dann schräg nach unten bis hier.« Er zeichnet die Strecke mit dem Finger auf die Wand. »Wenn du danach auf der rechten Seite dasselbe machst, bekommen wir so eine Art Pizzastück ...«

»Das wir dann einfach aus der Wand drücken können!«

»Genau. Und wenn das Loch noch nicht groß genug ist, machen wir noch ein Pizzastück und noch eins.«

»Wir?«, sagt Driss.

»Wäre dir Hidde als Helfer lieber?«, fragt Valentin.

Nicht auszudenken! Wenn er in Hiddes Anwesenheit eine Panikattacke bekommt, weiß es morgen die ganze Schule.

»War nur ein Scherz.«

Driss beginnt zu sägen.

Valentin gibt Anweisungen, ob er mehr nach links oder nach rechts soll. Manchmal frisst sich das Sägeblatt fest, wenn

Driss zu fest drückt, weil er es eilig hat. Trotz der Klimaanlage wird es immer heißer in der Schlafkabine. Driss spürt, wie der Schweiß in Strömen an ihm herunterfließt, und ist sich sicher, dass er ersticken wird.

Konzentriere dich, nicht daran denken!

Aber der Gedanke ploppt immer wieder auf wie ein Ball, der unter Wasser gedrückt wird.

»Du hast es fast«, sagt Valentin plötzlich zu seiner Erleichterung.

Und dann ist er durch. Es braucht nur einen kleinen Ruck, um das hölzerne Pizzastück aus der Wand zu ziehen.

Driss sieht es sofort. Durch das Loch passt keine Tasche und der Professor schon gar nicht. Mit zitternder Hand greift er wieder zur Säge.

Irmak Yildiz

Vor 10 Tagen

Zurzeit sah sie Erdem nur dann, wenn Mama sie bat, ihn zum Essen zu rufen.

Heute Abend saß er an seinem Schreibtisch und hatte ein Buch vor der Nase. Das war so ein ungewohnter Anblick, dass Irmak trotz allem lachen musste. »Bist du krank?«

»Wieso?«, fragte er verärgert.

»Weil du Hausaufgaben machst.«

»Du hast ja keine Ahnung.« Er hob das Buch hoch, damit sie den Titel lesen konnte.

Es war kein Mathematikbuch, sondern der Koran.

»Ich möchte ein Hafis werden«, sagte Erdem feierlich.

Irmak biss sich auf die Lippen, um nicht mit dem herauszuplatzen, was sie dachte: Wie willst du denn 6.236 Verse auswendig lernen, wenn du dich schon mit einer einfachen Reihe Englischvokabeln schwertust?

»Nur das hier ist wichtig.« Er schlug den Koran zu und streichelte über den Umschlag. »Alles andere ist nebensächlich. Darum dreht es sich.«

Ihr Blick fiel auf ein kleines Foto, das ein Stück aus seinem Kalender herausragte.

»Ist das nicht Onurs Schwester?«, fragte sie neugierig. »Dreht es sich vielleicht auch um sie?«

Er gab dem Porträt einen kleinen Schubs, sodass es zwischen den Seiten verschwand. »Geht dich nichts an.«

Sie würde ihn so gern necken, würde gerne rufen: Erdem ist verliebt! Stattdessen nickte sie in Richtung Treppe. »Kommst du dann jetzt essen? Sonst wird Mama sauer.«

»Vielleicht sollte sie sich etwas weniger mit Sjannie treffen«, sagte Erdem. »Diese Feministin pflanzt viel zu viele seltsame Ideen in Mamas Kopf.«

Irmak traute ihren Ohren nicht. Wie konnte er so über Sjannie reden? Die Nachbarin hatte ihren Eltern vom ersten Tag an, als sie hierhergekommen waren, geholfen. Mit der Sprache und allen Regeln, die Mama und Baba nicht verstanden. Mit dem Aussuchen der Schule und ... Na ja, eigentlich mit allem.

»Vielleicht solltest du deinen eigenen Kopf mal untersuchen lassen«, sagte Irmak.

Er machte ein beleidigtes Gesicht. »So sprichst du nicht mit mir.«

»Ich rede, wie ich will.« Sie stützte ihre Hände in die Hüften. »Was ist bloß los mit dir, Erdem? Ich will meinen alten Bruder zurück.«

»Den gibt es nicht mehr«, sagte er.

Mama stellte den Topf mit *Tavuk* auf den Tisch. Es roch köstlich.

»Meine Küchenprinzessin«, sagte Baba und gab ihr einen Kuss.

»Benimm dich!«, rief Erdem.

Ausnahmsweise gab Irmak ihm recht. Ihr war es auch immer unangenehm, wenn sie Schülern zusehen musste, die auf dem Schulhof oder bei den Schließfächern herumstanden und sich Zungenküsse gaben. Nicht dass Papa und Mama das taten, aber trotzdem ...

Mama schöpfte die Suppe auf und für einen Moment wurde es still. Nur ihre Löffel klapperten in den Tellern.

»Wie läuft es in der Schule?«, fragte Baba dann.

»In Erdkunde sind gerade die Ardennen dran«, erzählte Irmak. »Wegen der Klassenfahrt.«

»Ich finde das nach wie vor komisch«, sagte Mama. »Arbeiten kann man doch besser in der Schule.«

Erdem sah Baba kopfschüttelnd an. »Ich verstehe sowieso nicht, dass ihr sie mitfahren lasst.«

»Du machst wohl Witze«, sagte Irmak, aber eigentlich wusste sie es besser. Der neue Erdem machte keine Witze.

Er tat, als säße er nur mit Baba in der Küche, und redete einfach weiter. »Du weißt ja nicht, was abends in den Schlafsälen los ist. Sobald die Lehrer weg sind, schleichen die Jungen zu den Mädchen und ...«

»Woher weißt du das so genau?«, fragte Irmak.

Jetzt beachtete er sie doch. »Ich bin auch auf Klassenfahrt gewesen.«

»Oh, du darfst also und ich soll zu Hause bleiben?«

»Bei Mädchen ist das etwas anderes«, sagte Erdem. »Die müssen ihre Ehre schützen.«

Oh wie gerne würde Irmak ihn unter dem Tisch treten. Wer weiß, womöglich durfte sie gleich nicht mehr mit!

Na bitte, Mama schnappte schon wie ein Fisch auf dem Trockenen nach Luft.

»Mach dir keine Sorgen, Meral.« Baba legte seine Hand auf die ihrer Mutter. »Unsere Tochter ist sehr vernünftig und kann prima auf sich selbst aufpassen.«

Irmak sah Erdem triumphierend an.

Warum ließ ihn das kalt?

»Wann fahrt ihr eigentlich?«, fragte er. »Am dreizehnten Juni, oder?«

Seit wann hatte er ihre Termine im Kopf? »Ja, wieso?«

»Dann ist Ramadan. Wie willst du den durchhalten, wenn du den ganzen Tag Sport treibst?«

Irmak schob ihren Teller zur Seite. »Ich schaff das schon.«

»Reisende brauchen nicht zu fasten«, sagte Baba. »Und sie kann die verpassten Fastentage immer noch zu einem späteren Zeitpunkt nachholen, wenn sie das will.«

Irmak umarmte ihn in Gedanken.

»Ihr macht euch das ganz schön einfach«, fand Erdem. »Ich ...«

»Nicht so starr, Junge«, schnitt Baba ihm das Wort ab. »Wir leben nicht mehr im Mittelalter.«

Valentin Aafjes

Heute

Nummer fünf.« Driss legt ein weiteres ausgesägtes Pizzastück auf den Stapel. Er glänzt vor Schweiß, aber er atmet nicht mehr so keuchend wie anfangs.

»Ich glaube, jetzt ist das Loch groß genug«, sagt Valentin. »Hast du Fleur gefragt, wie ihre Tasche aussieht?«

»Schwarz mit blauen Griffen.«

»Oder frag sie doch mal, ob sie hierherkommen kann, um sie uns zu zeigen.«

Als Driss verschwunden ist, fühlt sich die Schlafkabine plötzlich unangenehm leer an. Meistens ist Valentin gern allein, aber hier hat es etwas Beängstigendes – als wäre da oben die komplette Menschheit hinweggefegt und nur er lebte noch.

Er ist froh, als Fleur hereingekrochen kommt.

»Muss das sein?«, fragt sie in klagendem Ton. »Es ist furchtbar beklemmend hier drin.«

Das ist deine Bombe, denkt Valentin, schon etwas weniger froh. »Sobald ich weiß, wo deine Tasche liegt, kannst du gehen.« Er schaltet die Taschenlampenfunktion seines Smartphones an. »Nimm das hier.«

Sie leuchtet durch das Loch. »Ich sehe sie nicht.«

»Denk gut nach. Du hast sie selbst in den Gepäckraum geschoben – wo standst du zu dem Zeitpunkt?«

Ihre Nasenflügel beben.

»Vorn oder hinten?«, fragt Valentin. »Oder genau in der Mitte?«

»Ich weiß es nicht mehr.« Sie schlägt die Hände vors Gesicht und bricht in Schluchzen aus.

Valentin ist nicht gerade geschickt im Umgang mit Mädchen und schon gar nicht mit weinenden.

»Nicht weinen.« Er fleht fast. »Tränen trüben die Sicht.«

Sie weint nur noch heftiger.

Sein Blick fällt auf die Packung Toilettenpapier. Er drückt den Daumen durch das Plastik und reißt die Packung seitlich auf, damit er an eine Rolle herankommt. Dann rupft er einen Meter Blatt ab und reicht ihn ihr. »Nimm das als Taschentuch.«

Sie schaut darauf, als hätte er ihr etwas ganz Ekliges gegeben, putzt sich aber dennoch damit die Nase.

»Gut so«, sagt Valentin. »Jetzt können wir deine Tasche suchen.

Sie schaut ihn an wie ein verschrecktes Kaninchen. »Wie denn?«

Er macht eine Kopfbewegung zum Loch hinüber.

Ihr Gesichtsausdruck wechselt von ängstlich über schockiert zu hysterisch. »Nie im Leben geh ich da rein!« Und hopp, da sind sie wieder, die Tränen.

»Okay, okay.« Valentin drückt ihr gleich die ganze Klopapierrolle in die Hand. »Ich finde sie auch ohne deine Hilfe.«

Fleur kann sich gar nicht schnell genug auf und davon machen. Valentin lehnt sich erschöpft an die Wand.

»Soll Herr van Piere dir helfen?«, erklingt die Stimme von Frau Vos.

»Na ja …«

»Ich mach das schon, Frau Vos.« Driss schiebt sich wieder in die Kabine.

Valentin fehlt die Puste, um noch einmal Psychodoktor zu spielen. »Solltest du mit deiner Klaustrophobie nicht lieber oben bleiben?«

»Und dann bist du nachher der Held, oder was? Nee, nicht mit mir, ich habe mich schließlich nicht umsonst abgerackert mit dieser Säge. Übrigens geht es schon deutlich besser als vorhin. Wer weiß, vielleicht ist das sogar eine Art Therapie.«

»Dann sieh zu, wie du klarkommst.« Valentin steckt seinen Oberkörper durch das Sägeloch in der Wand. Trotz der Hitze bekommt er Gänsehaut. Das schwache Licht seines Telefons verändert den Gepäckraum in eine unterirdische Höhle mit einem Boden aus felsenartigen Taschen. Es würde ihn nicht wundern, wenn hier Dinosaurier hausten wie in der *Reise zum Mittelpunkt der Erde* von Jules Verne. Er würde zu viele Krimis lesen, hatte Driss zu Jessica gesagt.

Vielleicht hatte er ja recht.

Valentin atmet tief ein, als müsste er ganz lange unter Wasser bleiben, und klettert dann ganz durch die Öffnung. Das Gepäck ist hart und klobig unter seinen Knien. Er lässt den Lichtstrahl durch den Raum wandern. Warum sind so viele Taschen schwarz? Nur Jessicas rosa Rollkoffer erkennt er sofort. Die vielleicht? Er legt sein Telefon kurz zur Seite und zerrt an ein paar blauen Henkeln, aber das Gepäck liegt so dicht aufeinander, dass er die Tasche unmöglich hochziehen kann. Wäre er bloß so stark wie Driss. Oder hätte Driss bloß keine Angst vor engen Räumen. Valentin würde gern aufrecht sitzen, um mehr Kraft einsetzen zu können. Aber die Decke ist zu niedrig. Er stößt sich und dann leuchtet ihm auch noch ein grelles Licht ins Gesicht.

»Klappt's?«, fragt Driss.

»Nicht, wenn du mir in die Augen scheinst.«

Der Lichtstrahl senkt sich. »Hast du die Tasche schon gefunden?«

»Weiß nicht.« Valentin rollt sich auf die Seite und schiebt sein Telefon näher heran. »Ich kriege sie nicht zwischen den anderen Taschen raus. Ich versuche jetzt, sie zu öffnen.«

Driss lässt das Licht von oben auf den Reißverschluss fallen.

Während Valentin nach dem Zipper sucht, hat er die Stimme seiner Mutter im Ohr. *Fass nur nichts an, ohne vorher mit mir zu sprechen.* Seine zartgliedrigen Finger sind plötzlich unpraktisch klobig.

»Klemmt er?«, fragt Driss.

»Nein, das nicht, aber ...« Valentin mahnt sich zur Ruhe. Chick hat vermutlich gewusst, dass Fleurs Tasche im Gepäckraum landen würde. Also hat er sicherlich eine Zeitbombe präpariert. Oder eine Bombe mit Fernbedienung. Aber auf jeden Fall keine Bombe, die zündet, wenn man den Reißverschluss öffnet. Trotzdem traut er sich fast nicht hinzuschauen, als er am Zipper zieht.

Offen!

»Und?«, ruft Driss ungeduldig.

»Es ist nichts explodiert.«

»Ach nee, das ist mir auch aufgefallen. Aber ist es die richtige?«

Valentin zieht die Reißverschlusszähne weiter auseinander und fischt etwas Grünes aus der Tasche. Er hält es ins Licht.

»Puma-Boxershorts.«

»Das ist die falsche«, sagt Driss. »Fleur trägt bestimmt keine Unterwäsche für Jungs. Such weiter.«

In einem Meter Entfernung entdeckt Valentin noch mal blaue Henkel, aber leider hängen sie an einer braunen Tasche. Die daneben dann? Die Farben stimmen, aber statt der beiden Henkel hat die Tasche einen Schultergurt. Er öffnet sie dennoch. In der Tasche sind keine Kleidungsstücke oder Toilettenartikel, sondern Campingsachen. Valentin zieht eine Plastikplane, eine Taschenlampe, eine Gaskartusche und ein dreiteiliges Camping-Kochset hervor.

»Hier hat jemand den Brief von der Schule nicht richtig gelesen«, sagt Driss, der mit seiner Lampe alles verfolgt.

Jemand mit Kohle. Im kleinsten Topf liegt ein Geldbündel.

Driss pfeift durch die Zähne. »Wie viel ist es?«

»Viel.« Valentin interessiert sich aber mehr für die Gaskartusche. So ein Ding kann explodieren, wenn es zu heiß wird. Das wird im Gepäckraum nicht so schnell der Fall sein, aber was, wenn statt Butan eine viel explosivere Mischung darin ist? Sein Herz klopft schneller, bis er sich daran erinnert, dass Fleur von einem Päckchen gesprochen hat. Ein Päckchen mit viel Tape drum herum.

»So finden wir die Bombe nie«, sagt er erschöpft.

»Unsinn. Was ist das hinter dir?«

»Grüne Henkel.« Valentin schlägt dagegen.

»Vielleicht ist Fleur farbenblind.«

»Ha, ha.«

»Komm schon, Professor.«

»Ich bin kein Professor!«

»Sorry. Ich wusste nicht, dass dich das nervt.«

Die Kiefer fest aufeinandergepresst, sucht Valentin weiter. Schwarze Tasche mit dunkelblauen, fast schwarzen Henkeln. Also weiter ...

Mit jeder Tasche, die es nicht ist, wird Valentin mutloser. Das schafft er nie. Es sind zu viele Taschen und der Gepäckraum ist zu groß. Er legt seinen Kopf auf dem Gepäck ab und schließt die Augen. Er ist müde. So müde.

Ein grelles Licht scheint ihm ins Gesicht.

Driss natürlich wieder. »Was machst du da?«, sagt er. »Du legst dich doch jetzt nicht etwa hin und pennst?«

Valentin wedelt mit der Hand, als wäre der Lichtstrahl eine lästige Fliege.

»Du Idiot, du kannst jetzt nicht aufgeben!«, raunzt Driss.

Valentin dreht den Kopf, um dem Licht auszuweichen, und dann passiert es. Er weiß nicht genau, warum – vielleicht war es ein »Idiot« zu viel oder weil er weiß, dass Driss sich wegen seiner Klaustrophobie nie in den Gepäckraum wagen würde, oder weil er sich im Dämmerlicht wie unter einer Maske sicher fühlt – aber plötzlich traut er sich zu sagen, was er noch nie zuvor gesagt hat: »Ihr habt mich immer gemobbt und jetzt soll ich euch auf einmal helfen? Mach's doch selbst!«

»Du weißt ganz genau, dass ich das nicht kann. Jetzt komm schon«, fleht Driss. »Ich brauche dich.«

Valentin hört einen seltsamen Laut, den er nicht einordnen kann.

»Es tut mir leid, dass ich dir neulich die Schuhe weggenommen habe«, sagt Driss. »Ich war einfach wütend, kapierst du? Wegen meinem Vater und allem – und dann habe ich dich getroffen.«

Valentin will aber kein Verständnis zeigen. »Und was ist mit der Hundekacke in meinem Schließfach?«

»Das war nicht ich, sondern Inkie.«

»Und all die anderen Sachen. Soll ich die auch einfach kapieren? Warst du da auch nur wütend?«

»Bitte!«, fleht Driss. »Du bist viel klüger als ich. Du bist klüger als die ganze 8c zusammen ...«

Stimmt, denkt Valentin und zwingt sich hoch.

»Bitte, hilf uns!«

Dieser Drecksklasse?

»Wenn du mich nie wieder anmachst«, sagt Valentin.

»Ich schwöre es.«

»Wenn du lügst, erzähle ich allen, dass du hyperventiliert hast.«

»Deal.« Driss schweigt kurz. Dann schwenkt er das Licht plötzlich einmal durch den Raum. »Ich glaube, dahinten sehe ich noch etwas Blaues.«

Das Fünkchen Hoffnung verleiht Valentin wieder Energie. Das Telefon in der Hand, robbt er über die Taschen. Er bewegt sich langsam und vorsichtig, als würde er ein Minenfeld überqueren.

»Weiter nach rechts«, sagt Driss.

Blaue Henkel. Schwarze Tasche. Valentin kann sie sogar hochheben, weil sie ganz am Ende der Reihe steht. Er kriecht mitsamt Tasche über das Gepäck zur Wandöffnung. »Hier.«

Driss nimmt sie entgegen und stellt sie auf die Matratze. Er wartet, bis Valentin neben ihm sitzt, und zieht dann am Reißverschluss. Mädchenkleidung. Und darunter ...

Ein komplett mit Tape umwickeltes Päckchen!

»Fleurs Tasche!«, ruft Driss. »Wir haben sie.«

Das Päckchen ist schwer. Er zieht es heraus und legt es zwischen sie.

»Vorsichtig«, sagt Valentin. »Wir wissen nicht, was für eine Art Bombe dadrin ist. Sie kann bei der geringsten Bewegung losgehen.«

Driss rutscht ein Stück näher zum Ausgang.

Held, denkt Valentin. »Hast du Bens Taschenmesser noch?«

Driss sucht in seiner Hosentasche. Er hat es noch.

Valentin ruft in der Zwischenzeit seine Mutter an. »Wir haben das Päckchen gefunden.«

»Du unternimmst nichts, bevor nicht die Männer vom Sprengstoffräumdienst mitgucken können«, sagt sie.

Kurz darauf erscheint Mulders runder Kopf auf dem Display. »Darf ich das Päckchen sehen?«

Valentin reicht Driss das Telefon. »Halt das mal.«

Driss nickt und schluckt. Seine Hände zittern leicht, als er das Gerät auf das Päckchen richtet.

»Wir werden es öffnen müssen, um mehr zu erfahren«, sagt Mulder.

Wir?, denkt Valentin. »Ich habe ein Messer und kann das Tape durchschneiden.«

»Sei vorsichtig. Versuch, den Inhalt nicht zu berühren.«

»Okay.« Valentin setzt das Messer an. »Dann mache ich es jetzt auf.«

»Viel Erfolg.«

»Ich sorge dafür, dass dich nie wieder jemand runtermacht«, flüstert Driss. »Und wenn wir in die Luft fliegen, bin ich froh, dass ich dich gekannt habe.«

Valentin kneift die Pobacken zusammen und schneidet das erste Tape durch.

Walter van Piere

Vor nicht mal einem halben Tag

Er schlug die Bettdecke zur Seite. Das Laminat unter seinen Füßen fühlte sich kalt an. Mit den Zehen fischte er nach seinen Pantoffeln, die halb unters Bett gerutscht waren. Der Radiowecker zeigte 06:48 Uhr – er hatte noch gut eine Stunde, bevor der mobile Pflegedienst anrücken würde.

Das Morgenlicht lugte durch die Vorhänge. Seine Frau hatte sie früher immer ganz weit aufgezogen, aber seit dem Unfall kam sie die Treppe nicht mehr hinauf und Walter war Herr und Meister über die obere Etage. Er hasste es, wenn ihm gleich beim Aufstehen die pralle Sonne ins Gesicht schien. Aufstehen war ja schon schrecklich genug: die Aussicht auf wieder einen neuen Tag in der Hölle – darum blieb er lieber bei einem schüchternen Spalt, sodass er gerade genug sehen konnte, um sich nirgends zu stoßen. Er schlurfte ins Bad, zog die Pantoffeln aus und stellte sich auf die Badematte.

Vielleicht könnte seine Frau sich eine Fernbedienung für die Vorhänge anschaffen, wenn er nicht mehr da war. Ganz was Neues, hatte er neulich im Fernsehen gesehen in so einem Wohnprogramm.

Er drehte die Dusche auf und wartete, bis das Wasser eine angenehme Temperatur erreicht hatte.

Unterdessen schweiften seine Gedanken ab zu einem Gespräch, das er vor Jahren mit seiner Schwester geführt hatte. Sie war die Erste gewesen, der er sich zu erzählen traute, dass er vorhatte, seine Frau zu verlassen. Und gleichzeitig auch die Letzte. Sie war wütend geworden, hatte ihn als herzlos beschimpft und ihn angebrüllt, dass er das nicht machen könne. In dem Moment war ihm klar geworden, dass er für den Rest seines Lebens einen Stempel auf der Stirn tragen würde, wenn er sich von seiner Frau scheiden ließe. Einen unauslöschlichen Stempel, auf dem stand: Ich bin der Mann, der seine Frau fast ermordet und danach im Stich gelassen hat. Er würde seine Freunde verlieren. Kollegen würden ihn noch mehr verachten, als sie es schon taten. Alle würden ihn wie einen Ausgestoßenen behandeln und sich sofort auf ihre Seite schlagen.

Er hielt seine Hand in den Wasserstrahl – ja, warm genug –, stieg in die Dusche und plötzlich wurde ihm bewusst, dass er jetzt zum letzten Mal den Fuß auf diese Fliesen setzen würde. Heute würde er es tun. Ganz in echt tun. Das, worüber er schon so lange fantasiert hatte.

Tschüs Seifenhalter. Tschüs Riss in der Wand. Auf Nimmerwiedersehen.

Er drehte den Hahn zu, trocknete sich ab und zog sich an. Die Taschen standen schon neben dem Stuhl im Schlafzimmer. In der braunen war seine Kleidung. Die hatte er gestern schon gepackt. Die andere Tasche war noch leer.

Draußen rief eine Elster sich die Kehle wund. Zum letzten Mal schaute sich Walter im Zimmer um und ging dann mit den Taschen nach unten. Er fühlte sich wie ein Künstler kurz vor der Vorstellung: Er war nervös, doch er freute sich auch darauf.

Mit seiner freien Hand drückte er die Küchentür auf. Ganz leise – er machte immer alles leise –, aber sie hatte Ohren wie Satellitenschüsseln. »Walter?«, tönte es sofort.

Sie schlief im Wohnzimmer, das während ihres Aufenthalts

in der Reha gründlich umgebaut worden war, damit ihr verstellbares Bett, die Hebevorrichtung und ihr Rollstuhl Platz darin fanden. In der Ecke, in der früher Walters Flügel gestanden hatte, waren eine Behindertentoilette und eine barrierefreie Dusche eingebaut worden.

»Schlaf schön weiter, Schatz!«, rief er zurück. »Es ist noch früh.«

Und ich habe noch eine Menge zu erledigen, dachte er.

Er drückte auf die Taste der Kaffeemaschine, nahm den Schlüsselbund aus der Schublade und öffnete die Hintertür. Die braune Tasche ließ er auf dem Gartenweg stehen. Die schwarze mit dem blauen Schultergurt nahm er mit zum Schuppen. Die Gardine hatte er nie wieder aufgehängt, sodass die Sonne prall hineinschien. Wie gut, dass er das explosive Zeug in einer dunklen und damit kühleren Ecke aufbewahrte. Er sammelte die Sachen zusammen, die er brauchte, und steckte sie in die Tasche. Dann schloss er den Schuppen wieder ab. Auf seiner Uhr war es mittlerweile 7:18 Uhr. Das Auto stand in der Einfahrt, mit der Schnauze zur Straße. Er legte die beiden Taschen in den Kofferraum, schlug den Deckel zu und klickte auf die Fernbedienung. Zwei Pieptöne. Jetzt ging es tatsächlich los.

Die Küche roch inzwischen nach frischem Kaffee und in der Diele war die Zeitung auf die Matte geplumpst. Walter hatte überlegt, sein Abonnement zu kündigen – alles andere wäre reine Geldverschwendung –, hatte es aber letzten Endes doch nicht getan, weil es verraten könnte, was er vorhatte.

Er legte die Zeitung neben sich auf die Anrichte, schenkte sich einen Becher Kaffee ein und schmierte seine Butterbrote im Stehen. Aufeinanderstapeln, in der Mitte durchschneiden, Brotbox füllen ... Ab und zu trank er einen Schluck und überflog ein paar Schlagzeilen. Alles lief wie auf Autopilot, als wäre es ein Tag wie jeder andere, als würde er nicht ...

»Walter!« Ihre Stimme war wie ein Fangeisen.

»Ich komme sofort.« Er stopfte sich eine Schnitte in den Mund, schloss seine Brotbox, band die Gummibänder darum und klemmte den Apfel darunter. Er ließ das Päckchen in seine Aktentasche gleiten. Noch eine Tasse Kaffee und ein Käsebrot.

»Walter, kannst du mir kurz helfen?«

Er verschluckte sich, als er mit vollem Mund antworten wollte. Ein heftiger Hustenanfall folgte und der Kaffee sprühte über die Zeitung. Er fluchte, tupfte die braunen Flecken mit dem Geschirrtuch ab, wodurch alles nur noch schlimmer wurde, er hustete erneut und versuchte, das Kitzeln im Hals mit Wasser zu dämpfen. Hallo! So war das nicht geplant, dass er jetzt schon den Löffel abgab!

Mit Tränen in den Augen ging er ins Wohnzimmer.

Das Nachtlämpchen auf der Anrichte brannte. Seine Frau wollte, dass es die ganze Nacht über an blieb. »Eine Behinderung reicht völlig«, hatte sie gesagt. »Ich will nicht auch noch blind sein.«

Das warme Licht war das einzig Gemütliche im Zimmer. Walter hatte schon lange nicht mehr das Gefühl, hier zu wohnen. Es fühlte sich immer an, als würde er jemandem einen Krankenbesuch abstatten, sogar, wenn er abends in seinem eigenen Sessel saß und fernsah.

Tschüs Sessel. Tschüs Fernseher. Auf Nimmerwiedersehen.

»Walter.« Sie sah ihn an, als wäre er ein Geschenk.

»Schätzchen.« Anfangs war er erleichtert gewesen, weil sie ihm den Unfall nie zum Vorwurf gemacht hatte. Aber schon nach wenigen Wochen fing es an, auf ihm zu lasten, dieses Schuldgefühl, das er nirgends loswerden konnte, weil es immer wieder an ihrer Mauer aus Verständnis zerschellte. Er wünschte sich, sie würde wütend werden, ihn anschreien, damit er zurückschreien konnte und nicht mehr ganz allein ersticken müsste.

»Mir ist ein kleines Malheur passiert«, sagte sie.

»Mach dir keine Gedanken, die Pflegerin kommt gleich.«

»Irgendwas stimmt nicht mit dieser blöden Windel. Es ist eine ziemliche Schweinerei.«

Er schaute auf seine Uhr. »Ich würde dir ja gern helfen, aber auf mich wartet eine Menge Schüler. Du hast doch nicht vergessen, dass ich auf Klassenfahrt gehe?«

»Natürlich nicht. Ich bin gelähmt, nicht dement.« Seit dem Unfall hatte sie einen sarkastischen Humor entwickelt. »Der Bus fährt bestimmt nicht ohne dich.«

Sie hatte recht. »Na, dann los.« Er schlug das Laken zur Seite und versuchte, nicht zu würgen.

»Tut mir leid«, sagte sie.

Als wäre sie diejenige, die sich entschuldigen müsste.

»Dafür kannst du doch nichts.« Er krempelte die Ärmel seines Hemds hoch. »Ich hole eben einen Waschlappen und ein Handtuch.«

Sie rief etwas, während er im Duschraum eine Schüssel mit Wasser füllte.

»Was hast du gesagt?« Er trug alles ins Zimmer. »Wenn der Wasserhahn läuft, kann ich dich nicht verstehen.«

»Ich bin ziemlich lästig, was?« Sie lächelte.

»Aber nein.« Er stellte den Windeleimer in Reichweite.

»Ich sagte, dass ich gehört habe, wie du schon draußen warst.«

»Stimmt. Ich habe das Gepäck ins Auto gebracht.«

»Aber du warst auch im Schuppen.«

»Du kleiner Spion. Du machst ja Mata Hari Konkurrenz.« Er war eifrig mit Tüchern zugange, warf sie mit der schmutzigen Windel in den Eimer und schloss den Deckel. »Ich habe die Taschenlampe aus dem Schuppen geholt. Immer praktisch, wenn man die Jungs aus dem Mädchensaal scheuchen muss.«

Sie kicherte, bis er mit dem Waschlappen über ihre Pobacken strich. Da begann sie zu zittern.

»Zu kalt?«, fragte er.

»Geht schon.«

Er trocknete sie ab und schaute wieder auf seine Uhr. »Ich muss jetzt wirklich ...«

»Geh nur«, sagte sie. »Ich komme auch eine Weile ohne Windel aus.«

Zum letzten Mal schlug er das Laken über sie.

»Ziehst du noch schnell die Vorhänge auf?«

Er tat es mit zwei kräftigen Rucken. »Also, meine Schwester kommt zweimal am Tag und schaut nach dir und ...«

»Jetzt geh schon!« Sie lachte. »Viel Spaß.«

Er wusch sich in der Küche die Hände und nahm seine Aktentasche und den Autoschlüssel. Das war es dann. Auf Nimmerwiedersehen. Wenn er verunglückte, würde es ihm niemand übel nehmen. Endlich würde er das Mitleid bekommen, das er verdiente.

Als er die Auffahrt hinunterfuhr, schaute er sich nicht mehr um.

Driss Amrani

Heute

Als Valentin das Tape durchschneidet, hält Driss den Atem an. An seinem Ohr juckt es, aber er wagt nicht zu kratzen. Valentin braucht nur eine einzige falsche Bewegung zu machen und ...

Nicht daran denken!

»Du machst das ausgezeichnet«, sagt Mulder. »Eine Seite ist schon offen.«

Ein Schweißtropfen fällt von Driss' Stirn auf sein Knie. Jetzt erst merkt er, dass er seine Klaustrophobie schon eine Weile vergessen hat. Er hat mehr Angst vor dem Päckchen, das zwischen ihnen liegt.

Valentins Hand zittert. Er zieht das Messer zurück.

»Wenn jemand das kann, dann du«, sagt Driss und zu seinem Erstaunen glaubt er das tatsächlich auch.

Valentin schüttelt die Muskeln in seinem Handgelenk aus und versucht es erneut. Es gelingt ihm, das Messer an der linken Seite auf dem Tape anzusetzen, und er beginnt wieder zu schneiden. Stück für Stück, Millimeter für Millimeter. Driss hat das Gefühl, einer Operation am offenen Herzen beizuwohnen, die jeden Moment schiefgehen kann. Er erschrickt, als das Messer plötzlich durch das Tape schießt.

So soll es sein, du Idiot, schimpft er mit sich selbst.

Die Seiten liegen frei, jetzt noch die Oberseite. Valentin

steckt das Messer in eine Ecke, mit der flachen Seite nach oben. Dann sägt er sich einen Weg auf die andere Seite, sodass eine Art Deckel entsteht. Als er aufzuspringen droht, drückt Valentin ihn mit der Spitze seines kleinen Fingers nach unten.

»Das hätten wir.« Mit einer feierlichen Geste reicht er Driss das Taschenmesser.

Es ist nass und glatt wie ein Fisch und flutscht Driss fast durch die Finger. Er drückt die Klinge mit der flachen Seite an seine Hüfte, damit er es mit einer Hand einklappen kann, und schiebt es dann in seine Hosentasche. »Und jetzt?«, fragt er, das Telefon in seiner anderen Hand.

»Hebt den Deckel langsam ab«, erklingt Mulders Stimme.

»Okay«, sagt Valentin zu Driss. »Dann los.«

Ihre Blicke treffen sich kurz. Driss hört seinen Herzschlag bis in seinen Kopf wummern.

Als Valentin seinen kleinen Finger wegzieht, hebt sich der Deckel nur wenig. Driss kann immer noch nicht sehen, was im Päckchen ist. Die Zeigefinger an den äußersten Enden, hebt Valentin den Deckel weiter an – ganz langsam und vorsichtig, als würde er Mikado spielen. Driss sieht etwas Weißes ...

In dem Päckchen steckt keine Bombe, sondern eine Plastiktüte! Und in dem Sack ein weißes Pulver: Kokain! Driss hat so was schon in Filmen gesehen. Chick hat Fleur benutzt, um Drogen nach Belgien zu schmuggeln. Driss drückt Valentin auf die Matratze und versetzt ihm ein paar spielerische Stöße. Sein Körper will rennen und lärmen, aber die Schlafkabine ist wie eine Zwangsjacke, also wirft er Valentin das Smartphone auf den Bauch und reißt die Plastiktüte an sich. »Die werden sich freuen!«, sagt er und schiebt sich dann zum Ausgang.

»Das heißt aber auch, dass wir die Bombe noch immer nicht gefunden haben«, hört er Valentin noch sagen, bevor er hinauskriecht.

Als ob Driss das nicht wüsste. Es relaxt ihn nur so, für einen Moment zu glauben, dass alles gut wird. Dass es gar keine Bombe gibt.

»Das war drin.« Er stellt sich in den Mittelgang zwischen den Sitzreihen und hält die Tüte hoch. »Koks.«

Alle schauen Driss an, als hätte er da unten zehn Drachen getötet.

»Ich wusste es«, sagt Inkie. »Lo würde mich nie in Gefahr bringen.«

Valentin Aafjes

Heute

Valentin hat seine Mutter wieder am Telefon.

»Ich habe Todesängste ausgestanden«, sagt sie. »Zum Glück ist alles gut gegangen.«

»Kommt drauf an, was du gut nennst.« Valentin schaut in den vollen Gepäckraum und seufzt. »Wir sind wieder zurück auf *Los*.«

»Nicht ganz. Die Spurensicherung hat die Reste in und um die Minervum inzwischen untersucht. Es handelt sich um eine selbst gebaute Feuerwerksbombe, die mithilfe einer Böller-Batterie und eines Feuerzeugs zur Explosion gebracht wurde. Die Fernbedienung funktioniert bis auf etwa hundert Meter, also muss der Täter ...«

Im Bus gesessen haben!, denkt Valentin.

»... während des Anschlags in der Nähe des Busses gewesen sein.«

»Auf der Straße war niemand, als die Bombe hochging.« Valentins Stimme klingt rau.

»Du meinst, du hast niemanden gesehen«, sagt seine Mutter. »Wahrscheinlich hat er sich irgendwo versteckt.«

Aber Valentin ist sich ganz sicher. In ihrem Bus befindet sich ein echter Mörder! Ein Schüler oder Herr van Piere oder ...

»Valentin?«, fragt seine Mutter. »Bist du noch da?«

»Ja.«

»Die Bilder der Überwachungskameras haben leider noch nichts ergeben. Die von Nummer 7244 werden nicht mehr benutzt, seit das Gebäude leer steht. Wir notieren jedoch alle Fahrzeuge, die in den letzten Tagen durch die Straße gefahren sind. Vielleicht fällt dabei etwas auf. Und wir versuchen herauszufinden, wo die Böller-Batterie gekauft wurde. Das kann uns bestimmt weiterhelfen.«

»Und was kann ich in der Zwischenzeit machen?« Valentin muss irgendwas tun, damit er nicht verrückt wird. »Alle Taschen durchgehen? Oder soll ich lieber die Fernbedienung suchen?«

»Solange du nur keine Päckchen öffnest, ohne dich erst mit mir zu beraten«, sagt sie. »Und jetzt muss ich mal hören, was Karels zu sagen hat. Wir haben jede Viertelstunde ein Briefing.«

Dann ist sie weg. Die Stille braust in Valentins Ohren und ihm ist ganz schwindelig – als hätte er eine Achterbahnfahrt hinter sich und wäre gerade erst ausgestiegen.

Jemand aus ihrer Klasse hat sie fast in die Luft gejagt.

Jemand aus ihrer Klasse wird sie vielleicht in die Luft jagen.

Jemand aus ihrer Klasse oder Herr van Piere.

Von wegen ausgestiegen. Er hockt noch mittendrin.

Walter van Piere

Heute

Wer holt das Gepäck raus?«, fragt Driss.

Diese schrecklichen Gören haben beschlossen, alles zu kontrollieren. Der zigste Rückschlag. Walter rutscht unbehaglich auf seinem Sitz hin und her. Er versucht, sich zu erinnern, ob ein Kofferanhänger an der Tasche hängt. Oder ob sonst etwas in der Tasche ist, was ihn mit ihr in Verbindung bringen könnte.

Nein, er ist sich ziemlich sicher, dass nichts daran oder darin ist, was auf ihn schließen lässt.

Andererseits ... Als er ankam, waren schon alle im Bus und haben ihn gesehen. Es muss nur ein einziger Schüler noch wissen, wie seine Tasche aussieht.

»Jetzt mal nicht so schüchtern«, sagt Driss, als keiner reagiert. »Valentin und ich haben schon die ganze Zeit da unten gehockt. Jetzt ist jemand anderes dran.«

Walter zögert. Soll er seine Hilfe anbieten? Dann kann er seine Tasche zurückhalten und so tun, als hätte er den Inhalt schon untersucht.

Aber Hidde steht schon mit dem Gesicht eines Märtyrers auf. »Ich gehe.«

»Reich uns ein Gepäckstück nach dem anderen raus«, sagt

Driss. »Hier oben haben wir wenigstens Platz, um reingucken zu können.«

»Aber dann sieht ja jeder, was in meiner Tasche ist«, murrt Inkie.

Und in meiner, denkt Walter. Sie werden Fragen stellen und dann fliegt alles auf.

»Was ist jetzt wichtiger?«, fragt Driss. »Dass keiner deine BHs sieht oder dass wir diese Bombe finden?«

»Driss!«, ruft sie empört.

Walter sieht zu Hidde, der in die Schlafkabine kriecht. Er weiß nicht, was er schlimmer findet: in die Luft gejagt zu werden oder heute Abend wieder bei seiner Frau zu sitzen, als wäre nichts passiert. Der kalte Schweiß bricht ihm aus und seine Brust schmerzt. Gleich kriegt er noch einen Herzinfarkt!

Die erste Tasche kommt durch die kleine Tür.

Ein Rucksack, sieht Walter zu seiner Erleichterung.

Driss stellt ihn oben auf die Treppe und klickt die Schnallen auf. Er will ihn ausschütteln, aber Valentin hält ihn davon ab. »Man kann nie wissen, wie empfindlich so ein Sprengstoff ist.«

»Da ist bestimmt keine Bombe drin«, sagt Tygo. »Das ist meiner.«

»Genau das würde der Täter sagen.« Valentin zieht einen Stapel Kleidung heraus. Einen Kulturbeutel und ein Handtuch. Er überprüft alles sorgfältig und steckt es dann wieder zurück.

»Das nächste Teil!«, ruft Driss.

Die Tür spuckt einen rosa Rollkoffer aus.

»Lasst mich erst mal vorbei«, sagt Ben. »Ich muss pinkeln.«

Walter zieht am Knoten seiner Krawatte, um sie zu lockern. Die Campingsachen kann er erklären. Ein Wochenende weg mit einem Freund, gleich nach der Klassenfahrt, ohne erst nach Hause zu gehen. Aber die Rolle mit Geldscheinen ...

Zu Hause war ihm sein Plan noch wasserdicht vorgekommen. Er würde ganz allein eine Schnitzeljagd vorbereiten und auf einem glitschigen Weg ausrutschen. Spuren im Schlamm, ein paar abgebrochene Äste und vielleicht ein zurückgebliebener Schuh am Ufer würden darauf hinweisen, dass er im tosenden Fluss gelandet ist. In Wirklichkeit würde er nur seinen Tagesrucksack ins Wasser werfen – mit seinem Geldbeutel oder seinem Pass darin. Wenn man den dann ein ganzes Stück weiter unten fände, würden alle denken, er sei von der Strömung mitgerissen worden und ertrunken.

Die Tasche mit den Campingsachen hätte er dann natürlich schon irgendwo im Wald versteckt, sodass er sie nur noch abzuholen bräuchte. In der ersten Zeit würde er vor allem draußen leben. Er hatte seinen Schlafsack, eine Plastikplane, um sich vor dem Regen zu schützen, und einen einfachen Campingkocher. Seine Giro- und Kreditkarten würde er nicht mehr benutzen können, wenn er angeblich tot war, aber er hatte genügend Bargeld bei sich, um eine Weile zurechtzukommen. Er würde sich einen Bart stehen und seine Haare wachsen lassen, damit ihn keiner mehr erkannte – und dann weiter gen Süden ziehen, so weit wie möglich weg von allem.

Der Plan schien so schön. Keine Ekelpakete von Schülern und keine nervigen Kollegen mehr. Und er brauchte sich nicht schuldig zu fühlen, denn er ließ seine Frau gut versorgt zurück. Die Lebensversicherung, die er abgeschlossen hatte, würde ihr ein angenehmes Leben ermöglichen ...

Walter wischte sich die feuchten Hände an der Hose ab.

Nur auf dieses Szenario war er nicht gefasst gewesen. Wer rechnet denn auch mit einem Bombenanschlag?

Der Rollkoffer ist kontrolliert und für ungefährlich befunden worden.

»Weiter geht's!«, ruft Driss.

Eine Schultertasche, aber nicht die von Walter. Valentin will sie öffnen, hält aber plötzlich sein Ohr an den Reißverschluss. »Seid mal still.«

Es ist wie im Unterricht: Ein paar Schüler reden einfach weiter.

»Klappe!«, brüllt Driss.

Das hilft. Alle starren auf die Tasche. Obwohl Walter ganz vorne sitzt, hört er das Geräusch über den Motor hinweg. *Tick, tick, tick …*

Driss Amrani

Vor 93 Tagen

Bringst du das mal eben zu Mo?«, fragte seine Mutter.

Driss betrachtete das in Alufolie verpackte Ding auf der Anrichte. »Was ist das?«

»*Bastilla.*«

Es sah eher aus wie eine fliegende Untertasse.

»Er wohnt schon seit drei Monaten nicht mehr hier«, sagte Driss. »Wird es nicht allmählich Zeit, dass er lernt, für sich selbst zu sorgen?«

Seine Mutter lächelte beschwichtigend. »Anja ist wirklich lieb, aber mit dem Kochen hat sie es nicht so.«

»Vielleicht sollte Mo das dann mal selbst versuchen?«

Driss war sich nicht bewusst, etwas Komisches gesagt zu haben, aber seine Mutter musste trotzdem lachen. »Bring's ihm schon rüber.« Sie legte ihm das Päckchen in die Arme, als wäre es ein Baby. »Und mach die Tür leise zu.«

Driss begegnete einer Gruppe Männer mit auffällig violetten Perücken. Einer von ihnen trug einen gestreiften Anzug und schleifte einen Ball an einer Kette hinter sich her. ZUKÜNFTIGER GEFANGENER stand über seine Brust. Nie im Leben würde Driss so idiotische Klamotten anziehen, nicht mal für einen Junggesellenabschied. Ihm war seine Adidas-Trainingshose so heilig wie seinem Onkel Akil der Mercedes. Oder wie sein Onkel immer sagte: »In Statussymbolen sieht man nicht nur gut aus, sondern nötigt anderen auch den notwendigen Respekt ab.«

Driss hatte sich oft gewünscht, dass Onkel Akil sein Vater wäre.

Er bog um die Ecke und gelangte in die Straße, wo Mo und Anja wohnten. Auf einem der Balkone standen Lautsprecher, aus denen ein scheppberndes Lied tönte: Jemand sang von einem Meter Bier. Weil Driss deswegen aufschaute, prallte er fast gegen das gelbe Fahrrad, das neben der Tür des Mietshauses parkte. Jamilahs Rad! Driss wurde stinksauer. Warum hatte sie den Kuchen nicht mitgenommen?

Mit der Schulter drückte er die Tür auf. Er ignorierte die Gegensprechanlage, ging schnurstracks zur Treppe und nahm immer zwei Stufen gleichzeitig, bis er oben war. Auf dem Etagenflur kümmerte eine Pflanze vor sich hin. Es war die dritte Wohnungstür auf der linken Seite und er drückte extralange auf die Klingel.

Anja machte auf. Sie hatte die Figur einer Teekanne und trug gerne großformatigen Schmuck. Alles an ihr wackelte und klimperte und bewegte sich. »Driss. Wie nett!« Neugierig musterte sie seine fliegende Untertasse.

»Für dich«, sagte Driss.

»Hast du mir ein Geschenk mitgebracht? Wie lieb!«

»Bastilla«, sagte Driss. »Von meiner Mutter.«

Anja machte ein betrübtes Gesicht. »Sie glaubt, ich kann nicht kochen.« Dann lachte sie lauthals. »Und sie hat auch noch recht! Komm rein.«

Das Wohnzimmer war vollgestopft mit Vasen, Kissen und anderem Krempel, sodass der Raum noch kleiner wirkte, als er ohnehin schon war. Driss traute sich kaum, sich zu bewegen, aus lauter Angst, etwas umzuwerfen. »Wo sind Mo und Jamilah?«, fragte er.

»Ja, wo könnten sie sein?« Anja fuhr sich mit der Hand durch die hellblonden Haare und flüsterte: »Sie haben sich im Schlafzimmer versteckt. Aber was sie da aushecken? Keine Ahnung. Ich darf unter keinen Umständen reinkommen.«

Driss zwängte sich am Sofa vorbei und durchquerte das Zimmer wie einen Hindernisparcours.

»Es riecht köstlich«, hörte er Anja sagen. »Willst du auch ein Stück?«

»Nachher vielleicht.« Driss klopfte an die Tür und drückte sie auf, ohne auf Antwort zu warten.

Mo und Jamilah saßen auf der Bettkante und schauten erschrocken auf.

»Driss, was machst du denn hier?«, fragte Jamilah. Sie hatte ein Tablet auf dem Schoß.

»Was du hier machst, meinst du wohl?« Driss versuchte, einen Blick auf den Bildschirm zu werfen. Das Tablet wurde schwarz, bevor er etwas erkennen konnte. »Ma hätte dir die Bastilla mitgeben können, dann hätte ich nicht extra herkommen müssen.«

»Ma weiß nicht, dass ich hier bin.«

»Nein, das dachte ich mir schon.«

»Und das darf sie auch nicht wissen«, sagte Mo.

»Wieso nicht?«, fragte Driss.

»Das ist eine ... äh ...«, Jamilah schaute kurz zu Mo, bis er nickte, »... Überraschung für Papa.«

»Wieder so ein großartiger Plan, um an Geld zu kommen?« Driss dachte an den Flohmarkt, den sie organisiert hatten, und konnte sich ein spöttisches Lächeln nicht verkneifen. Einen Umzugswagen alter Sachen abholen und nur eine Schubkarre voll davon verkaufen ... Sie waren drei Tage damit beschäftigt gewesen, den übrig gebliebenen Kram loszuwerden.

»Du hältst aber den Mund.« Mo nahm das Tablet von Jamilahs Schoß und legte es auf den Nachttisch. »Wir wissen noch nicht, ob es klappt, und wenn nicht, sind Papa und Mama wieder enttäuscht.«

»Wie soll ich denn was sagen, wenn ich nichts weiß?«, sagte Driss empört.

»Gut. Und so soll es auch bleiben.« Jamilah stand auf und strich ihren Rock glatt. »Bastilla, hast du gesagt? Ich hätte schon gern ein Stück.«

»Und ich erst«, sagte Mo. »Wie sieht's mit dir aus?«

Driss konnte es nicht ausstehen, wenn sie ihn ausschlossen. Typisch. »Keine Zeit. Ich muss los.«

Valentin Aafjes

Heute

Wir brauchen Mulder!«, ruft Valentin. »Ich glaube, wir haben die Bombe gefunden.«

Die Skype-Verbindung funktioniert – die Polizei reagiert sofort. »Welches Telefon?«

»Das von Driss Amrani«, antwortet Driss und zieht es aus seiner Hosentasche.

Valentin fasst nach dem Reißverschlusszipper. Das Ticken, das aus der Tasche kommt, ist nervenaufreibend. Als würde die Bombe rufen: Beeil dich, ich kann jeden Moment hochgehen! Und obwohl Valentin weiß, wie wichtig es ist, ruhig zu bleiben, zappeln seine Finger nervös.

»Solltest du das nicht lieber machen, Walter?«, fragt Frau Vos.

Nicht, wenn ihr Chemielehrer der Bombenleger ist!

»Es klappt schon«, sagt Valentin schnell. »Ich öffne nur die Tasche und fasse nichts an.«

Driss ist mit seinem Telefon zugange. »Jetzt warte doch, bis Mulder zuschaut.«

»Dann soll er sich ein bisschen beeilen. Gleich ...«

»Es scheint Neuigkeiten zum Täter zu geben!« Herr van Piere zeigt zum Nachrichtenlaufband auf dem Bildschirm: *Möglicher Täter meldet sich.*

Der Fahrer stellt den Ton so laut, dass er sogar das Ticken übertönt.

Hidde kriecht aus der Schlafkabine. »Was …« Dann starrt auch er wie gebannt auf den Schirm.

»Die Redaktion erreicht soeben eine Nachricht«, berichtet Kersseboom. »Der Absender behauptet, hinter der Bombendrohung zu stecken. Er hat uns einen Film angekündigt, den er uns zukommen lassen will, damit wir ihn in unserer Sendung ausstrahlen.«

»Warum hat er ihn nicht schon geschickt?«, fragt Irmak.

»Da will sich nur einer wichtigmachen«, sagt Valentin. »Ein Verrückter, der ins Fernsehen will.« Seine Mutter kennt solche Typen nur zu gut. Die gucken eine Sendung wie *Aktenzeichen XY* und erstatten Selbstanzeige für etwas, das sie nicht getan haben.

Endlich, Mulders Kopf erscheint auf dem Display!

»Ton aus!«, ruft Driss dem Fahrer zu.

Kersseboom redet stumm weiter. Alle starren wieder auf die Tasche.

Mulder kann sie jetzt sehen. Und hören.

»Du denkst an eine Zeitbombe?«, fragt Mulder.

»Könnte doch sein, oder?« Valentin wünschte, er würde sich etwas beeilen.

»Auf jeden Fall ist es gut, dass du uns dazugerufen hast.« Mulders Stimme ist ruhig. »Angenommen, du hast recht, dann läuft das folgendermaßen ab: Die Tasche bleibt stehen. Alle verlassen, so schnell es geht den Bus, ohne die Bombe anzufassen. Dann passiert auch kein Unglück. Ich möchte, dass der Fahrer bereitsteht, um die Türen zu öffnen.«

Jan hebt den Daumen.

»Wissen alle Bescheid, was zu tun ist?«, fragt Mulder.

Allgemeines Nicken und zustimmendes Gebrummel.

»Okay, Valentin. Sei vorsichtig.«

Valentin zieht den Reißverschluss langsam zu sich hin. Er hat noch nicht die Hälfte geschafft, als Ben den Toilettenraum verlassen will.

»Du kannst hier nicht vorbei!«, ruft Driss. »Wir sind gerade mit der Bombe beschäftigt.«

Ben späht durch den Türspalt, schiebt dann die Tür weiter auf und streckt den Kopf durch. »Aber das ist meine Tasche.«

Der Zipper rutscht Valentin aus der Hand.

Er denkt: Film.

Und dann: Ben hat eben gerade sehr lange auf dem Klo gesessen. Er hatte alle Zeit der Welt, diese Nachricht an den Fernsehsender zu schicken.

»Bist du es?«, fragt er heiser. »Hast du die Bombe in die Tasche gesteckt, damit du das ganze Land zwingen kannst, sich deinen ekligen Film anzuschauen?«

»Mann!«, sagt Ben. »In meiner Tasche ist wirklich keine Bombe.«

»Ach nein?« Valentin sieht die grauenhaften Bilder gestopfter Gänse und abgeschlachteter Wildtiere wieder vor sich. Ihm wird noch immer schlecht davon.

»Worum geht es hier eigentlich?«, fragt Inkie Ben. »Doch nicht etwa um den Horrorfilm, den du mir vor ein paar Monaten geschickt hast mit der Bitte, ihn zu teilen? Den habe ich gleich wieder ausgeschaltet und sofort gelöscht.«

»Ich auch«, sagt Fleur.

Ben drückt jetzt so fest gegen die WC-Tür, dass sie Driss einklemmt.

»Idiot, mach mal halblang!«, ruft der wütend.

»Ich lasse mich nicht zu Unrecht beschuldigen.« Ben zwängt sich an ihnen vorbei zur Tasche. Bevor Valentin ihn daran hindern kann, kauert Ben neben seiner Tasche und reißt den

Verschluss ruckartig und alles andere als vorsichtig auf. »Hier, schaut her!« Er fasst hinein und wirft seine Sachen durch den Bus, als wären es Karnevalsbonbons. Plötzlich hält er auch einen Reisewecker in der Hand.

Tick, tick, tick ...

»Da hast du deine Bombe, Professor!« Inkie lacht ihm ins Gesicht.

Miststück! Vor fünf Minuten hatte sie noch tierische Angst.

»Lach nicht so blöd«, sagt Driss zu Inkie. »Wir haben immer noch eine Bombe an Bord.«

Oder auch nicht. Valentin schaut aus den Augenwinkeln zu Ben hinüber. Könnte er auch nur so getan haben, als ob? Hat er mit einer nicht vorhandenen Bombe gedroht, um so eine Plattform für seine Tiere zu bekommen? Fanatisch genug wäre er dafür.

Aber die Feuerwerksbombe in diesem Betriebsgebäude *war* echt ...

Wütend stopft Ben seine Sachen in die Tasche zurück. »Wie kommst du nur darauf?«, murmelt er. »Die ganze Welt ist total krank.«

Valentin sieht ihn wieder hoch oben im Baum sitzen, seine Timberlands in der Hand.

»Sorry«, sagt er. »Es kam alles zusammen. Dein Tierfilm, die tickende Tasche und diese Nachricht im Fernsehen.«

»Welche Nachricht?«, fragt Ben.

Irmak bringt ihn auf den neusten Stand der Dinge.

»Meiner Ansicht nach geht es einfach um Geld«, sagt er. »Sonst hätten sie den Bus doch schon längst in die Luft gejagt. Erst jagen sie allen ordentlich Angst ein, damit sie dann gleich mehrere Millionen verlangen können.«

»Warum entführen sie dann nicht einfach einen Millionär?«, meckert Hidde.

Inkie nickt. »Oder rauben eine Bank aus oder brechen irgendwo ein?«

»Das sind islamistische Terroristen«, fängt Tygo wieder an. »Nur die sind gestört genug, um Kinder zu benutzen. Wisst ihr, dass sie sich manchmal in Schulen verstecken, weil die nicht vom Westen bombardiert werden?« Er schaut zu Ben. »Sie sind übrigens auch ganz verrückt darauf, Filmchen zu drehen. Vor allem von Enthauptungen.«

Valentin erwartet eine Reaktion von Driss, doch der ist mit WhatsApp beschäftigt.

Aber Frau Vos greift ein. »Können wir vielleicht mal mit diesen ganzen Beschuldigungen aufhören?«, fragt sie erschöpft.

Sie hat recht, denkt Valentin. Fakten, sagt seine Mutter immer. »Nur eins ist wirklich sicher«, sagt er. »Dass die Bombe von heute Morgen mit einer Fernbedienung von diesem Bus aus zur Explosion gebracht wurde. Es war eine Feuerwerksbombe und sie wurde von einem Funken ausgelöst, der durch die Zündung in einer Böller-Batterie verursacht wurde.«

Alle Blicke richten sich auf ihn. Er hat das Gefühl, vor Dutzenden von Kameras zu stehen.

»Ja, klar.« Inkie strahlt nach allen Seiten aus, dass sie ihn mehr als lächerlich findet. »Woher hast du das denn schon wieder?«

Driss legt sein Telefon mit dem Display nach unten neben sich.

»Von seiner Mutter. Die ist bei der Polizei.«

»Ich kann das einfach nicht glauben«, sagt Jessica. »Niemand in unserer Klasse würde ...«

»Vielleicht wurde er oder sie dazu gezwungen?«, überlegt Fleur. »Wie ich von Lo.«

Dann richten sich alle Augenpaare wieder auf Valentin. Sie erwarten eine Antwort.

Driss Amrani

Heute

Haben du und Jamilah etwas mit dieser Bombe zu schaffen?

Driss bereut es jetzt schon, Mo diese Nachricht geschickt zu haben. Wie kann er so etwas nur denken? Sein eigener Bruder und seine Schwester? Daran sind Ben und sein Spruch über die Millionen schuld. Und dabei kann es nicht mal sein! Wie hätten sie denn einen Handlanger hier in den Bus kriegen sollen?

Keiner darf diese Nachricht sehen, denkt Driss, sonst halten sie mich noch für den Täter!

»Ich weiß nicht, ob jemand dazu gezwungen wird«, sagt Valentin. »Aber wenn das so ist, sollte er oder sie es lieber erzählen. Die Leute haben oft Angst, bei einer Entführung oder so die Polizei einzuschalten. Aber gerade dann geht es oft schief, sagt meine Mutter.«

Alle schweigen. Genau wie Driss' Telefon.

Shakti studiert ihre Nägel und dann rutscht ihr heraus: »Erdem wollte Irmak nicht mit auf Klassenfahrt gehen lassen.«

»Erdem?«, fragt Valentin.

»Mein Bruder.« Irmak schaut grimmig um sich. »Der hat hiermit nichts zu tun.«

»Sorry«, sagt Shakti. »Aber du hast selbst zu mir gesagt, er hätte sich total verändert.«

»Er hat sich einfach Sorgen gemacht. Darum wollte er, dass ich zu Hause bleibe.«

»Warum sollte er sich Sorgen machen?«, fragt Driss.

»Gerade du solltest das doch verstehen, oder?« Irmak hebt kurz die Hände und lässt sie dann wieder in ihren Schoß fallen. »Jungen. Mädchen. Solche Sachen eben.«

»Oder er war besorgt wegen der Bombe«, sagt Tygo. »Er wollte, dass du zu Hause bleibst, weil hier eine Bombe explodieren würde.«

Irmak steht auf. Driss hat sie noch nie so außer sich erlebt. Ihr Gesicht ist wutverzerrt und sie ballt die Fäuste. »Erdem würde nie im Leben jemandem wehtun! Es ist genau andersherum. Er wurde von Niederländern zusammengeschlagen. Deswegen ist er fortgegangen, wegen Dreckskerlen wie dir.«

»He, he!« Tygo hebt seine Hände. »Ich habe noch nie jemanden zusammengeschlagen.«

Driss muss an Blondie denken. So nennt Mo den Politiker mit den hochtoupierten Haaren. Der sagt auch immer, dass er Gewalt ablehne. Aber er hat kein Problem damit, mit Worten Hass zu säen.

»Es ist lieb von dir, dass du deinen Bruder verteidigst«, sagt Vos zu Irmak. »Und wir wollen ihn auch nicht einfach so beschuldigen, aber es ist schon wichtig, dass die Polizei allem nachgeht. Und wenn sie dadurch nur gewisse Dinge ausschließen können.«

Oder gewisse Personen. Driss bekommt Bauchschmerzen. Warum reagiert Mo denn nicht?

Er ist natürlich sauer. Das wäre Driss auch, wenn er zu Unrecht beschuldigt würde. Er sollte lieber noch eine WhatsApp schreiben. Vergesst, was ich geschrieben habe. Aber ihr erzählt mir nie was. Pa#Geld#Geheimnis.

»Erdem kann es nicht gewesen sein.« Irmak hält sich kerzengerade. »Er ist fortgegangen, hab ich doch gesagt. Seit ein paar Tagen ist er in der Türkei.«

Tygo ist wie ein Pitbull und lässt nicht locker. »Das sagst du. Vielleicht ist er ja irgendwo in Syrien, in so einem Trainingslager für Dschihadisten.«

Der Vampir hält das Telefon von Frau Vos ans Ohr und spricht leise mit Karels.

»Du bist nicht ganz richtig im Kopf«, sagt Irmak. »Gleich behauptest du noch, ich hätte Erdem geholfen.«

Daran kann Driss nicht glauben. Nie und nimmer würde Irmak eine Bombe explodieren lassen!

»Und übrigens habe ich einen Beweis.« Sie zückt ihr Telefon. »Gestern hat Erdem mir dieses Foto geschickt. Das ist das Restaurant, in dem er arbeitet, und das der berühmte Galataturm. Der steht zufällig in Istanbul und nicht in Syrien.«

»Stimmt«, sagt Jessica. »Als ich mit meinen Eltern im Urlaub war, haben wir dort gegessen.«

Tygo späht auf den Bildschirm und murmelt zu Irmak: »Ich wollte nie sagen, dass du ...«

»Mein Bruder aber auch nicht.« Demonstrativ setzt sie sich hin.

Driss' Telefon vibriert.

Mo! Gespannt liest er die Nachricht.

Idiot! Wir organisieren einen Sponsorenlauf.

Selber Idiot, denkt Driss. Aber er fühlt sich um ein Kilo leichter.

»Sollen wir die Taschen weiter kontrollieren?«, fragt er.

Aber da ruft Vampir: »Es ist so weit! Herr Karels sagt, dass sie den Film im Fernsehen zeigen.«

Der Busfahrer schaltet den Ton wieder ein und alle starren wie hypnotisiert auf die Bildschirme.

Wenn es nur nicht wieder so ein Trottel in schwarzen Klamotten ist, denkt Driss.

»Nach Rücksprache mit der Polizei haben wir beschlossen, den folgenden Film zu zeigen«, sagt Kersseboom. »Kommissar Karels wird im Anschluss eine Erklärung abgeben.«

Driss presst seine Fingernägel in die Handflächen. Es geht los! Ein Mann erscheint im Bild. Es ist kein Trottel in schwarzen Klamotten, sondern ...

Valentin Aafjes

Heute

Der Mann im Film trägt dieses Mal keine schwarze Kleidung, sondern ein Hemd und ein Jackett. Valentin kennt ihn nicht, aber Fleur anscheinend schon.

»Dein Vater?«, ruft sie zu Inkie hinüber. »Dein Vater?«

Sie rutscht zur Seite, als hätte Inkie eine ansteckende Krankheit. »Du wusstest die ganze Zeit, dass ich es nicht war ... wie kannst du nur, du ...«

»Jetzt halt doch mal die Klappe«, sagt Tygo. »Ich will das hören.«

Valentin schaut zu Inkie, die wie eine Wachsfigur auf ihrem Platz erstarrt ist. Es scheint, als wäre alles Leben aus ihr gewichen – sie ist durch und durch bleich bis auf zwei lila Augenlider – und ihr Mund ist rund vor Erstaunen.

Sie hat es nicht gewusst. Da ist er sich ganz sicher.

»Mein Name ist Phillip de Ridder«, sagt Inkies Vater auf dem Bildschirm. »Ich habe eine Bombe im Reisebus deponiert – dort, wo niemand herankommt.« Seine Augen huschen hin und her.

Als würde er den Text von einem Teleprompter ablesen, denkt Valentin.

»Es gibt nur eine einzige Möglichkeit, die 8c zu retten. Ich verlange eine Million in nicht markierten Scheinen. In einer Stunde gebe ich Ort und Zeit für die Übergabe bekannt. Werde ich verfolgt oder treffe auf einen Fernsehsender, tragt ihr alle Konsequenzen. Erst wenn ich das Geld habe und an einem sicheren Ort bin, sind auch die Schüler sicher.«

Der Film ist zu Ende. Alle sehen Inkie an. Manche fast mitleidig, aber die meisten, als würden sie sie am liebsten in der Luft zerreißen.

Und dann beginnt ihre Lippe zu zittern und – ganz ehrlich –, für einen Moment denkt Valentin: Jetzt weißt du auch endlich mal, wie man sich auf der anderen Seite der Nahrungskette fühlt.

»Du hast also die Fernbedienung von dieser Böller-Batterie …« Driss steht auf.

»Du Schlampe«, sagt Tygo. »Wolltest du uns umbringen?«

Ihr Kopf setzt sich langsam in Bewegung. Nein, schüttelt sie ihn.

Aber das scheint allen egal zu sein. Driss geht drohend auf sie zu, gefolgt von Tygo und Hidde und …

»Ihr bleibt alle sitzen!«, brüllt Frau Vos.

»Echt? Die ganze Klasse?« Der Busfahrer schaut sich gespielt schockiert um. »So viele dumme Schüler in einem Bus?«

Valentin ärgert sich zu Tode über den Fahrer. »Fängt der jetzt schon wieder an mit seinen blöden Witzen?«

»Setzen!« Vos' Stimme klingt wie ein Urschrei.

Der Fahrer steht auf, um einzugreifen. Driss, Tygo und Hidde zögern.

»Setzen Sie sich doch bitte«, fleht Jessica. »Wenn Sie sich so aufregen, ist das schlecht für Ihr Baby.«

Die Jungen schauen zu Frau Vos hinüber. Schweißperlen stehen ihr auf der Stirn und ihr Mascara ist verwischt. Schließlich gehen sie doch auf ihren Platz zurück.

Nur Driss bleibt im Mittelgang stehen. »Wir müssen ihr aber trotzdem die Fernbedienung wegnehmen, damit sie nicht noch eine Bombe hochgehen lassen kann.«

Fleur hält schon Inkies Tasche fest. Sie öffnet sie und schüttet den Inhalt auf ihren Schoß. Lippenbalsam. Ein Tampon. Ein kleiner Kosmetikspiegel und eine Haarbürste.

»Gib mir dein Telefon«, sagt Irmak.

Inkie lässt es sich ohne Protest aus der Hand ziehen. Sie ist vollkommen wehrlos. Die alte, streitlustige Inkie ist verschwunden. Es ist, als wäre jemand anderes in ihren Körper geschlüpft.

»Ich glaube nicht, dass sie es ist«, sagt Valentin.

»Ach nee?« Tygo nickt zum Bildschirm hinüber. »Es war aber schon ihr Vater da im Film. Wie viele Beweise willst du noch?«

Und da hat Inkie endlich ihre Zunge wiedergefunden. »Papa wird doch keinen Bus in die Luft jagen, wenn ich darin sitze.«

»Das können wir nur hoffen.« Driss klingt immer noch wütend.

»Ich glaube auch nicht, dass es ihr Vater ist«, sagt Valentin.

»Wieso verteidigst du sie denn jetzt, Mann?« Driss sieht ihn kopfschüttelnd an. »Sie macht dich doch dauernd fertig?«

»Du etwa nicht?«, fragt Irmak.

»Leute«, fleht Frau Vos.

»Irgendwas stimmt nicht mit dieser Aufnahme«, sagt Valentin. »Warum hat er sich zum Beispiel nicht noch einmal unkenntlich gefilmt?«

Driss seufzt übertrieben. »Woher soll ich das denn wissen?«

»Im ersten Film war sein ganzer Körper bedeckt«, sagt Valentin. »Sogar seine Hände. Damit seine Stimme ihn nicht verrät, hat er die Texte aufgeschrieben. Die Kamera hat er so aufgestellt, dass sein Gesicht nie im Bild zu sehen ist. Es ist doch seltsam, dass man sich diese ganze Mühe macht, wenn man vorhat, sich im zweiten Film voll ins Bild zu hocken und sogar den eigenen Namen zu nennen?«

»Es scheint mir sowieso ziemlich dumm, den eigenen Namen

zu nennen, wenn man sich mit einer Million aus dem Staub machen will. Es sei denn, man möchte gern überfallen oder verhaftet werden.«

Als ein paar Schüler nicken, bekommt Inkie wieder ein bisschen Farbe. »Papa braucht auch überhaupt keine Million. Seinem Betrieb geht es sehr gut.«

Der Fahrer schaut Frau Vos kurz an und verzieht sich wieder hinter sein Lenkrad.

Valentin hört sein Telefon brummen. »Mama?«

Wahrscheinlich sitzt sie wieder im Polizeiauto, denn auf der Straße kann er sie nirgends entdecken.

»Kannst du frei reden?«, fragt sie.

Mist, er hat vergessen, dass sie ja abgehört werden.

»Moment.« Er nimmt sein Telefon mit zur Toilette. »Jetzt.«

»Hast du die Aufnahme gesehen?«

»Ja, aber die stimmt hinten und vorne nicht«, flüstert er. »Meiner Ansicht nach steckt Inkies Vater nicht hinter dieser Bombe.«

»Das vermuten wir auch«, sagt seine Mutter.

»Wäre es dann nicht besser gewesen, den Film nicht zu senden? Das ganze Land hält ihn jetzt für einen gefährlichen Täter.«

»Es ist wichtig, dass der wahre Täter denkt, wir fallen darauf herein. Hoffentlich vergisst er dann seine Vorsicht und macht Fehler.«

»Tut mir leid, Mama, ich habe gerade zu den anderen gesagt, dass ich den Film sehr merkwürdig finde.«

»Dann müssen wir den Täter schnell davon überzeugen, dass die Polizei da anderer Meinung ist.« Seine Mutter ist einen Augenblick still. »Inkie hat sicher nichts von ihrem Vater gehört, oder?«

»Ich frage sie kurz.« Valentin öffnet die Toilettentür.

»Hat dein Vater dich heute angerufen oder dir eine Nachricht geschrieben?«, fragt er Inkie.

Sie schüttelt den Kopf.

»Nein«, berichtet Valentin seiner Mutter.

»Das dachte ich mir schon.« Trotzdem seufzt sie enttäuscht. »Herr de Ridder ist heute Morgen wie gewöhnlich auf sein Fahrrad gestiegen, aber nicht an seinem Arbeitsplatz angekommen. Er hat seiner Sekretärin eine Nachricht geschickt, sie solle alle Termine absagen, weil er krank sei. Danach war sein Telefon die ganze Zeit ausgeschaltet, bis der Film an den Fernsehsender geschickt wurde. Wir haben die Strecke von seinem Haus bis zum Büro überprüft und kämmen jetzt auch die Umgebung vom Sendemast ab. Leider sendet sein Handy kein Signal mehr und er scheint wie vom Erdboden verschluckt.«

»Und?«, fragt Driss, als Valentin aus der Toilette kommt.

»Inkies Vater bleibt der Verdächtige Nummer eins.« Er spricht absichtlich laut, damit derjenige, der sie abhört, es auch mitbekommt.

»Lächerlich.« Inkie funkelt Valentin an, als wäre das alles seine Schuld.

Phillip de Ridder

Vor nicht mal einem halben Tag

Viel Spaß in den Ardennen.« Phillip steckte Inkie ein paar Scheine zu. »Dann kannst du die Klasse mal zu einem Eis einladen oder so.«

»Danke schön, Papa.« In ihrem Schlafshirt rannte sie die Treppe wieder hinauf. »Bis Freitag!«

Sein Rad stand im Vorgarten. Er fuhr jeden Tag dieselbe Strecke zur Arbeit, über die Brücke ins Dichterviertel bis zur Niederlassung von *De Ridder – Finanzberatung.* Der dicken Wolkendecke nach würde es ein trüber Tag werden. Und frisch war es auch noch. Er trug nur ein Jackett über seinem Hemd und trat kräftig in die Pedale, um warm zu werden.

In der Tromplaan stand ein Mann. Phillip schenkte ihm wenig Beachtung, bis er plötzlich dicht vor seinem Fahrrad auf die Straße wankte. Phillip konnte nicht mehr ausweichen und machte eine Vollbremsung. Sein Hinterrad rutschte weg. Fast wäre er gefallen, konnte sein Gleichgewicht aber gerade noch halten. Gleich danach wäre er fast wieder gestürzt, als sich der Mann plötzlich schwer gegen ihn lehnte.

War er betrunken?

»Geht es?«, fragte Phillip.

Der Mann atmete ihm ins Gesicht. Das war unangenehm, aber er roch nicht nach Alkohol.

Phillip schaute ihn forschend an. »Soll ich einen Arzt oder einen Krankenwagen rufen?«

Zum Glück ging der Mann wieder auf Abstand und suchte jetzt Halt an seinem Lenker. »Mein Herz«, sagte er keuchend. »Pillen.« Er zeigte auf ein Haus.

»Wohnen Sie dort?«, fragte Phillip. »Ist Ihre Frau zu Hause? Soll ich sie rufen?«

Der Mann fasste ihn am Kragen seines Jacketts und schüttelte ihn mit überraschender Kraft. »Pillen!«

»Ich begleite Sie schnell. Dann nehmen Sie eine Tablette und wir rufen jemanden an, der nach Ihnen schauen kann, bis es Ihnen wieder besser geht.« Phillip lehnte sein Fahrrad gegen eine Laterne und legte dem Mann einen Arm um die Taille. »Stützen Sie sich ruhig auf mich.«

Sie stolperten Richtung Haustür. Der Mann kramte umständlich in seiner Jackentasche, bis er den Schlüssel fand. Phillip steckte ihn ins Schloss und öffnete. Er half dem Mann über die Schwelle, durch eine Diele und dann ins Wohnzimmer. Die Lamellenvorhänge zur Straße hin waren geschlossen.

»Wo liegen sie?«

Der Mann schaute sich ständig um. »U-unterste Schublade.«

»In dem Schrank hier?« Als Phillip sich bückte, um die Schublade zu öffnen, fühlte er etwas Schweres auf seinen Kopf niedersausen. Um ihn herum wurde alles schwarz.

Wo bin ich?, war sein erster Gedanke, als er wieder zu sich kam. Und was war passiert?

Er schaute hoch – schlechte Idee. Es fühlte sich an, als steckte ein Granatsplitter in seinem Hirn. Und warum verdammt noch mal waren seine Hand- und Fußgelenke mit Tape umwickelt?

Ein Mann kam auf ihn zu. Summend schob er einen Stuhl vor

sich her, als würde er Schlittschuhlaufen üben. Nur war der Boden nicht aus Eis, sondern gefliest und der Stuhl ein Bürostuhl auf Rädern. Die Räder ratterten durch ein Zimmer, das vollgestellt mit Möbeln war. Phillip kamen sie vage bekannt vor.

Er war früher schon einmal hier gewesen.

Gerade eben.

Dieser Mann ...

Die Pillen!

Sexualverbrecher lockten manchmal Frauen oder Kinder in ihr Haus. Aber doch keine vierzigjährigen Männer?

»Was soll das?«, fragte Phillip. »Warum machen Sie das?«

Der Mann stellte den Bürostuhl neben ihn. »Hände hoch.« Seine Pupillen bewegten sich unruhig und er hatte Ringe unter den Augen.

Schlafmangel?, fragte sich Phillip.

Trotzdem wirkte der Mann nicht müde. Ganz im Gegenteil sogar. Er schob einen Arm durch Phillips mit Tape gefesselte Arme wie einen Haken durch eine Schlaufe, sodass er ihn hochziehen konnte.

Der Granatsplitter protestierte heftig. Phillip versuchte, es zu ignorieren – jetzt, da er aufrecht stand, hatte er die Chance, sich zu wehren –, und setzte zu einem Kopfstoß an. Zu spät. Er bekam einen Stoß gegen die Brust und plumpste wie eine Puppe rückwärts auf den Stuhl.

»Wer sind Sie und was wollen Sie von mir?«, fragte er, während er mit aller Macht versuchte, seinen pochenden Kopf bei der Sache zu halten. Sein Telefon! Das steckte noch in seinem Jackett!

»Er erkennt mich nicht, wiedewiedewitt«, sagte der Mann und ging zum Tisch.

Phillip steckte die Finger rasch in die Jackentasche, aber das Tape behinderte ihn ziemlich ... wo war das Mistding?

»Er hat sein Telefon verloren.« Der Mann hatte sich umgedreht und kicherte.

»Mit wem reden Sie da nur?«, fragte Phillip.

Das Kichern verstummte, und als der Mann seinen Mund wieder öffnete, war es kein Mund mehr, sondern das Maul eines aggressiven Tiers. »Du hältst mich wahrscheinlich für verrückt.«

Mit feuerrotem Kopf bellte er die Worte in Phillips Gesicht. Danach lief er wieder von ihm weg und trat gegen das Tischbein.

Der Wutausbruch dauerte so kurz, dass Phillip kaum Zeit hatte, Angst zu bekommen.

»Ich bin nicht verrückt«, sagte der Mann plötzlich wieder zufrieden. »Während du bewusstlos auf dem Boden lagst, habe ich deine Taschen geleert.«

»Mistkerl«, murmelte Phillip.

»In deiner Situation wäre ich lieber nicht so unhöflich.«

»Wie soll ich Sie dann nennen? Herr Mistkerl?«

»Du darfst mich König nennen.«

Hieß er wirklich so oder war das ein Scherz?

»Wenn Sie mich laufen lassen, werde ich niemandem etwas davon sagen«, machte Phillip einen Versuch.

»Niemand darf gehen«, sagte der König. »Und du tust, was ich sage, denn ich bin der Boss.«

In einem Reflex drückte sich Phillip aus dem Stuhl hoch. Erst dann wurde ihm klar, dass er nicht laufen konnte, weil seine Gelenke fest mit Tape umwickelt waren. Mit dem Mut der Verzweiflung blieb er stehen, keuchend und schnaufend wie ein Stier in der Arena. Der König nahm eine Rolle Tape vom Tisch und kam – »dumdideldei« – auf ihn zu. Phillip hatte vor, jetzt seinen Kopfstoß anzubringen.

Mit Schwung nach vorn!

Der König machte einen Schritt zur Seite. Phillip hatte so viel Schwung, dass er sich nicht mehr auf den Beinen halten konnte.

Durch ein schnelles Manöver konnte er nur noch dafür sorgen, dass er auf der Schulter und nicht flach auf seinem Gesicht landete.

Er verbiss sich den Schmerz und schaltete um auf verbalen Angriff. »Egal, was Sie vorhaben, es klappt sowieso nicht. Ich war auf dem Weg zur Arbeit. Wenn ich nicht gleich auftauche, werden sie nach mir suchen.«

»Ich bin nicht verrückt«, sagte der König wieder. »Ich habe deiner Sekretärin eine WhatsApp geschickt und dich krank gemeldet. Mit deinem Telefon.«

»Sie bluffen. Wie können Sie ihr schreiben, wenn Sie nicht mal wissen, wie sie heißt?«

»Louise de Korte mit den langen Beinen.« Der König zeichnete mit einer Hand eine weibliche Silhouette in die Luft – Rücken, Po, Beine.

Er kannte Louise? Phillip begriff immer weniger.

»Was wollen Sie von mir? Geld? Geht es darum?«

»Money, money, money«, sang der König. »Das ist das Einzige, woran Profitgeier wie du denken können.« Er schaute Phillip herablassend an. »Hände her.«

Ein Stuhl war bequemer als der Boden. Phillip streckte seine Arme wieder aus und ließ sich zum zweiten Mal hochziehen. Ein Schubs. Schon saß er wieder auf dem Stuhl.

Schlechte Idee. Der König begann, ihn blitzschnell mit Tape an der Rückenlehne festzubinden. Phillip tat sein Bestes, sich zu wehren, aber mit gefesselten Händen und Füßen war er eindeutig im Nachteil. Im Nu war er fest verschnürt. Er begann zu schreien. Die Idee war noch schlechter. Der Mann klebte Phillip ein Stück Tape über den Mund, sodass er fast erstickte.

Dann schob er den Stuhl zu einer Tür, hinter der sich ein Einbauschrank unter der Treppe befand. Ohne Vorräte oder Staubsauger. An der Wand lehnten Matratzen und Kissen. Sogar die Tür war mit etwas Weichem verkleidet. Phillip wurde hineingeschoben und die Tür schloss sich hinter ihm. Er hörte, dass ein Schlüssel umgedreht wurde. Dann ging die Glühbirne über seinem Kopf aus und er hockte im Stockdunkeln. Er fühlte sich, als wäre er wieder Kind in einem Schlafzimmer voller Monster. Nur dass er jetzt niemanden rufen konnte.

Driss Amrani

Heute

Je länger Driss zu Inkie schaut, desto mehr nimmt seine Wut wieder zu.

Valentin kann sagen, was er will. Ihr Vater ist schuldig. Ich habe den Film doch selbst gesehen? Und die Polizei sagt das auch.

Zu seinen Füßen steht ein Rucksack. Mit der Schuhspitze tritt er wütend dagegen.

Und dann bin ich auch noch für nichts und wieder nichts in diese Dreckshöhle gekrochen.

Erneut schießt sein Fuß vor.

Fuck Inkie, *fuck* ihren Vater, *fuck* alles!

Er tritt mit voller Kraft gegen den Rucksack, sodass der durch den Mittelgang fliegt.

»Immer schön sachte«, murrt Tygo. »Das ist meiner.«

»Fuck you! Als ob du den noch bräuchtest.« Driss' Stimme schallt durch den Bus. »Wir kommen hier doch sowieso nicht mehr lebend raus.« Er erschrickt vor sich selbst. Solche Sachen würde Pa sagen. Er ist derjenige ohne Rückgrat, aber ich doch nicht?, denkt er.

Offenbar ähnelt er Pa mehr, als er will.

»Sei doch mal still«, sagt Jessica und nickt zu der leichenblassen Frau Vos hinüber.

Er lässt den Arm schlaff fallen und setzt sich auf seinen Platz. Er hat das Gefühl, dass alle ihn anstarren. Um sein Gesicht zu wahren, starrt er zu Kersseboom auf den Bildschirm, während in seinem Kopf ein Sturm wütet.

»Möglicherweise hat Phillip de Ridder die Bombe in einem der kleineren Lagerräume verstaut«, sagt die Reporterin gerade. »Das muss dann schon am frühen Morgen gewesen sein, als der Reisebus noch auf dem Betriebsgelände stand, denn danach sind diese Klappen nicht mehr geöffnet worden. Die kleineren Lagerräume werden nur von den Busfahrern benutzt und nicht von den Fahrgästen.«

»Die Polizei hat deinen Vater also immer noch unter Verdacht«, sagt Driss zu Inkie.

Valentin sieht ihn an, als wollte er etwas von ihm.

»Was?«, fragt Driss.

Valentin fährt sich über den Mund und dreht danach einen kleinen Kreis an seinem Ohr.

»Ich kann keine Gebärdensprache. Sag es einfach.«

Jetzt tippt er etwas in sein Smartphone. Driss vergisst seine Wut und schaut neugierig auf das Display.

Der echte Täter kann uns hören, weißt du noch?

Driss nickt. »Ja, und?«

Die Polizei tut nur so, als wäre Inkies Vater schuldig, um den echten Täter aus der Reserve zu locken.

Tygo versucht mitzulesen.

»Geht dich nichts an«, sagt Driss. Er rutscht schnell auf den Sitz neben Valentin. Der Professor vertraut *ihm* und nicht Hidde oder Tygo oder ...

»Ich will Inkie was fragen«, flüstert Valentin.

Ohne dass es sonst jemand hört, natürlich. Driss hat schon verstanden. Er nickt. »He, Inkie, komm mal her.«

Sie dreht sich halb um. Ihr Blick ist misstrauisch.

»Jetzt mach schon, du dumme Ziege.« Fleur drückt gegen Inkies Rücken. »Du willst doch immer so gern neben Driss sitzen. Vielleicht ist das deine letzte Chance, bevor wir …« Jetzt erst merkt sie, dass sie so laut spricht, dass jeder mithören kann, und schlägt die Hand vor den Mund.

»Jaja.« Gespielt widerwillig erhebt sich Inkie.

Driss steht auf, um ihr in der Mitte Platz zu machen.

»Ich setze mich nicht zum Professor«, sagt sie voller Abscheu.

»Jetzt sei mal nicht so undankbar.« Driss fasst sie am Handgelenk und flüstert. »Er will deinem Vater helfen.«

Da lässt sie sich doch neben Valentin auf den Sitz drücken. Driss zwängt sich zwischen sie und die Armlehne. Zu dritt ist es eng auf dem Zweisitzer, aber so muss sie sitzen bleiben und er kann schön mithören.

»Weißt du, ob dein Vater jemanden vom Busunternehmen kennt?«, fragt Valentin leise.

Sie kratzt mit den Nägeln über ihr nacktes Knie, das aus der Jeans lugt. »Ich glaube nicht. Wieso?«

»Weil der Bombenleger höchstwahrscheinlich ein Bekannter deines Vaters ist.«

»Wir kommst du denn jetzt wieder darauf?«, ruft sie.

»Nicht so laut«, sagt Driss.

»Er wusste über sehr viele Dinge Bescheid«, antwortet Valentin im Flüsterton. »Er wusste, wo dein Vater arbeitet und welche Strecke er immer fährt. Es waren bestimmt mehr Leute unterwegs, aber deinen Vater hat er sich rausgepickt. Er muss ihn also schon vorher mal getroffen haben.«

»Oder er hat ihn auf einem Foto gesehen«, mischt sich Driss ein.

»Das kann auch sein«, gibt Valentin zu. »Aber da ist noch mehr. Warum hat der echte Täter den Film zum Sender geschickt und nicht gleich zur Polizei?«

»Vielleicht steht er auf die Aufmerksamkeit?«, überlegt Driss.

»Dann hätte er sich besser selbst im Fernsehen gezeigt«, sagt Valentin.

»Hätte er das doch nur gemacht.« Inkies Augen werden feucht. »Jetzt denkt jeder, Papa sei ein Psychopath.«

»Dann ist er eben darauf scharf«, sagt Driss. »Der Bombenleger will deinen Vater drankriegen.«

»Gibt es jemanden, der eine irre Wut auf ihn hat?«, fragt Valentin.

Inkie schüttelt heftig den Kopf.

»Jemand am Arbeitsplatz vielleicht?«, beharrt Valentin.

»Papa spricht nie über seine Arbeit.«

»Autsch!«, erklingt es neben Driss.

Etwas stimmt nicht mit Vos! Sie krümmt sich vor Schmerzen.

Driss beugt sich zum Mittelgang hinüber, sodass er das Telefon im Aufladegerät sehen kann. »Wir brauchen einen Arzt! Sofort!«

Phillip de Ridder

Vor nicht mal einem halben Tag

Phillip hatte seine Atmung mittlerweile unter Kontrolle, aber rund um seinen zugeklebten Mund juckte es wie verrückt. Was wäre es wunderbar, wenn er mal kurz kratzen dürfte. Kaum eine Chance. Seine Arme und sein Oberkörper steckten in einem festen Korsett aus Tape, die Rückenlehne wirkte wie eine Schiene. Er versuchte, den Juckreiz zu vergessen, indem er an andere Dinge dachte, zum Beispiel: Wie komme ich aus diesem Einbauschrank heraus? Wenn er die Füße auf den Boden stellte, konnte er den Bürostuhl bewegen. Es war ein Eckhaus. Die Nachbarn wohnten auf der anderen Seite des Einbauschranks und die Wände solcher Häuser waren meist dünn. Er konnte nicht um Hilfe rufen, aber vielleicht auf andere Weise auf sich aufmerksam machen. Wenn nebenan jemand zu Hause war ... Er musste Lärm machen. So viel Lärm, dass sie kamen, um nachzuschauen. Aber wie?

Er rollte zur Wand und zog die Füße an. Treten!

Die Matratze dämpfte das Geräusch.

Die Kissen machten einen weniger dicken Eindruck. Zweiter Versuch. Treten.

Ein leises Rums. So leise, dass er zweifelte, ob er es wirklich gehört hatte. Er trat noch einmal zu. Lachhaft. Er versuchte, das Kissen mit den Füßen zur Seite zu schieben. Es rührte sich nicht. Der Mann hatte alles gut vorbereitet und solide befestigt.

Aber warum?

Er erkennt mich nicht. Du darfst mich König nennen.

Phillip zermarterte sich das Gehirn. Es trat nichts an die Oberfläche. Verwechselte ihn der Mann vielleicht?

Und du tust, was ich sage, denn ich bin der Boss.

Oder war der König geisteskrank und Phillip ein willkürliches Opfer? Hatte er einfach Pech, weil er zur falschen Zeit am falschen Ort war?

Ob seine Frau ihn schon vermisste? Und Inkie? Was, wenn er hier nie wieder rauskäme und sie nie wiedersehen würde ...

Nicht aufgeben! Mit der Rückseite des Stuhls rollte er so fest wie möglich gegen die Tür.

Ein dumpfer Knall. Nichts, was meilenweit zu hören wäre.

Das Monster Verzweiflung machte sich wieder breit. Niemand wusste, dass er hier war. Er konnte hier sterben, ohne dass es jemand bemerkte. Seine einzige Chance war, dass sie sein Fahrrad finden würden, aber das hatte wahrscheinlich längst jemand mitgenommen. Oder der König hatte es irgendwo versteckt. Phillips Augen begannen zu tränen. Und sein Mund juckte noch immer wie verrückt.

Grelles Licht. Die Tür ging auf.

Phillip blinzelte. Als er den König sah, war er fast froh. Erst recht, als das Tape von seinem Mund gezogen wurde. Es tat weh, aber er konnte wieder normal atmen.

»Wenn du schreist, klebe ich ihn wieder zu«, sagte der König. Phillip konnte gar nicht fest genug den Kopf schütteln – hörte aber sofort wieder auf. Der Granatsplitter steckte noch immer tief.

Der König rollte ihn ins Wohnzimmer. Auf dem Tisch lag ein Stapel Papier. Auf der obersten Seite stand ein Text:

Mein Name ist Phillip de Ridder.

»Was wollen Sie von mir?«, versuchte er es vorsichtig.

»Wir werden einen Film drehen«, antwortete der König.

»Was für einen Film?«

»The Kings Revenge.« Der König fing an, erregt durch das Zimmer zu laufen. »Sie werden dich hassen.«

»Und wenn ich nicht mitmache?«

»Dann werden sie sterben.«

Phillip überlief ein Schauder. »Wer?«

»Deine Tochter und der Rest der 8c.«

»Inkie?« In Pillips Kehle schienen auf einmal Rasierklingen zu stecken.

»Die Zeichen.« Der König rieb mit den Fingern über seine Hose.

»Welche Zeichen?«

»Die ich bekam«, sagte der König in einem Du-weißt-schon-Tonfall. »Da wusste ich, dass ich es tun musste, jaja.«

Phillip machte diese kryptische Sprache total irre. »Was tun?«

»Alles zurückholen, was man mir genommen hat.« Der König zeichnete Kreise auf seine Oberschenkel, während er lief und lief, mit angespannten Schultern und einer fieberhaften Glut in den Augen. »Endlich werden mir alle zuhören. Sie werden mich anflehen. Die Bombe ...«

Phillip spürte eine Eiseskälte von seinen Füßen aufsteigen, bis ganz nach oben in seine Brust. »Wovon sprechen Sie?«

Der König ging zum Fernseher und schaltete ihn ein. Es gab eine Livesendung. Im Textbalken las Phillip etwas über einen Reisebus und eine Bombendrohung. Und über das Gymnasium Menica de Mendoza aus Breda und die Klasse 8c.

Wenn er Hulk wäre, würde er jetzt sein Korsett sprengen und den König zermalmen.

Aber er war nicht Hulk.

»Warum hassen Sie mich so?«, fragte er. »Ich habe Ihnen nichts getan.«

Der König blieb abrupt stehen. »Dreckiger Lügner!«

»Ich glaube, Sie verwechseln mich mit jemandem«, sagte Phillip, um ihn zu beruhigen.

Der König schien ihn nicht einmal zu hören. »Ihr mit euren Hochglanzprospekten und Leasingkonstruktionen mit hohen Zinsversprechen. Schmutzige Profitgeier, das seid ihr alle!«

Irgendwo in weiter Ferne begann es Phillip zu dämmern. »Geht es hier vielleicht um das *Promise*-Projekt?« Kunden hatten mit geliehenem Geld Aktien kaufen können und dieselben Aktien hatten den Kredit abgesichert. Leider hatte das Börsenklima nicht mitgespielt.

»Promise.« Der König machte eine wegwerfende Geste. »Wusch.«

Ich muss ihm nach dem Mund reden, dachte Phillip. Ihm das Gefühl geben, ernst genommen zu werden. »Sie haben recht«, sagte er. »Sobald mir klar wurde, dass das Produkt mit so einem großen Risiko behaftet ist, habe ich es eingestellt.«

»Zu spät!« Der König bekam einen kurzen Heulkrampf. »Ich habe alles verloren. Wegen dir!« Dann fing er sich wieder und sagte mit eisiger Ruhe: »Du hast unser Leben zerstört. Jetzt zerstöre ich deines.«

»Es tut mir aufrichtig leid«, sagte Phillip. »Ich werde alles dafür tun, um es wieder in Ordnung zu bringen. Aber tun Sie bitte den armen Kindern nichts.«

»Ha!« Der König befreite ihn von der Stuhllehne und kippte ihn aufs Sofa. »Scheusale sind es. Kleine Scheißer.«

Phillip ließ zu, dass seine Beine von oben bis unten in Tape gewickelt wurden, sodass er sich in eine Art Meerjungmann verwandelte. Der König schob den Tisch vor das Sofa. Über der

Tischplatte sah Phillip wie ein normaler Mensch ohne Fischschwanz aus.

»Vorlesen.« Der König stellte den Skizzenblock aufrecht hin.

»Wenn du nicht mitarbeitest, fangen wir einfach von vorn an. Ich habe jede Menge Zeit.« Er schaute kurz zum Fernseher. »Im Gegensatz zu Inkiepinkie.«

Valentin Aafjes

Heute

Während Driss und Frau Vos mit einem Sanitäter skypen, wird Valentin immer nervöser. Die Lehrerin ist schweißgebadet. Hoffentlich bekommt sie nicht gleich ihr Baby! Im Fernsehen hat er mal eine Geburt miterlebt und das war gruseliger als ein Horrorfilm.

Zum Glück ruft seine Mutter an. Ablenkung!

»Wir haben einen kleinen Durchbruch«, sagt sie. »Im Wäldchen neben dem Gebäude Nummer 7244 in der Minervum wurden Spuren entdeckt. Es scheint, als hätte sich jemand dort versteckt, um die Bombe zu zünden. Leider liegt die Stelle nicht mehr in Reichweite der Kameras, aber wir hoffen, schnell herauszufinden, wie die Person dorthin gekommen ist. Es ist nicht anzunehmen, dass sie bis hinaus zur Minervum gelaufen ist. Wenn wir also ein Auto oder ein Fahrrad mit der Person in Verbindung bringen können ...«

Frau Vos wimmert wieder vor Schmerzen.

»Hörst du das?«, fragt Valentin seine Mutter. »Sie braucht wirklich Hilfe. Es muss doch eine Möglichkeit geben, den Bus zu scannen? Der Rotterdamer Hafen ...«

»Daran arbeite ich schon den ganzen Tag, aber meine Vorgesetzten tun sich schwer. Um zu den Häfen zu kommen, müsstet ihr streckenweise durch Wohngebiete fahren, und wenn der Bus dann explodiert, ist die Zahl der Opfer möglicherweise noch höher als ...«

»Jaja, ich hab's schon kapiert.« Valentin versucht, die Bilder herumfliegender Gliedmaßen aus seinem Kopf zu verbannen, was nicht ganz klappt.

Die Fühler seiner Mutter funktionieren sogar durch das Telefon. »Wage es nicht aufzugeben, Schatz! Wir werden den Mistkerl irgendwie finden.«

Ihre Worte bohren ein Loch in seinen Schutzwall. Augenblicklich mauert er es wieder zu. Emotionen sind Störsender, wenn man nachdenken muss. »Inkies Vater braucht diese Million nicht«, sagt er leise ins Telefon. »Aber habt ihr die anderen Eltern schon mal überprüft? Vielleicht hat ja noch jemand Schulden, so wie Fleurs Vater?«

»Milas Vater ist schon sehr lange krankgeschrieben und der von Hidde ist gerade entlassen worden, aber ...«

Krankgeschrieben! Valentin stößt einen kleinen Schrei aus.

»Was?«, fragt seine Mutter.

Valentin ist zu ungeduldig, um sich im Toilettenraum einzuschließen. Er hält die Hand vor den Mund und sein Telefon und flüstert: »Mila wurde heute Morgen von ihrem Vater krankgemeldet. Er kam dafür höchstpersönlich in die Schule. Weil es sowieso auf der Stecke zu seiner Arbeit läge, sagte er. Der Bus war ziemlich leer, trotzdem stieg er ein. Angeblich, um Frau Vos zu suchen, aber die stand auf dem Schulhof. Ich vermute, er hat die DVD abgelegt.«

Am anderen Ende der Leitung ist es totenstill.

»Mama?«

»Ja.«

»Ich glaube, dass Mila nicht wirklich krank ist«, sagt Valentin, »sondern dass ihr Vater sie absichtlich zu Hause behalten hat, weil er einen Anschlag plante.«

Mila van Kesteren

Vor nicht mal einem halben Tag

Es geschah regelmäßig, dass Mila sich auf etwas freute, was später doch nicht stattfand. So war das eben, wenn man bei Herman wohnte. Aber diesmal war es kein falsches Versprechen gewesen. Herman fand es gut, dass sie zu Hause blieb. Sie brauchte nicht mit dieser schrecklichen 8c auf Klassenfahrt zu gehen. Es fühlte sich an wie unverhoffte Ferien. Sie rollte sich im Bett zusammen und dachte an die Unmenge von Zeit, die vor ihr lag. Zeit, das Haus einmal gründlich aufzuräumen und zu putzen. Ihre Kleidung zu waschen. Vielleicht konnte sie das ein oder andere sogar auf der von ihrer Mutter zurückgelassenen Nähmaschine reparieren.

Mama. Und Wouter. Mila verspürte einen schmerzhaften Stich und ihre gute Laune war dahin.

Es klopfte an der Tür.

»Ja?«

Herman kam herein. »Guten Morgen!«, rief er ausgelassen.

In der letzten Zeit hatte er seine Energie wiedergefunden. Und wie! Mila wusste nicht, ob sie sich darüber freuen oder sorgen sollte. Natürlich war es schrecklich, wenn er erschöpft und kaum ansprechbar auf dem Sofa saß, aber seine manischen Phasen waren gefährlich. Einmal wäre er fast von einem Mietshaus gesprungen. Nicht, weil er sterben wollte – das wollte er nur in seinen depressiven Phasen –, sondern weil er dachte, er könnte fliegen.

»Ich gehe einkaufen«, sagte er mit glücklichem Gesicht, als wäre Aldi ein Vergnügungspark.

»Haben die Läden denn schon offen?« Mila sah nach, wie spät es war. Oder besser: wie früh. »Hast du überhaupt geschlafen?«

»Nicht nötig, ich fühle mich fantastisch.«

»Ein wenig zu fantastisch vielleicht?«

»Aber nein, mir geht's prima. Ich habe heute einfach viel vor. Annets Pflanzen brauchen Wasser und ich habe Lust auf einen strammen Waldspaziergang. Es kann also ein Weilchen dauern, bis ich wieder da bin.«

Er wirkte ziemlich hyper.

»Soll ich mitgehen?«, fragte Mila.

»Auf keinen Fall. Nachher sieht dich noch jemand von der Schule und dann kriegen wir Ärger.«

Das klang vollkommen logisch und normal. Mila war beruhigt und kuschelte sich wieder unter ihre Bettdecke.

Ein leiser Rums weckte sie.

»Herman?«

Keine Antwort. Ihr Blick ging zum Wecker auf dem kleinen Regal neben ihrem Bett. Wahrscheinlich lief er noch irgendwo im Wald herum.

Sie stand auf und schob den Vorhang zur Seite. Die Straße lag verlassen da. Annets Auto konnte sie nirgends entdecken – Herman durfte ihren kleinen alten Panda benutzen, solange die Nachbarin im Urlaub war. Sie ließ den Vorhang wieder vors Fenster fallen und ging zur Toilette. Pieseln, ein Schluck Wasser und schnell zurück ins warme Bett. Schließlich war sie ja krank – das durfte sie ruhig mal einen Tag ausnutzen.

Mila rieb sich die Augen und gähnte. Sie hatte so lange geschlafen, dass sich ihr Kopf wie in Watte gehüllt anfühlte. Erst mal duschen!

Sie blieb bestimmt eine Viertelstunde unter dem warmen Wasser stehen, trocknete sich ab und zog eine bequeme Jogginghose und ein T-Shirt an. Während sie in der Küche ein paar Cracker mit Marmelade aß, überlegte sie, was sie als Erstes machen würde. Hermans Zimmer, beschloss sie. Solange er noch nicht zurück war, konnte sie sich ungestört an die Arbeit machen.

Sie schaltete das Radio ein und sang alle Lieder mit, die sie kannte, während sie aufräumte und abstaubte. Die Kleider, die über seinem Stuhl hingen, konnten in den Wäschekorb. Die Zeitschriften neben seinem Bett in sein Nachtschränkchen. Als sie die Schublade aufzog, entdeckte sie ein paar Rechnungen. Sofort waren all ihre Sinne alarmiert. Herman würde doch wohl nicht …?

Sie setzte sich auf sein Bett und legte die Zeitschriften beiseite. Mit zittrigen Händen zog sie die Rechnungen hervor. *Dolfijn Feuerwerk. The Phone House.* Das dritte Blatt war keine Rechnung, sondern die Adressenliste ihrer Klasse – was machte die denn hier? Und warum hatte Herman Feuerwerkskörper bestellt? Im Mai! Nicht mal an Silvester zündeten sie Feuerwerk. Vielleicht hatte ihr Gefühl sie doch nicht getrogen? Schluckte Herman seine Pillen überhaupt noch?

Sie wollte ins Bad gehen und ins Arzneischränkchen schauen, als der Radiomoderator sich zu Wort meldete. »Und jetzt *Verlier nicht den Mut* von Alain Clark«, hörte sie ihn sagen. »Speziell für die 8c in Breda. Wir wissen nicht, ob ihr unsere Sendung hört, aber das ganze Land denkt an euch.«

Mila blieb stehen. 8c, das war ihre Klasse. Worum ging es hier?

Der Fernseher. Sie rannte nach unten, um ihn einzuschalten. Da drückte jemand ganz lange und fest auf die Klingel.

Hatte Herman seinen Schlüssel vergessen? Mila schaute durch den Türspion.

Polizei! Ihr Herz flatterte. Es war so weit. Das, was sie immer befürchtet hatte, war eingetreten. Ängstlich öffnete sie die Tür.

Sie waren zu zweit, ein Mann und eine Frau.

»Dijkstra«, sagte die Polizistin. »Und das ist mein Kollege Boom.« Sie nickte zum Flur hinüber. »Ist dein Vater zu Hause?«

Mila starrte auf den sprechenden Mund – volle Lippen, gelbe Zähne – und den Pickel darüber, während es langsam zu ihr durchdrang: Sie suchten ihn. Herman hatte sich nichts angetan. Sie hatten keinen Leichnam gefunden.

Sie musste kurz umschalten. »Was?«

»Ob dein Vater zu Hause ist?«, sagte Boom, der versuchte, über ihre Schulter einen Blick ins Haus zu werfen.

Sofort hob der Wachhund in Mila den Kopf. »Was wollen Sie von ihm?«

»Dürfen wir kurz reinkommen?«, fragte Dijkstra.

Mila hatte noch nicht geantwortet, da trat Boom schon über die Schwelle. Sie dachte an einen Film, den sie vor Kurzem gesehen hatte, in dem Kinder einen magischen Kreis um das Haus zogen, der alle bösen Geister fernhalten sollte. Boom machte nicht den Eindruck, als würde er sich durch irgendwen oder irgendwas aufhalten lassen.

»Warum sind Sie hier?«, fragte Mila die Polizistin. »Ist etwas mit Herman?«

Er hatte bestimmt wieder etwas angestellt. Im Namen von Aldi gratis Einkäufe verteilt. Die Frauen an der Kasse belästigt. Nackt durch den Wald gerannt. Sie hatte schon alles Mögliche mit ihm erlebt.

Aber die Polizei war noch nie da gewesen ...

»Steht er wegen etwas unter Verdacht?« Jetzt erst sah sie, dass Annets Panda ein Stück weiter oben in der Straße stand. War Herman bei den Nachbarn untergetaucht?

»Jetzt lass uns bitte rein.« Boom konnte seinen Ärger nicht mehr im Zaum halten. »Wir verlieren kostbare Zeit.«

»Er ist nicht da«, sagte Mila.

Dijkstra wurde jetzt auch ungeduldig. »Und wo ist er dann?«

Mila zuckte die Schultern. »Einkaufen.«

»Wo?«

»Bei Aldi, glaube ich.«

Boom reichte es jetzt. »Dann warten wir drinnen auf ihn.«

Sollte sie Herman warnen? Aber Mila wüsste nicht, wie.

Dijkstra nickte und nahm ihr Telefon. »Ich frage, ob sie jemanden zu Aldi schicken.«

Dann standen sie beide im Flur und machten die Haustür hinter sich zu.

»Ist dort das Wohnzimmer?« Boom ging einfach vor Mila her. Mit einem Blick hatte er das Wohnzimmer und die kleine Küche kontrolliert.

Sie schämte sich für das Sofa aus dem Sozialkaufhaus, den Tisch voller Kratzer und den kleinen Fernseher ...

Diese seltsame Ansage des Radiosprechers!

»Wissen Sie, was mit der Klasse 8c aus Breda los ist?«, fragte sie. »Ich habe da eben was im Radio gehört.«

Boom sah sie mit Röntgenaugen an. »Du weißt von nichts?«

»Ich bin in der 8c, aber ...«

»Es geht tatsächlich um deine Klasse«, sagte Boom. »Jemand droht damit, den Reisebus, in dem die Schüler sitzen, in die Luft zu sprengen. Der Täter meint es ernst, denn deine Klassenkameraden sind heute Morgen einem früheren Anschlag nur knapp entkommen. Der Bus steht jetzt irgendwo auf einem abgesperrten Gelände und keiner darf aus- oder einsteigen.«

»Ein Anschlag?« Mila stolperte zum Sofa und ließ sich in die Kissen fallen. »Wer macht denn so etwas?«

Boom griff nach der Fernbedienung und schaltete den Fernseher ein.

Mila las die Textbalken unten im Bild. *Phillip de Ridder verlangt eine Million.*

»De Ridder?« Sie runzelte die Stirn. »So heißt Inkie. Hat ihr Vater diesen Anschlag verübt?«

Aber was machte die Polizei dann hier? Warum waren sie nicht bei Inkie zu Hause?

»Kennt dein Vater ihn?«, fragte Boom.

»Nicht wirklich.«

Dieses dumme Projekt. Wie hieß es noch? *Promise* oder so. Herman hatte sich auf Empfehlung von Inkies Vater daran beteiligt. Das war in der Zeit, als er dachte, dass alles, was er anfasste, sich in Gold verwandeln würde, aber es hatte nur Schulden gebracht. Und Mama hatte nichts davon gewusst.

Boom spähte durch das Fenster auf den Platz.

»Die Untersuchung der Feuerwerksbombe hat nützliche Hinweise geliefert«, sagte Kersseboom im Fernsehen.

Feuerwerksbombe. Das Zimmer kippte weg. Mila krallte ihre Hände in die Kissen.

War die Polizei deswegen hier? Weil sie dachten, dass Herman zusammen mit Inkies Vater ... Hatte sie deswegen nicht mit auf Klassenfahrt gehen müssen?

Aber warum um Himmels willen sollte Herman Inkies Vater helfen wollen? Er hasste den Mann!

»Nach Auswertung der Überwachungskameras in der Gegend haben wir diese Bilder erhalten«, sagte Kersseboom. »Aufgefallen ist ein schwarzer Panda hinter dem Gebäudekomplex ...«

Mila tastete nach der Fernbedienung. Aus!

»Ist was?«, fragte Boom.

Das Blut dröhnte in Milas Ohren, in ihrem Herzen und in ihrem Kopf. »Was soll sein?«

Nach dem *Promise*-Fiasko war Herman in eine tiefe Depression gerutscht. Mama hatte ganz allein die Scherben aufsammeln müssen. Mit dem Erbe ihrer Mutter hatte sie die Schulden abbezahlt. Dasselbe Erbe, mit dem sie einen kleinen Laden eröffnen wollte ...

Dijkstra kam ins Zimmer. »Erledigt.«

»Hier ist er nicht«, sagte Boom. »Ich überprüfe den Schuppen. Schaust du oben nach?«

Die Rechnungen! Sie lagen noch auf Hermans Bett.

Mila wollte in sein Zimmer laufen – aber gleichzeitig auch nicht.

Wenn Herman wirklich etwas mit dieser Bombe zu tun hatte ...

Ihr Gehirn schien plötzlich ein Eigenleben zu führen und dachte, was Mila sich noch nie laut zu sagen getraut hatte: Es wird auffliegen, wie Herman wirklich ist, und dann ist er nicht mehr mein Problem. Dann wird er in die Psychiatrie eingewiesen und ich kann zu Mama und Wouter nach Schanghai und bei ihnen wohnen.

Sie lauschte Dijkstras Schritten über ihrem Kopf. Der Stille, die darauf folgte und eine Ewigkeit zu dauern schien.

Boom kam wieder herein. »Der Schuppen ist gesichert!«

Dijkstra kam mit einigen Papieren die Treppe wieder hinunter. »Feuerwerk und Telefon, beide angeschafft von Herman van Kesteren.« Sie schaute kurz zu Mila und dann wieder zu Boom. »Ich glaube, wir haben ihn.«

Mila wollte verschwinden, sich in ein altes Sofa ohne Gefühle verwandeln. Sie presste ein Kissen gegen ihren Bauch, als könnte es sie trösten. Diese ganzen Verschwindetricks brachten nichts. Sie war auch kein Avatar mit besonderen Kräften, sondern einfach Mila mit ihrem verrückten Vater. Und die Klassenfahrt war zu einem einzigen großen Horrorszenario geworden, obwohl sie zu Hause geblieben war!

»Er kann nichts dafür«, flüsterte sie. »Herman ist krank.«

»Weißt du wirklich nicht, wo er ist?«, fragte Dijkstra. »Du kannst eine Menge Leben retten.«

Mila seufzte. »Nebenan, glaube ich. In Annets Haus.«

Sie fühlte sich wie eine Verräterin.

Valentin Aafjes

Heute

»Jetzt folgt eine wichtige Mitteilung der Polizei«, erklingt es von den Bildschirmen.

Als Valentin aufschaut, sieht er, wie die Studiokamera von Kersseboom zu einem uniformierten Mann namens Snor schwenkt.

»Es wurde beschlossen, die A16, die A15 und die N15 zwischen Breda und der Maas-Ebene in der kommenden Stunde für jeglichen Verkehr zu sperren, damit der Reisebus zu einem Containerscanner fahren kann. Wir bitten alle, die sich jetzt noch auf den genannten Straßen befinden, diese so schnell wie möglich zu verlassen. Ich wiederhole ...« Neben Snor wird eine Karte projiziert, auf der die Strecke angegeben ist.

»Hätten sie sich das nicht früher überlegen können?«, murrt Driss.

Vos wimmert leise. Valentin versucht, es nicht an sich heranzulassen und an die Scanner zu denken, die er in einem Dokumentarfilm über Europort gesehen hat. Es gab zwei davon, einer nur mit einem Dach und einer in einem hypermodernen Gebäude aus Aluzink. Sie konnten fünfundzwanzig Trucks pro Stunde abfertigen und ...

Sein Telefon stört seinen Gedankengang.

»Mama?«

»Kannst du mich auf laut stellen?«, fragt sie.

»Okay.«

»Kann mich jeder hören?«

Vorn im Bus wird leise geschwatzt.

»Klappe halten«, brüllt Driss.

Dann ist es wirklich still.

»Jetzt ja«, sagt Valentin.

»Inkies Vater ist unschuldig ...«

»Da habt ihr's!«, ruft Inkie mit triumphierendem Blick.

»Psst«, zischen alle.

»... und unversehrt«, fährt Valentins Mutter fort. »Wir haben Milas Vater verhaftet und ...«

»Milas Vater?«, ruft Jessica. »Aber warum sollte der so was machen?«

»Wegen Geld natürlich«, sagt Inkie. »Hast du dir mal ihre Klamotten angeschaut?«

»Still jetzt«, raunzt Tygo.

»Danke«, sagt Valentins Mutter. »Er sagt, die Feuerwerksbombe sei das einzig wirklich Explosive gewesen und sollte nur allen Angst einjagen. Er hatte gehofft, wir würden dadurch die Geschichte von der Bombe glauben.«

»Warum müssen wir dann doch noch durch den Scanner?«

Ja, das wüsste Valentin auch gerne.

»Herr van Kesteren ist ernstlich verwirrt«, sagt sie. »Er verwechselt ständig Fantasie und Wirklichkeit, sodass wir uns nicht hundertprozentig auf seine Aussagen verlassen können. Deswegen möchten wir den Reisebus doch noch scannen lassen. Van Kesteren kann eine eventuelle Bombe zwar nicht mehr von Hand zünden, aber wenn er etwas in den Türen versteckt haben sollte ... Wir möchten euch erst aussteigen lassen, wenn es vollkommen sicher ist.«

Frau Vos stöhnt zum zigsten Mal.

»Können wir dann sofort losfahren?«, bittet Valentin seine Mutter nervös.

»Zuerst wird die Minervum geräumt«, hört er aus seinem Telefon. »Sobald die Straße leer ist, kann der Fahrer den Bus wenden und hinter uns herfahren. Oh, und sagt Frau Vos bitte, dass ihr Freund Rico auch mit uns fährt.«

Valentin schaut sich um. Jetzt erst sieht er, dass schon viel weniger Leute hinter dem rot-weißen Absperrband stehen. Sogar die Übertragungswagen der Fernsehsender werden weggeschickt.

»Bis gleich.« Seine Mutter unterbricht die Verbindung.

»Es scheint, als wäre der wahre Täter gefunden«, sagt Kersseboom auf dem Bildschirm. »Die Polizei möchte noch nichts über seine Identität und sein Motiv für den Anschlag verlauten lassen. Kommissar Karels hat uns nur mitgeteilt, dass Phillip de Ridder unschuldig ist und dass es sich ganz sicher nicht um einen islamistischen Terroranschlag handelt.«

Driss sieht Tygo herausfordernd an.

»Ich hasse Mila«, sagt Inkie.

Nicht nur Mila, denkt Valentin.

»Es ist nicht *ihre* Schuld«, sagt Driss.

»Wer sagt denn, dass sie nicht mit ihm unter einer Decke steckt?« Inkie hat wieder diesen triumphierenden Blick. »Ich fand sie immer schon seltsam.«

»Aber du bist normal, was?« Valentin erschrickt selbst. Er hat immer nach dem Motto *Da steh ich drüber* gelebt. *Ich bin schlauer und besser als ihr alle zusammen. Ihr seid die Bedauernswerten, wenn ihr jemanden mobben müsst, um euch zu beweisen. Nicht ich.*

Inkies Mund klappt ein Stück auf. Dann fängt sie sich und beginnt, übertrieben laut zu lachen. »Der Professor versucht, witzig zu sein.«

»Er hat recht.« Jessicas Stimme klingt leise, aber entschlossen. »Mila ist nicht seltsam, sondern ganz schön cool. Ihre Mutter und ihr Bruder sind ausgewandert, aber sie ist bei ihrem Vater geblieben, um für ihn zu sorgen.«

»Das ist nicht cool, sondern traurig«, sagt Inkie. »Väter müssen für ihre Kinder sorgen und nicht umgekehrt.«

Valentin ist für einen Moment wieder in der dritten Klasse. Als sein Vater an diesem elenden Krebs gestorben ist ... »Und wenn er das nicht kann?«

Inkie zuckt die Schultern. »Dann ist er ein Schwächling.«

»Halt die Klappe, du *bitch*«, schnauzt Driss.

Durch den Bus ziehen Buh-Rufe.

Inkie bekommt rote Streifen im Gesicht, als hätte Driss sie geschlagen und man könnte seine Fingerabdrücke noch erkennen.

»Und was ist mit dir?«, sagt sie. »Als wärst du ein Unschuldslamm.«

»Ja, Driss.« Fleur natürlich.

Er sieht sie verächtlich an. »Du traust dich doch nicht einmal, deiner besten Freundin zu sagen, dass dein Vater Schulden hat.«

»Niemand traut sich, etwas gegen Inkie zu sagen.« Chloë blinzelt nervös.

»Und das ist meine Schuld, oder was?« Inkie verschränkt die Arme. »Kann ich was dafür, dass ihr alle Loser seid?«

»He, he«, murrt Hidde. »Ich ...«

»Hört auf!«, schreit Vos.

Es wird totenstill im Bus, bis sie wieder vor Schmerzen ächzt.

»Wisst ihr, dass ein Waljunges bei der Geburt siebeneinhalb Meter lang ist?«, fragt Ben. »Und dass eine Babyelefant hundert Kilo wiegt?«

Jetzt wimmert Vos noch lauter. Valentin ist froh, als seine Mutter anruft und sagt, sie könnten jetzt losfahren.

Es ist eine Wahnsinnsfahrt. Über dem Reisebus schwebt der Helikopter mit Karels und dem Piloten. Vor ihnen fahren zwei Polizeiwagen und in einem sitzt seine Mutter. Hinter ihnen kommt noch viel mehr Polizei und dahinter Feuerwehr und Krankenwagen. Die Straßen sind wie leer gefegt. Sogar die Straßen neben dem Südring wurden geräumt.

Obwohl ... Valentin sieht jemanden am Fenster winken. Er hebt die Hand – ein Blitzlicht, dann fahren sie durch einen Tunnel, um kurz darauf auf eine vollkommen leere A16 aufzufahren. Valentin beschleicht dasselbe Gefühl wie am Morgen in der Schlafkabine – als wäre die ganze Welt untergegangen und nur sie noch übrig. Sehnsüchtig sieht er zu dem Helikopter hoch. Aus der Luft wirkt die Welt übersichtlicher, als sie in Wirklichkeit ist. Linien, Flächen und nur der Lärm der Propeller. Wenn er in dem Heli säße, bräuchte er Frau Vos nie mehr wimmern zu hören.

Valentin erträgt das Geräusch nicht mehr und setzt sich seine Ohrhörer ein. Lang lebe *Hardwell*.

Sie sind fast da. Europort. In der weitläufigen Landschaft stehen Industriegebäude, Windräder und Lagertanks. Valentin erkennt den Containerscanner schon von Weitem. Es ist der, der nur ein Dach über dem Gerät hat.

Die Polizeiwagen machen Platz, damit der Reisebus bis zum Schlagbaum vorfahren kann.

»Der Zoll ist bereit«, meldet seine Mutter übers Telefon. »Ihr könnt rein.«

Es dauert höchstens fünf Minuten, aber das reicht, um alle möglichen Gedanken durch Valentins Kopf spuken zu lassen. Was ist, wenn die Zollbeamten die Bombe nicht als Bombe erkennen? Und wenn sie doch eine finden – wie kriegen sie die dann aus dem Bus?

Seine Mutter ist aus dem Polizeiwagen gestiegen und gibt dem Busfahrer Zeichen, den Scanner zu verlassen. Er parkt den Bus ein Stück entfernt und stellt den Motor ab.

»Gute Nachrichten«, sagt seine Mutter durchs Telefon. »Wir haben das Zeichen *sicher* bekommen. Die Türen dürfen geöffnet werden.«

Niemand jubelt. Der Busfahrer hockt wie gelähmt an seinem Platz und sogar Frau Vos ist still. Dann sagt Driss, was alle denken: »Und wenn sie sich irren?«

»Habt ihr mich gehört?«, fragt Valentins Mutter. »Es ist sicher!«

»Sollen wir es dann mal wagen?« Der Fahrer schaut in seinen Rückspiegel. »Ich zähle bis drei. Eins …«

Valentin sieht, dass Inkie ihren Arm um Fleur legt. Chloë hält Shaktis Hand fest. Hidde sucht Halt bei Tygo.

»Zwei …«

»Geht's?« Driss haut Valentin auf die Schulter.

Die Hand bleibt liegen wie ein warmes Tuch und Valentin findet es nicht einmal unangenehm – gemeinsam machen sie sich auf alles gefasst.

»Drei!«

Die Türen gehen auf. Valentin sieht seine Mutter reinkommen und für einen Moment ist es, als wäre er schwerelos, und dann fangen alle an zu lachen und zu weinen, denn es gibt keine Bombe und keiner wird sterben, noch lange nicht …

Mila van Kesteren

Einen Monat später

Milas Bauch fühlt sich hart und angespannt an, als sie neben dem Pfleger die Eingangshalle der Psychiatrischen Klinik durchquert. Wie wird Herman reagieren? Er weiß, dass sie heute zum vorläufig letzten Mal zu Besuch kommen kann. In ein paar Tagen wird sie bei Mama und Wouter wohnen.

Der Pfleger klopft an die Tür und öffnet sie einen Spaltbreit.

»Herr van Kesteren, Ihre Tochter ist da.« Dann drückt er die Tür ganz auf.

Milas Herz rutscht ihr in die Hose, als sie Herman am Fenster sitzen sieht.

Umkehren? Noch geht es.

Aber die feste Hand des Pflegers schiebt sie schon in das kleine Zimmer und dann sind sie allein.

»Mädchen.« Herman steht auf.

»Hallo.« Ihre Stimme ist fast tonlos. Sie räuspert sich und versucht es noch einmal. »Wie geht es dir?«

»Das sollte ich lieber dich fragen.« Er geht auf sie zu und nimmt ihre Hand. »Es tut mir leid.«

»Und mir erst.«

»Schscht.« Er streichelt ihre Finger. »Du hast genau richtig gehandelt. Ich wäre in dem Moment zu allem fähig gewesen. Die Ärzte sagen, dass ich ...«

Mila denkt an alle Zeitungsberichte und Nachrichtensendungen, in denen Hermans Name genannt wurde. An sein Foto, das für immer und ewig im Internet kursieren wird, damit das, was er getan hat, sie ihr Leben lang verfolgt. Sie hat es noch immer, das Gefühl, dass alle sie anschauen, sobald sie vor die Tür geht – als schwebte ein riesiger Pfeil über ihrem Kopf mit dem Text: *Das ist die Tochter von dem gefährlichen Irren.*

»Du weißt, dass du deine Tabletten nehmen musst.« Plötzlich kann sie Hermans Berührung nicht mehr ertragen. Sie reißt sich los und stellt sich ans Fenster, mit dem Rücken zu ihm, damit sie ihn nicht anschauen muss. »Meine Klasse. Wie konntest du nur?«

»Willst du das wirklich wissen?«, fragt er leise.

Sie nickt.

»Alles begann mit dem Brief von der Schule, als du sagtest, du wolltest nicht mit auf diese Klassenfahrt, weil die 8c eine Scheißklasse wäre und weil du gemobbt wirst.«

»Aber deswegen brauchst du sie doch noch lange nicht zu bedrohen?«

»Das wollte ich auch nicht, bis ich von oben immer wieder Zeichen bekam.«

Mila warf unwillkürlich einen Blick zur Decke. »Was für Zeichen?«

»Bombenanschläge und Profitgeier in den Nachrichten. Ein Film im Fernsehen, der *The Promise* hieß. Ein Urlaubsfoto unserer Familie. Ich fand es unten in der Schublade und wir sahen darauf so glücklich aus. Ich war sicher – es war kein Zufall, dass ich es gefunden hatte. Jemand hatte es mit Absicht dorthin gelegt, genau wie all die anderen Dinge auch aus einem guten Grund passierten.«

Mila drehte sich um. »Ich verstehe es einfach nicht. Das ganze Land hat diese Anschläge gesehen und jeder findet mal ein altes Foto, aber dann nimmt man doch noch lange keinen Schulbus als Geisel?«

»Ich verstehe es ja selbst auch nicht mehr genau, aber damals erschien es mir ganz einleuchtend.« Herman reibt sich die Nase. »Erst waren es noch einzelne Ereignisse, wie die Punkte von einem Punkt-zu-Punkt-Rätsel, aber als ich sie miteinander verband, wurde plötzlich alles ganz klar und deutlich und ich wusste es: All diese Ereignisse zusammen haben eine Bedeutung.«

»Und Inkies Vater war auch so ein Punkt?«

»Er hat unser Leben zerstört mit seinem *Promise*-Projekt.«

»Ach ja? Hat er dich denn gezwungen? Dich in sein Büro gelockt und dir dann die Pistole an den Kopf gehalten, damit du unterschreibst?«

»Nein, aber ...« Hermans Hände flatterten nervös. »Hätte er mich mit dem Projekt nicht hereingelegt, hätte Mama uns nicht verlassen.«

Es ist, als würde er eine Schublade aufziehen. Eine mit vielen schlimmen Dingen, die tief in Mila verborgen gewesen waren. »*Du* hast unser Leben zerstört und niemand sonst«, sagt sie. »Mama hätte dich sowieso verlassen, damit hatte Inkies Vater nichts zu tun. Sie konnte es nicht mit ansehen, wie du wochenlang nicht aus deinem Bett kamst. Und sie schämte sich. All die Male, die du sie zum Gespött gemacht hast ... An ihrem Arbeitsplatz, als du versucht hast, ihre Chefin zu küssen. Wenn sie wieder mal an der Kasse stand und ihre EC-Karte nicht funktionierte, weil du alles in einer einzigen Nacht auf den Kopf gehauen hast.«

»Das tut mir leid. Ich ...« Herman setzt sich in seinen Sessel und schlägt die Hände vor die Augen. »Ich war mir ganz sicher, dass Mama zu uns zurückkäme, wenn ich diese Million hätte.«

Er sieht so klein und wehrlos aus, dass Mila doch wieder Mitleid bekommt.

»Dein Plan war einfach lächerlich«, sagt sie, leise und jetzt wieder ruhiger. »Wie hast du nur glauben können, dass das klappen würde?«

Er schaut sie an. »Ich war der König. Ich konnte alles.«

Epilog

Das Wohnzimmer von Frau Vos ist gerammelt voll. Die ganze Klasse ist da. Rico verteilt den traditionellen Zwieback mit rosa Zuckerstreuseln. Jessica und Irmak schenken Cola und O-Saft aus.

»Und hier ist sie!« Mit einem winzigen Baby kommt Frau Vos die Treppe hinunter.

Valentin kapiert nicht, warum fast alle Mädchen »Ah« und »Wie niedlich!« rufen. Ehrlich gesagt findet er Babys ziemlich hässlich und anfangen kann man auch noch nichts mit ihnen.

»Darf ich sie halten?«, fragt Inkie.

Valentin kann sie immer noch nicht leiden, aber wenigstens lässt sie ihn in Ruhe. Wahrscheinlich dank Driss.

Es klingelt.

»Ich mach schon auf«, sagt Ben.

Kurz darauf kommt er mit Jan zurück. Der Busfahrer hat einen riesigen Blumenstrauß dabei.

»Kommt Herr van Piere auch?«, fragt er.

»Der ist für sechs Wochen mit dem Rucksack unterwegs«, sagt Frau Vos. »Ich glaube, im Augenblick ist er in Neuseeland.«

»Das würde mir auch gefallen.« Fleur seufzt. »Ich muss die ganzen Ferien schuften, damit ich im Hockeyverein bleiben kann.«

»Sei froh, dass du keine Sozialstunden ableisten musst«, sagt Tygo.

»Chick schon.« Inkie kitzelt dem Baby die Wangen. »Und wenn er so etwas noch einmal macht, muss er ins Gefängnis. Lo haben sie zum Glück laufen lassen. Nur meine Eltern wollen, dass ich sie eine Zeit lang nicht sehe. Total blöd.«

Gar nicht blöd, findet Valentin.

»Und wie geht es deinem Vater jetzt?« Jessica reicht Driss ein Glas Cola.

Er stellt es zwischen seinen Füßen auf dem Boden ab. »Seit er weiß, dass er vielleicht bald zu *Cascade Care* kann, um einiges besser. Hoffentlich bringt der Sponsorenlauf genug ein. Wir sind nur zu dritt. Mo, Jamilah und ich.«

Valentin ist für einen Moment wieder in der Schlafkabine und sieht sich wieder dort sitzen, zusammen mit Driss. Starr vor Nervosität, das Päckchen zwischen ihnen.

»Ich würde durchaus mitmachen«, hört er sich sagen.

Sofort bereut er es. Jetzt werden sie ihn auslachen. Wenn es einen Preis für den schlechtesten Sportler der Schule gäbe, würde er ihn gewinnen.

»Echt?« Driss sieht Valentin an, als hätte man ihm gerade eine Million geschenkt.

»Warum machen wir nicht alle mit?«, schlägt Irmak vor. »Die ganze Klasse.«

Alle nicken. Nur Tygo verzieht gelangweilt das Gesicht.

»Du ganz bestimmt«, wirft Shakti ein. »Du hast noch was gutzumachen mit deinen Moslemterroristen.«

Als ihn alle ansehen, hebt er die Hände. »Okay, okay.«

»Großartig«, sagt Driss. »Ich schreibe Mo sofort.«

Er ist zu hastig. Das Telefon flutscht ihm aus der Hand geradewegs ins Glas. Die Cola schwappt über.

»Shiiiit!«, jammert Driss.

»Aber sauber getroffen«, sagt Rico.

Der Busfahrer grinst und brüllt dann durchs Wohnzimmer: »Und ich sagte noch: Bloß keine Bombe!«